悪役令嬢の兄に転生しました

Reincarnated as a Villainess's Brother

著
内河弘児
Hiroko Uchikawa

イラスト
キャナリーヌ
Canarinu

ス

CONTENTS

目次

第一部 幼少期編

異世界転生 006
この子を守ると決めたから 015
イルヴァレーノ 027
うさぎの耳はなぜ長いのか 037
貰っているもの、返さなければならないもの 046
お父さまの帰還 055
恐竜の咆哮と天使のおねだり 073
秘密の花園 093
王妃主催の刺繍の会 096
カイン花の花ことばはおにいさまだいすき 141
剣術指南 199
我慢をするなと言っただろう 229
秘密の花園からの脱出 234
苦《く》髪《がみ》楽《らく》爪《づめ》 278
自業自得だけど納得いかないぞ! 283
気持ちが悪い親の愛 294

カインの苦手なもの……304
アルンディラーノのあこがれ……310
みんなで食べるご飯はおいしい……315
カインの冬支度……330
番外編　もう一人の転生者……343

エルグランダーク家にまつわる逸事

秘密のお手紙……350
前世の知識で大儲け大作戦……363
我が主のお望みとあらば……371
真昼の空と夕方の空……386
あとがき……392
巻末おまけ「うさぎのみみはなぜながい」……394

イラスト ❦ キャナリーヌ
デザイン ❦ 諸橋藍

第一部 幼少期編

Reincarnated as a Villainess's Brother

異世界転生

カイン・エルグランダークはエルグランダーク公爵家の長男である。文武両道、眉目秀麗、才色兼備、冷静沈着、クールビューティー。とにかく完璧超人なお兄さん……に、将来はなる予定だ。

魔法学園の四年生の時に入学してくる妹の同級生と知り合い、その心優しさに触れるうちに心の闇をとかされていき、恋に落ちる……予定である。

カインは、前世の記憶を持って生まれてきた。

カインの前世は、昼は外回り中心の営業サラリーマンで夜は再生数そこそこのゲーム実況系YouTuberだった。ゲームのやり込みプレイと動画編集による連日の徹夜、徹夜、徹夜&エナジードリンクがぶ飲みによって身体に無理が来てしまっていたらしい。ちょっとだけ仮眠しようと机に伏せて目をつむったところで前世の記憶は終わっている。そのまま永眠してしまったようだ。

カインの前世はゲーム好きの男性だった。ゲームをプレイする時間を確保するために、ちゃんと定時で帰れるし、しっかり土日が休める超絶ホワイト会社（ただし薄給）に就職した。

会社の人たちも良い人たちで、ゲームが趣味だと言ってもオタクだ幼稚だとバカにせず理解してくれていた。パートタイマーのおばちゃんたちが、なんやかんやとおやつやおかずを分けてくれるので、一人暮らしの男のなんちゃって自炊でもちゃんとした食事ができていた。

それなのに趣味に没頭しすぎて過労死みたいな死に方をしてしまった。会社のみんなには申し訳ない事をしたと思っている。

カインとしての新しい命は、かなり裕福な家の長男として誕生したようだった。優しい父母と乳母に育てられ、何不自由なく暮らしていた。比較的若くして死んでしまった前世と比べて恵まれていることに感謝し、今度は長生きをして親孝行をしようと考えていた。

しかし、カインが三歳の時に妹が生まれ、ディアーナと名付けられた瞬間に気が付いた。この世界が、死ぬ直前にクリアし、配信に向けて動画編集中だったゲーム『アンリミテッド魔法学園～愛に限界はありません！～』の世界だと言うことに。

「転生は転生でも、乙女ゲームの世界かよ……」

他にもプレイしたゲームは山ほどあった。オープンワールドの誉れを捨てたお侍ＲＰＧや最終幻想なＲＰＧ、竜の探求的ＲＰＧだってプレイしてた。どうせならそっちの世界に生まれたかった。だってやっぱり勇者になりたいし冒険の旅に出たいじゃないか……とカインは少しガッカリしたのだった。

『アンリミテッド魔法学園～愛に限界はありません！～』略してド魔学は、女性向け恋愛シミュレーションゲームだ。いわゆる乙女ゲーというやつで、前世でカインは『俺、男だけど乙女ゲーをプレイする！　男なんだから男心なんて丸わかりなんだし楽勝で落としてやんよ！』という舐めプタイトルでプレイ実況動画をあげていた。

その結果、一周目は惨敗に終わり、意地になって周回プレイをしている姿がウケて動画の再生回数はそこそこ行っていた。最後の攻略対象を落として感動のエンディングを迎え、動画の編集をしているところで前世の人生は終わってしまったのだった。

ゲーム世界への転生だと気が付いたカインは、ステータス画面やコンフィグ画面、コマンド画面を出せないかと色々試した。「ステータスオープン！」と叫んでみたり、人差し指を上から下に向かって振り下ろしてみたり、ゲーム世界監禁系アニメの動作やセリフを思いつく限り真似てみた。傍から見たら奇行を繰り返す怪しい幼児である。カインは使用人の目を盗んでコソコソとやっていたものの、どこからか見られてしまっていたらしく乳母から心配そうな目で見られた事もあった。

そんな恥ずかしさを乗り越えて色々と試した結果は全滅だった。ステータスは見られないしコンフィグ画面もコマンド画面も出て来なかった。当然、ログアウトも出来ないしセーブもロードも出来ない。ゲーム世界への転生ではあるが、この世界はリアルなのである。

これはゲームであっても遊びではない。

ゲーム世界監禁アニメの有名な一節がカインの頭をかすめる。セーブ・ロードが出来ないのであれば、ある程度シナリオを知っていたところで全く安心など出来はしない。出来るわけがない。明日、道端で馬車に轢《ひ》かれて死ぬかもしれないし、階段で転んで打ち所が悪くて死ぬかもしれない。今のか弱い幼児の体では、抱っこしてくれている母の手が滑って落っこちただけでも死ぬかもしれない。そこは、自分にとってこの世界が現実である限りはゲーム世界だとしても変わらないはずだ。カインは、慢心せず誠実に生きていこうと心に誓った。

ところで、カインの妹ディアーナ・エルグランダークについてだが。

カインの妹、ディアーナ・エルグランダークはゲームで悪役令嬢の役目を持ったキャラクターだ。公爵家の長女と身分は高く、教養もあり、魔力も多い。歌も楽器も絵画も運動も礼儀作法もきっちりこなせる完璧令嬢だった。貴族同士が連綿と血をつないできたこともあり、見た目も非常に美しくまさに才色兼備と言ったところだ。

唯一の欠点は、性格が悪いこと。

ゲームの主人公に何かと張り合い、突っかかり、言いがかりをつける。まぁ、ゲームのライバルキャラクターとして作られたキャラクターだし、最後に『ざまぁ』を突き付けることでプレイヤーに爽快感を与えるための存在なので性格が悪ければ悪いほどいいのだろう。ただし、これはゲームプレイ時間である「十二歳から十八歳」の時点での話だ。


カインが三歳の時、父に手を引かれて母の寝室へと連れて行かれた。カインが前世の記憶を持っているために、他家の三歳児より大分しっかりとしていた事と、母の産み月が近くなってきていた事もあって、そろそろ一人で寝起きしてみるかと自室を与えられてから三月《みつき》ほど経った頃である。

家の中のバタバタとした雰囲気と、ソワソワと落ち着かない父の様子から、カインはついに妹か弟が出来るのだなと理解はしていた。父に続いて寝室へと入っていくと、昼だと言うのに母は寝室のベッドの上で横になっていた。

「ほら、カイン。あなたの妹のディアーナよ」

そういってベッドの上から優しく声をかけてくる母の視線の先には、ベビーベッドがある。そっと近づいて中を覗き込めば、そこには小さな天使が横たえられていた。生まれたばかりなのに生え揃っている金色の髪の毛はふわふわとひよこのように柔らかそうで、眠そうに半分だけ開いている青い瞳は潤んで朝露《あさつゆ》に濡れて光るツユクサのようだった。おもちゃのように小さな手は空中を掴むようにニギニギと動いている。

「ひぃいいいあああ」

産まれたばかりのディアーナを見たカインはその愛らしさに悲鳴を上げた。

「テラかわゆす。マジ天使。尊死する」

と言いながら背骨が折れそうなほどのけぞって、そしてそのまま後ろに倒れた。カインがゲームコマンドを試すのをやめてから一年以上経っていたが、久々のカインの奇行に母親と乳母は不安そうな表情を浮かべた。

両手で顔を覆い、うずくまって「おお神よ」などとつぶやいていたカインだが、決意を固めたような顔ですっくと立ち上がると、ディアーナのベビーベッドをもう一度覗き込んだ。

「お母さま、早く隠さないと神様がディアーナを取り戻しに来てしまいます。本当は天使なのに間違えて我が家に授けてしまったのです」

と本気で心配し、ディアーナに頭から毛布をかぶせてしまった。血相を変えた乳母に部屋から追い出され、あんな事をしたら呼吸困難になってしまうと叱られた。

産後、母の体調が戻るまでは乳母がディアーナの面倒を見る事になっていたが、カインは何かと世話を焼きに育児部屋へとやって来た。

最初のうちは、ディアーナが生まれた直後の奇行から乳母や侍女に警戒されていたカイン。毛布をかぶせて叱られたのを反省し、「触って壊すと大変だから」とディアーナの事は眺めるだけにして、雑用を率先してやっていた。

交換したシーツやおむつを洗濯部屋まで持っていったり、授乳中で動けない乳母へ濡れタオルを渡したり、ベビーベッドの上に吊るされているモビールに扇子で風を送ったり。三歳のカインに出来ることは少なかったが、そうやってテキパキと雑用をこなしていくことで、子育て組からの信頼を得たのだった。

雑用の他にも、カインが重用される場面があった。それはディアーナのご機嫌取りである。特に、カインが添い寝をするとディアーナは夜泣きもせずにおとなしく寝てくれるので、乳母や母はとても助かっていた。カインは誰も教えていないのに子守唄や子ども向けの優しい歌詞の歌をよく歌い、カインの歌を聞くとディアーナはご機嫌になってよく笑った。


ディアーナが一歳を過ぎ、よちよち歩きができるようになるとその可愛さは加速した。

「ディアーナぁ。こっちだよ」

「だぁあーうぅ」

カインが名前を呼ぶと、ディアーナはよちよちよたよたと歩いてくる。両手を前にだしてバランスを取りながら、体を左右に揺らしてゆっくり歩いてくる。その一生懸命自分に向かって来るディアーナの姿をみてカインの両目は糸のように細くなり、眉毛の端は限界まで下がってしまう。カインの目の前まで来るとディアーナは前のめりになり、頭の重さで加速してトトトっと駆け寄りトスンとカインの膝の上に乗っかるのだ。そうしてカインの顔を見上げると、たどり着いた事を誇るようにドヤ顔で笑う。

「ディアーナはあんよが上手だねぇ。偉いねぇ。将来は陸上選手かなぁ！」

ディアーナのドヤ顔に心臓を掴まれ、うまく呼吸が出来なくなりながらもカインはディアーナを褒める。そうして柔らかい産毛の様な髪の頭を撫で回し、ほっぺとほっぺをウリウリとくっつけてぎゅうと抱きしめる。

ふわふわと柔らかい金髪も海のように青いクリクリの瞳も、よだれでべちょべちょのもみじのような手もすべてが愛らしかった。何でも口に入れてしまうディアーナに自分の指が食べられていても、「ディアーナのお口は小さいなぁ」とニコニコ笑って食べられるままにしていた。

カインは甲斐甲斐しくディアーナの口の周りのよだれを柔らかい布で拭いてやっていたが、自分の事は気にしていなかった。いつでもディアーナはスッキリとしていたのに、カインの服は常によだれでべちょべちょになってしまっていた。

やがて、ディアーナにも乳離れの時期がやってきた。公爵家のシェフが自慢の腕を揮《ふる》って離乳食を作ったが、最初ディアーナは離乳食を嫌がった。イヤイヤと首を振ってスプーンを拒否し、小さい手でバンバンと子ども用テーブルを叩いて口をしっかりと閉じてしまっていた。しかし、カインが美味しそうな顔でディアーナの離乳食を口に入れ、

「こんなに美味しいのになぁ。ディアーナはコレを食べないなんて損してるなぁ」

と話しかけると興味を持ち始めた。

そこでカインがすかさずスプーンを出せば、ディアーナは大人しく食べた。それ以降、カインが食べさせればディアーナは大人しく離乳食を食べるようになった。

そうやって自分に懐くディアーナに、カインはますますメロメロになっていった。

ディアーナが二歳をすぎると、愛らしさは音速を超える勢いで増していった。

まだまだ歩くのがへたくそな癖にずっとカインの後ろを付いてくる。カインも歩いては立ち止まっ

て振り返り、歩いては立ち止まって振り返り、付いてくるディアーナを確認しては目尻を下げてだらしなく笑っていた。ディアーナが付いてくるのが可愛すぎて、意味もなく部屋の中をぐるぐると歩き回っていた。

歩くのがまだまだへたくそなディアーナはすぐに転んでしまう。そうして転んでしまってもすぐには泣かず、顔だけ上げてカインの姿を探し、カインと目が合うとようやく泣き出すのだ。

なんという愛らしさだろうか。カインは転んだディアーナに駆け寄り、頭を撫でてやり、膝や肘などぶつけたところをさすりながらディアーナの頭のてっぺんに鼻をくっつけてはクンクンと匂いを嗅いで悦に入っていた。

前世で知育玩具の営業をしていたカインは、取引先でもある幼稚園や保育園へ訪れることも多かった。そのため幼児と触れ合う機会はそこそこあったが、こんなに可愛い女の子は見たことがなかったと思う。ディアーナには前世の世界と今世の世界、二つの世界を超えた可愛さがあるとカインは確信していた。こんなに次元を超えた可愛さを誇る天使なのに、将来は殺されたり追放されたり知らんおっさんに嫁がされたりしてしまうのだ。そんなことする奴ら、頭おかしいんじゃ無いだろうかとカインは思う。

ゲームのエンディングは主人公の魔法学園卒業時だから、十六年後。魔法学園に入学するのは十年後。十年後にはこの天使が悪役令嬢になってしまってるなんて信じられない。信じられるわけがない。ルートによってはカインが自ら妹を窮地に追いやる事になる。そんな事になってたまるかと、カインはつよく拳を握る。

「にーたま?」

クリクリの大きな目で見上げてくるカインの天使。強く握って白くなっていたカインの手に、ぷにぷにのまるっこい小さな手をぺたんと乗せてきた。幼児特有の高い体温でじわじわとカインの手が温かくなっていく。

絶対守ってやるからな。絶対幸せにしてやるからな。そう心で語りかけながら優しく頭を撫でてやる。

にっこりと笑いかけてやれば、カインの天使は重ねていた小さな手をまっすぐに挙げて、笑いながら「シッコでた！」と元気に報告してくれたのだった。

この子を守ると決めたから

アンリミテッド魔法学園、略してド魔学は比較的スタンダードな恋愛シミュレーションゲームだ。

主人公は平民で、規格外の魔力を持っていた事で特待生として魔法学園に入学する。そこで攻略対象たちに出会い、スキル上げや会話イベントやミニゲームをこなして親密になり、愛を育み、幸せなエンディングを目指すのだ。ちなみに、ハーレムエンドは無い。

どのルートにもライバルキャラクターとして出てくる悪役令嬢が、カインの妹であるディアーナ・エルグランダークだ。

平民で素朴でおっとり優しい性格の主人公と対照的にするために、公爵家の娘でプライドが高く融通が利かない、思い込みの激しい性格の女の子としてキャラクターデザインされている。

見た目も、主人公は髪がピンクのおかっぱ、丸くて大きなタレ目、小柄な体格で柔らかいシルエットという姿であるのに対し、ディアーナは金髪の長い巻き髪、細い顎、少しつり目で、出るところは出てくびれるところはくびれているナイスバディという姿である。

ゲーム画面の十代後半頃のディアーナを思い浮かべていたカイン。足元を見れば、二歳の妹がコロンコロンと床を転がっている。自分の足の先を自分の手で掴んでまるでボールの様になっている。手足は短いし腕も足もぷにぷにだ。こんな可愛くて丸っこいのが、あんなナイスバディの美人になるのか？　本当に？　丸まっているディアーナの肩を揺すってコロンコロンと転がせば、ひゃーひゃーと言いながら喜んでいる。可愛い。尊みが深い。マジ天使。

ところで、女性向け恋愛シミュレーションゲーム、いわゆる乙女ゲームの攻略対象はだいたい暗い過去や人に打ち明けられない悩みを持っているものである。それを、主人公に理解してもらったり一緒に解決したりする事で親密度が上がったり唯一無二の存在になったりするわけだ。ド魔学もだいたいそんな感じの流れのゲームなのだが、カインの場合は「妹との不仲」「両親からの愛情不足」「次期公爵という立場に対するプレッシャー」なんかがそれになる。

長男のカインには厳しく教育を施しながら、妹には愛情いっぱい甘やかし気味に接する両親。それに対する不満。

両親からの甘さが存分に含まれた愛情を当たり前に受け取る妹。その妹への嫉妬《しっと》。

それらがゲーム版カインの根っこにあるわけだが。

アラサーまで生きた前世の記憶を持ったカインが実際に公爵夫妻の子として育てられてみると、特別に虐げられているわけでも愛情が偏っているわけでもないことがわかった。

単純に、五歳児よりは二歳児の方が手が掛かるってだけの話で、今まで独り占めしてた両親の愛情を二人で分けなくてはならなくなったというだけの話である。こんなのは、前世である現代日本の一般家庭でもよくある話で、ほとんどの長男長女は経験のあることだと思う。いわゆる「お兄ちゃんなんだから我慢しなさい」問題だ。

体は五歳児だが、中身はアラサーのサラリーマン。いまさらお母さんを妹に取られた！　なんて不貞腐《ふてくさ》れたりはしないし妹に嫉妬したりもしない。むしろ、両親と一緒になってディアーナを可愛がる側である。いや、親以上に可愛がっていて、

「カインばっかりディアーナに構っていてずるい！　お母様にもディアーナをお世話させてよ！」

と親から嫉妬されているぐらいだった。

カインが前世で配信用に全ルートのプレイ動画を編集していて思っていた事がある。このド魔学というゲームはこれでもかとディアーナを虐げるのだ。各ルートで、ありとあらゆる考えられる限りの『ざまぁ』を用意してくれちゃっていて、カインはプレイしながら「そこまでやるかよｗｗｗ」とか実況していた。

ゲームをプレイするときは、当然主人公を操作するわけで。二ルート目ぐらいまでは「ディアーナざまぁｗｗｗ」「私の恋路を邪魔するからよ！（裏声）」なんてディアーナの不幸を笑いながら実況し、主人公の恋が成就するのを「よっしゃ！」と言って喜んでいた。

四ルート目、五ルート目くらいから「おいおい……やりすぎじゃねぇの？」「いや、俺はここにない四番目の選択肢を選びたい！」「そこまでする必要あるか!?」「雑！」と、主人公じゃなくてディアーナに感情移入するようになってしまっていた。

ゲームが進行し、ルート分岐を過ぎて攻略相手が決まれば、主人公と一緒に行動するのは選んだ攻略対象となる。そうなれば他の攻略対象の出番は急激に減るし、キャラクターによっては出てこなくなる。しかし、どのルートでもおじゃま虫として出てくるディアーナは全ルート皆勤賞である。

もはや、親の顔よりみたディアーナの泣き顔状態だ。主人公の次に付き合いが長いキャラクターとなるので、繰り返せば繰り返すほど情が移っていく。

カインの前世はゲーム実況動画を配信していたYouTuberだ。動画編集中はプレイしたゲーム画面を繰り返し見ることになる。実際のゲームプレイは各ルート一回ずつだけだったとしても、イベントシーン等は編集のために何度も何度も見返すことになる。ゲーム実況という性質上、画面にテキストで表示されるセリフに対して声を出して返事をし、ゲームキャラクターたちと会話をする。全ルートを通して、前世のカインが一番会話をしたのはディアーナということになる。

ちらりと足元を見れば、可愛い妹がカインの足元に座り込んでいる。靴ひもを引っ張ったり穴に入れようとしたり固結びしようとしたりして遊んでいる。こんなに無邪気でかわいいディアーナが、殺されたり魔王として退治されたり四十歳も年上のおっさんに嫁がされたりするなんて間違えている。

「ディアーナ。靴紐はばっちぃからこっちへおいで」

ディアーナの手を優しく靴紐から離し、脇に腕を差し込んで抱き上げる。膝の上に乗せて背中を優しく撫でてやると、今度はカインの棒タイで遊び始めた。

とりあえず、攻略対象のうちの一人である「カイン・エルグランダーク」は中身がアラサーサラリーマンになった。そのおかげでカインルートでディアーナが不幸になる事はなくなった。主人公を自分に惚れさせてカインルートに持ち込むという案は、最終手段として考えている。あくまで、最終手段として、だが。

　そもそもの、家族との不仲による人間不信、出世への猛進による青春活動への忌避が今のカインには全くないのだ。主人公に救われる様な闇を持っていないのだからフラグの立ちようもない。

　自分がきっちりディアーナを優しい良い子に育ててやれば、悪役令嬢にはならないかもしれない。ゲームの強制力みたいなものがこの世界にあったとしても、自分が公爵家の長男としてちゃんと見張っていれば爵位が下のやつらからは守ってやれるかもしれない。

　問題は、王太子ルートだ。攻略対象にはこの国の王太子がいる。公爵家といえど、さすがに王族には逆らえないだろう。

　王太子ルートでは、ディアーナは学園が始まった時点ですでに王太子の婚約者になっていた。もしかしたら他のルートでも王太子の婚約者なのかもしれないが、ゲーム内で話題が出ていないので分からない。

　そして、卒業パーティーでみんなの前で婚約破棄……はされず、書類だけの結婚をした後に遠い地方の貴族に下賜されるのだ。四十歳以上も年上のおっさんの後妻になって、老人介護をやらされつつ義理の息子たちに凌辱される。ゲーム開発スタッフたちの「ひねったでしょ!?」というドヤ顔が透けてみえてイラっとする。

　ゲーム上では、確かに主人公《じぶん》の恋愛の邪魔ばかりするしプライドは高いしで嫌な奴だったディアーナ。でも今、カインの棒タイを口に入れてべたべたにしているこのディアーナは、まだ何も悪いことをしていない。何より、今のこの人生ではカインの妹だ。身内だ。家族なんだ。

　まだゲームのエンディングまで十六年もある。まだまだ、全然間に合うはずなんだ。なんとしたってディアーナを守る。だって、こんなに可愛いんだから。

「な、ディアーナ？」

顔を覗き込んで頭を撫でてやると、棒タイを口に入れたままこちらを見上げてきた。

「おにーた……おぇ」

思ったより棒タイの紐を長く口に入れてしまっていたみたいだった。ディアーナはカインの胸に向かってゲロを吐いた。


ディアーナが三歳を過ぎた頃には言葉もだいぶ達者になり、その可愛さは天井知らずだった。

カインは前世の営業時代に、試作品の玩具の反応を見るために子どもに交じって遊ぶこともあった。なので幼児の扱いにはそこそこ慣れていた。幼児の遊びは意外と凶悪である。上手にいなさないと大人であろうと怪我をする。

ある日は、二人でままごと遊びをしていた。

カインとディアーナで向かい合って座り、間には人形や積み木がバラバラと置かれている。

「にーたまごはんれすよ」

そう言ってディアーナは積み木を一つ手に取りカインに向けて手を伸ばす。カインはニコニコしながら、

「ディアーナが食べさせてくれるの？」

と聞けば、ディアーナがウンウンと大きく頷いてさらに腕を伸ばしてきた。そのままでは届かないので、カインは体の前に手をつくとディアーナの前に身を乗り出した。

「あーん」

とディアーナが言うので、

「あーん」

といってカインは口を開けた。その口めがけてディアーナが天使の笑顔で積み木を容赦なく突っ込んできた。ガツンという音をさせて、積み木はカインの前歯に強くあたり、カインの前歯は折れた。

音に驚いた侍女が駆け寄って声をかけると、振り返ったカインはダラダラと口から血を流していた。侍女がその姿を見て悲鳴を上げ、執事や母が駆けつけてきてまた悲鳴を上げた。

すぐさま医者が呼ばれ、乳歯だから大丈夫、唾液と混ざって派手に見えるがさほど血は出ていないと診断した。両親と侍女はそれまでの間ずっと青い顔をしていたが、カインは始終ニコニコと笑顔で、

「見ましたか？　ディアーナが『あ〜ん』してくれたんですよ」

と会う人毎に自慢げに話していて、周りの皆からドン引きされていた。


また別のある日、二人で部屋の中でかくれんぼをしていた。

カーテンの後ろに隠れているディアーナは、お尻が全然隠れていなかった。

「あれぇ？　ディアーナどこかなぁ？　みつからないなぁ」

カインはディアーナのお尻は見えないふりをして、机の下を探したりベッドの下を探したりした。

全然カインに見つからない事に気を良くしたディアーナは、カーテンの後ろにより深く隠れようとしてタッセルにぶら下がった。直後に『ぶちり』と音がしてタッセルは切れ、ドスンと音を立ててディアーナは尻から床に落ちた。

流石にそれを見なかったことには出来ないカインは、

「ディアーナみーつけた」

とかくれんぼを終了させた。ディアーナは「みつかっちゃった」と楽しそうに笑ってカインに抱っこを要求した。抱き上げられてカインの腕の中にいるディアーナは、得意そうに戦利品をカインに渡してきた。

「こえあげうね！」

といって渡されたきれいな房飾りは、先程ディアーナがカーテンにぶら下がってちぎってしまったものだった。

「ディアーナからのプレゼント！」

カインがディアーナをソファーの上にそっと降ろし、両手のひらをお椀のように合わせて差し出すと、ディアーナはその上に房飾りをばしりと叩きつけるように乗せた。

手の中に収められた房飾りは窓辺のカーテンのタッセルに付いていたものだ。公爵家といえども頻繁に交換するものでも無いため、先はすこしぱさついて広がっているし、房の外側が色あせているので房の外側と内側で色が違ってしまっている。

「おぉ。おぉぉ」

手のひらに乗っている房飾りを見つめるカインの目には涙が浮かんでいた。房飾りを押し戴き、額に押し当てる様はまるで聖遺物を賜った巡礼者のようであった。

「ありがとう、ディアーナ。大切にするね」

一通り感動を噛み締めた後、カインはディアーナの顔を真っ直ぐにみつめてお礼を言った。嬉しさが溢れているカインの笑顔にディアーナも釣られて笑顔になった。

「どーいたまって！」

カインはたまらずディアーナをぎゅうと抱きしめ、

「キュン死する尊死するたすけてディアーナが可愛すぎるんですけど！」

と叫んでのけぞり、頭が床についてブリッジしている。カインに抱かれていたディアーナが腹の上で跳ねてカインはベシャリと潰れた。

カーテンのタッセルをちぎってしまったので、カインは後々母親から叱られた。

ディアーナからの初めてのプレゼントは、カインの宝物として大切にしまい込まれた。


ある日、カインが家庭教師から芸術の授業を受けている時のこと。ディアーナもカインの部屋のソファーに座って大人しく絵本を眺めていた。

「カイン様はスケッチはきれいですが、色塗りになると独創的になりますね」

「パレットに載っている時の色と、紙に置いて伸ばした時の色と、乾いた時の色が違うのでむずかしいです……」

「なるほど。では、こういう塗り方はどうでしょう？　筆にはほんの少しだけ絵の具を付けて……」

カインが色の塗り方を教わっている後ろで、ディアーナは絵本をめくっていた。まだ読める字が少ないディアーナはあっという間に最後のページまで読み終わってしまい、パタンと絵本を閉じた。

ディアーナは立ち上がってカインの後ろに立つが、カインは一生懸命に色塗りをしていたのでディアーナが立っている事に気が付かなかった。

芸術の授業時間がそろそろ終わりという時間。先生へお茶を出すためにやってきたメイドが壁際を見て慌てたように声をあげた。

「ああ！　ディアーナ様！」

ディアーナという名前に反応したカインがそちらを見ると、ディアーナが壁にクレヨンで落書きをしているところだった。絵本を読み終わってしまって退屈になったディアーナが、カインのマネをして絵を描いたようだ。

「おにーたま！」

ディアーナが壁を指差してそう言った。その顔は達成感に満ち溢れて誇らしげだった。

壁を拭き取る道具を取るために来たばかりのメイドが部屋を出ていったが、カインは気にせずふらふらと壁に近寄っていった。

「これが……僕？　僕を描いてくれたのかい？」

黄色と青と茶色のクレヨンでぐりぐりと描かれたそれは、何処が目で何処が口なのか分からない状態であったが、カインにはそこに自分の姿が見えるようだった。

「僕を描いてくれたんだね！　どうもありがとう！　黄色は僕の髪の毛だよね、青が僕の瞳かな。特徴をしっかり捉えているよね。すごいよディアーナ。嬉しい！　ありがとう！」

ディアーナを褒め称えつつ、その体を持ち上げて高い高いをしてぐるぐる回る。ディアーナが僕を描いてくれましたよ！　と芸術の先生に向かって嬉しそうに声をあげ、降ろしたディアーナを抱きしめておでこと両方のこめかみに順にキスを落としていって最後に頭の天辺に鼻を埋もれさせてスンスンと匂いを嗅いでいた。

クレヨンで壁紙に描かれたカインの似顔絵と思われる絵は、戻ってきたメイドが掃除しようとしたのを止めてカインがナイフで切り取った。後日しっかり父親から叱られたが、今でも額に入れて飾ってある。カインの妹への溺愛ぶりは相当だった。

また別のある日。カインは音楽の家庭教師にバイオリンを教わっていた。

調律を終わらせ、先週までの復習をすませて、さて一曲通して弾いてみましょうとなって弓を構えると、ドアが開いてディアーナがそっと入ってきた。カインは一瞬ドアの方を見てディアーナが入ってきたのを確認したが、授業中に取り乱すような不作法はしなかった。深呼吸を一つすると、ゆっくりとバイオリンを弾き始めた。

弾き始めはゆったりしていた曲が、中盤になってテンポが上がって盛り上がってくると、それまで大人しく聞いていたディアーナが近寄ってきてお尻をフリフリしながら踊り出す。

譜面台の楽譜を見て、視界の端に踊るディアーナを見つけて、カインの口が持ち上がっていく。

先生の前だし、授業中だしでしばらくは我慢していたカインだが、楽譜を二回めくったところで、ついに我慢ができなくなった。だって、ディアーナのお尻フリフリダンスは可愛らしさが限界突破しているんだから仕方がない。カインはついつい一緒になってフラダンスの様に腰を振りながらバイオリンを弾いてしまい、家庭教師から呆れられてしまった。

イルヴァレーノ

そんなディアーナにメロメロで、ディアーナが絡むと顔も行動もだらしなくなってしまうカインだったが、公爵家の長男としてやるべきことはちゃんとやっていた。そのやるべきことのうちの一つが体力づくりだ。

公爵家令息、カイン・エルグランダークの朝は早い。朝食の二時間前には起きて屋敷の塀に沿ってランニングを行っている。

五歳から始めて、最初の頃は半周も出来なかったのだが、六歳になった今は十周ほど出来るようになっていた。ちなみに一周はだいたい一キロほど。だだっ広い屋敷だ。

敷地内を巡回警護していた騎士に最初に見つかった時にやめさせられそうになったが、無視して走り続けていたら、いつしか騎士が一緒に走るようになっていた。

そこから仲良くなって、護身術や足の運び方、攻撃のかわしかた等を教わるようになり、今や身長が倍ぐらいある大人であっても隙《すき》をつけば転ばせて押さえつけるぐらいはできるようになっていた。まだ体が小さく筋力も無いため武器の取り扱い方は教えてもらえていない。

この、カイン・エルグランダークの体は優秀だった。さすが乙女ゲームの攻略対象キャラなだけのことはある。勉強をすればするほど知識は増えるし思考がはっきりしていくのを感じる。一応予習復習はするが、一度学んだことはしっかり身につき忘れない。

運動についても、走れば走っただけ体力が積み上がっていくのを感じるし、騎士に習った体捌きなどもすぐに自分の物にできた。

やればやっただけ成果が出るのはとても面白かった。

この頭が前世の大学入試の頃にあればなぁと思わないこともなかったが、それはもう過ぎた話だからと頭を振って思考を追いやった。

今日も、いつも通りに軽く準備運動をしてから走り出した。今日は父親が早朝から領地へ出かけるということで、馴染みの騎士は門の開閉と見送りに行っているためひとりで走っている。

ハッハッハッという自分の呼吸と、鳥の鳴き声だけが聞こえる静かな朝だった。

ちょうど正門と反対側、屋敷の裏手にさしかかったところで、後ろからドサリと重い物が落ちるような音が聞こえた。塀から猫でも落ちたのか、なにかゴミでも投げ入れられたのか。

もしかしたら庭師の爺ちゃんが倒れたのかもしれないと、カインは足を止めて振り返った。

そこには、全身黒ずくめで顔も頭巾で覆っている少年が落ちていた。

深呼吸をして息を整えながら近寄ると、少年はよろよろと立ち上がり、塀に手を突きながらも歩き出そうとした。カインは、スタスタと歩いて近寄ると足払いをして少年を転ばせ、その上に馬乗りになると頭巾をもぎ取った。

赤い髪の毛と赤い瞳。血の気の無い白い顔をしていたが、その顔には見覚えがあった。

「……イルヴァレーノ……」

カインが名前をつぶやくと、少年はギクリと肩を震わせてカインを赤い目でにらみつけてきた。

イルヴァレーノは攻略対象の一人で、暗殺者だ。

暗殺者ルートは一番悲惨なシナリオで、ディアーナは勿論のことイルヴァレーノ以外の攻略対象も全員死ぬ。暗殺者ルートのシナリオを思い出そうと、カインはイルヴァレーノに馬乗りになったまま斜め左上を眺めて思考を整理する。

（確か、主人公とイルヴァレーノは小さいときに会ってるんだよな。そんな回想シーンがあったはず。暗殺に失敗して瀕死で逃げている所を主人公が拾って手当してやるんだっけか……。その小さい頃の優しくされた記憶だけを拠り所に厳しい世界で生きてきて、魔法学園で再会して恋心を拗らせるんだよな……）

改めて、視線をイルヴァレーノの顔に移す。幼い顔をしているが、ゲームのイベントスチルで見たイルヴァレーノの顔に間違いなかった。赤い髪に赤い瞳、攻略対象だけあって整った顔。傷が痛むのか厳しい表情をしている。

「怪我してるのか？」

「……」

カインが問いかけても、イルヴァレーノは答えない。目をそらしたら負けとでも思っているのか、視線はきっちりとカインの目を捉えていた。

（あー……もしかしてこれ、俺が見つけてなかったらこのまま足を引きずって主人公の家の近くまで移動してたんじゃないか？）

ここでイルヴァレーノを逃がせば、主人公との幼い頃の思い出ができてしまう。最悪のルートなので、暗殺者ルートだけは何としてもつぶしたいとカインは考えていた。

「なぁ、腹減ってないか？」

「……」

やっぱり答えないイルヴァレーノに向かってため息をつくと、カインは立ち上がってイルヴァレーノの上からどいた。

押さえつけられていた体が自由になったイルヴァレーノが飛びかかってきたが、騎士から指導を受けていたカインは難なくかわし、そのまま腕を取って投げ飛ばした。

「ぎゃっ」

受け身も取れずに背中から落ちてうずくまるイルヴァレーノの腕を持ち上げ、肩の上に体重を乗せて膝を落とした。

「あがあああっ」

「ごめんねー。脱臼させただけだから、後でちゃんとはめてあげるよ」

脱臼していない方の腕を持ち上げて肩に担ぐと、引きずるように邸《やしき》へと連れて帰った。

父親の出立で使用人たちが手薄になっているのを利用して、カインはイルヴァレーノを部屋まで連れ込み、いかにも暗殺者ですと言うような真っ黒な服を脱がせた。クローゼットの中の、自分の服の中から一番地味な服を選んで着せた。

元からの怪我と、カインにやられた脱臼のせいで脂汗を浮かべてうなっているイルヴァレーノをソファーに寝かせ、鈴を鳴らして使用人を呼んだ。

カインは、ランニング中に裏門の向こうに倒れている子がいたので介抱しようと連れて来た、困っている人がいれば助けるのは貴族の務めだもんね。と使用人に説明した。

使用人から侍女に話が行き、侍女から執事へ話が行き、執事から母へ話が届くと母は医者を呼んでくれた。足の骨折と細かい切り傷、背中の打撲と肩の脱臼。医者はしばらく安静に、と言って薬を置いて帰って行った。

「なんで助けた……」

イルヴァレーノがにらみつけながら問いかけてきた。ゲーム中では低めのイケボだったが、まだまだ幼い少年ボイスだった。コレはコレでアリよりのアリだな、とにやけそうな顔を引き締めるカイン。前世ではおねショタ属性を持っていた。

「困っている人を助けるのは、貴族の義務だからねぇ」

イルヴァレーノは今、カインのベッドに寝かされている。この後どうするかは、父が帰ってきてから相談しようと母と話し合い済みだった。

この時のイルヴァレーノが、誰の暗殺に失敗したのかはゲーム中では語られていない。

ただ、物心ついた頃から暗殺者として育てられていて、人殺しに疑問を持たなかったイルヴァレーノ。そんな彼が主人公のやさしさに触れてしまうことで、再会までの間苦しみながら人を殺し続けることになる。

そうして、主人公と再会した時にはすっかり心が壊れていたイルヴァレーノは、世界で二人きりになろうとして主人公以外のすべての人を殺してしまうのだ。

「情けは人の為ならず、って言葉知ってる？　人に親切にすると、回りまわって自分に親切が返ってくるよって意味なんだけどさ」

ベッドのふちに座って、寝ているイルヴァレーノの顔を覗き込むようにしてカインは話しかける。

「君を助けたのは、回りまわって俺が助かるためなのさ」

「意味が分からない……」

「意味が分からなくてもいいよ。とりあえず、今はおやすみ。起きたら一緒にご飯を食べよう」

そういって、カインは片手でイルヴァレーノの目をふさぐ。

目の上に手を置かれてしまって目をつぶらざるを得なくなったイルヴァレーノは、そのままぐっすりと眠ってしまった。

イルヴァレーノが次に起きたのは翌日の昼だった。

目の前にはおいしそうなご馳走が並んでいた。ご馳走の並ぶローテーブルから目を上げると、目の前のソファーには綺麗な顔をした少年……カインが座っている。

イルヴァレーノは、添え木をされているために曲げられない膝を伸ばした状態でソファーに斜めに座っていた。料理を挟んでカインと向かい合わせに座っている状態に、なんでこうなったと眉をしかめた。

「そんなに怖い顔するなよ。一人でいる事と腹が減っていることはいけない事だって栄ばあちゃんも言っていたからな。まずは飯を食おう」

「サカエバァチャンって誰だよ……」

「マナーが分からなければ気にしなくて良い。なんなら手づかみで食べてくれても構わないよ」

カインの言葉に、イルヴァレーノはムッとした。

カトラリーからナイフとフォークを手に取ると、チキンのソテーを丁寧に切って口に運んだ。食器のぶつかる音もたてず、その所作は美しいものだった。カインは、片方の眉を吊り上げると、へぇと感心したように声を上げて自分も食事に手を付け始めた。

「もしかして、将来は貴族の暗殺とかさせるために教育受けてたとか？　それとも、実は本当に貴族の子息だったりする？」

「……」

「どっかに養子縁組でもさせる予定だったのかね」

「……」

「なんかしゃべれよー。食事は楽しく食べようぜー」

「……」

カインが色々話しかけるが、イルヴァレーノは返事をせずに黙々と食事を口に運ぶばかりだった。もっとも、暗殺に関することは、話すことが出来ない機密事項のためカインの質問に答えることができないという事情もあった。

「とりあえずさぁ、お前の怪我が治るまで家から出さないつもりだから」

「なっ！」

「早く家に帰りたけりゃたくさん食べて早く元気になることだな」

「……」

カインとしては、怪我が治らないうちに放逐して改めて主人公と出会われても困るのだ。元気いっぱいになれば、主人公の目の前で行き倒れる事も無くまっすぐ帰ってくれることだろう。

出来れば、暗殺者自体を辞めさせたいとカインは考えていた。今回、元気に帰ったとしてもまた次の仕事で怪我をして主人公に拾われないとも限らないからだ。ゲームの強制力なんてものがあるのかは分からないが、ゲーム開始時点までまだ九年もある。その間に、過去のエピソードを作られても困るのだ。出来れば、しっかりと囲い込みたいとカインは思っていた。

「おにーしゃま！」

バンっとノックもなしに部屋のドアが開き、ディアーナが駆け込んできた。

「おひるをごいっしょしないってなぜですの！　ディはおこっているのよ！」

カインの座るソファーまでくると、ディアーナは肘置きをバンバンと手のひらで叩いた。

「ごめんよディアーナ。さみしかったかい。僕も本当はディアーナと昼食を食べたかったんだよ」

そういいながら、カインはディアーナの脇に手を入れて持ち上げると、自分の足の間に座らせた。髪の毛を優しくなでると、その髪や耳に軽いキスを繰り返し、さらには頭頂部のにおいをかいでは幸せそうに目じりを下げて「かわいいかわいい」とつぶやいていた。

それを見て、イルヴァレーノはドン引きした。

先ほどまで、無表情か片眉をあげた皮肉な顔をしていたカインがまるで別人のように相好を崩しているのだ。声のトーンも全然違い、これ以上甘くなることはないのではないかというほど甘い声を出している。

「ディアーナも同じものを食べたかい？」

「おにーしゃまと同じものを食べましたわ」

ビシッとテーブルの上のチキンソテーの添え物を指さし、

「ちゃんとにんじんもたべたのですよ！」

とドヤ顔をしてカインを見上げる。それを見て、これ以上崩れないと思っていたカインの顔がさらに崩れた。わしゃわしゃとディアーナの頭を撫でまわし「えらい！　嫌いな食べ物もちゃんと食べられるなんてディアーナは何て素晴らしいんだ！」とべた褒めしている。

何を見せられているんだろうか。自分を投げ飛ばした挙げ句に肩を外して連れ込んで、怪我が治るまでは監禁するとまで言っていた人物と同じとは思えない。貴族の息子として育てられている割には冷めた態度をとるやつだと思っていたのに、なんだこのギャップは。

寒暖差で風邪をひいてしまいそうだと、イルヴァレーノは身震いした。

チラチラと、テーブルの上のデザートに視線を寄せるディアーナのほっぺたを手で包み込み、そっと上を向かせて目を合わせると、カインはとても優しそうな顔でほほ笑んだ。

「ディアーナは、このあとちゃんと、もう一度歯磨きできるかい？」

「はみがきするわ！」

「僕にデザート貰ったって、内緒にできるかい？」

「おにーしゃまとのひみつね！」

よーし良い子だ～とほっぺたをぷにぷにと優しくつまんだ後、デザートの皿を手に取ると「あーん」とディアーナの口にスプーンを運んでいくカイン。それを見て、イルヴァレーノは完全に毒気を抜かれてしまった。ため息を吐き出して、自分の食事に集中することにした。

思うよりお腹が空いていたのか、あっという間に食べ終わってしまった。デザートの皿を取ろうと手を伸ばしたところで、前方から視線を感じ、顔を上げたら小さな少女と目があってしまった。

「……」

「……」

非常に食べづらい。デザートの皿を手前に持ってくると、ディアーナの視線もついてくる。

「……」

「………食べる？」

パァァと効果音が聞こえてきそうな勢いで顔が笑顔に変わった。その笑顔のまま、ディアーナはグリンと顔を真上に向けてカインの顔を見上げる。

カインは、困ったような顔をして「うーん」と悩んだフリをして見せるが、答えは最初から決まっているのだろう。自分の前にある皿をどけてデザート皿を置く場所を作った。

「ゆっくり食べるんだよ」

「はい！」

「お礼は？」

「ありがとう！　知らないおにいしゃん！」

「……」

カインの前に自分のデザート皿を置くと、背もたれに背を預けて力を抜いた。

膝の間に座ってディアーナがデザートを食べているため、カインの食事は先ほどから全然進んでいない。それでも、おいしそうにデザートを食べる妹をいとおしそうに眺める顔は満足そうである。

（なんでコイツは俺の名前を知っていたのか。全身黒づくめの怪しい恰好だったとはいえ、なんで俺を暗殺者と決めつけているのか。俺と同じくらいの子どものくせに、怪我をして万全でなかったとはいえ、仕込まれている俺に足払いをかけて投げ飛ばし、脱臼させるその技術はどうやって身に付けたのか……。情報の出所を突き止めてから帰らないと、ボスに殺されかねないな……）

イルヴァレーノは、怪我が治るまでは家から出さないと言われたのを逆にチャンスととらえた。自分に関する情報の出所を探ってやろうと心で決心したのだが、カインが前世の記憶で知っていただけとはわかるはずもなかった。

その日の夕方、ディアーナがデザートの食べ過ぎでおなかを壊した為、甘やかしてデザートを譲ったカインとイルヴァレーノはそろって母親に叱られたのだった。

うさぎの耳はなぜ長いのか

イルヴァレーノがエルグランダーク家の庭でカインに拾われてから、三日が経っていた。打撲の痕や切り傷はだいぶ目立たなくなってきたが、足の骨折がまだ添え木も外せていない状態だった。その日も、動き回ることもできずにカインの部屋のソファーに座ってぼんやりとしていた。

現在カインは、音楽の家庭教師が来ていてピアノ室でピアノのレッスンをしている。

イルヴァレーノは、貴族の子どもなんて甘やかされてお菓子食べて遊んで昼寝して過ごしていると思っていたのだが、カインはその想像を覆すほどに忙しくしていた。

朝早く起きて敷地の外周をランニングし、朝食後は算術や歴史や外国語等の勉強をする。昼食後はダンスのレッスンだったりバイオリンやピアノなどの楽器のレッスンだったりの実技系の授業を受けていた。ティータイムを挟んで魔法の基礎訓練をし、その後夕飯まで敷地内をランニングしていた。

それらのスケジュールの、合間合間に妹とのスキンシップタイムを挟んでおり、動けず部屋でじっとしているイルヴァレーノの様子も見に来ては声をかけていた。

（なんなんだあいつは）

カインが忙しすぎて、イルヴァレーノの名前や暗殺者として育てられていることをなぜ知っているのか探る隙が全然なかった。

カインが自分と同じ六歳であることは会話の端からわかったが、特殊な育て方をされている自分ならともかく、貴族の令息としてはカインは大人っぽすぎるんじゃないかと感じていた。

カインも夕飯後は自由時間になる。今日こそはいろいろとカインを問い詰めなくてはならない。どうやって何を聞き出そうかと頭の中で整理している時に、バァンと大きな音を立てて部屋のドアが開いた。

「イルにーしゃま！　ごほんをよんでさしあげます！」

相変わらず、ノックもせずにいきなりディアーナが入ってくる。ズカズカとソファーまでまっすぐ歩いてくると、イルヴァレーノの太ももを横からペシペシと叩いて席を詰めろと圧力をかけてくる。

大人サイズのゆったりしているソファーとはいえ、本来は一人掛けなので子どもとは言え二人並んで座ると狭い。

あっちに座れよと言っても、尻をずらすまでディアーナは太ももを叩き続けるので、ため息をつきながらソファーの端に尻をずらす。

ディアーナはソファーによじ登ると、イルヴァレーノが作った隙間に尻をグイグイと収め膝の上に持ってきた本を乗せた。

「おにーしゃまがピアノ中でイルにーしゃまはおひまでしょう？　ディがごほんをよんであげますね」

イルヴァレーノと呼びづらいのか、ディアーナはかなり早い段階で『イルにーさま』と呼ぶようになった。最初に呼んだ時には「ディアーナの兄は僕なのにっ」とこの世の終わりが百万回来たかのような顔でカインに睨まれた。ディアーナに呼び方を変えるように言ったが、全然聞く耳持たなかったのでもう好きにさせている。

カインはディアーナの事を可愛い可愛いと連呼するが、イルヴァレーノから見るとカインとディアーナはほぼ同じ顔をしていたので「ナルシストかよ」と心の中で突っ込みを入れていた。

明るい金髪に、夏空の様な深い青い瞳。綺麗に整った造形。三歳の年齢差はあるが二人はそっくりだった。

「むか……むか……のとき……は……した」

ディアーナが本を読んでくれるが、まだ基本文字を全部覚えていないのか本文を飛ばし飛ばし読んでいて意味がまったく分からなかった。

それでも一生懸命文章を指でなぞりながら読もうとしている姿は、ちょっといじらしいかもしれないと思った。

「貸して。俺が読む」

ディアーナの膝の上の本を太もも一本分ずらし、二人の真ん中に置くとイルヴァレーノは本を読み始めた。

「むかしむかし、うさぎのみみは短くて、へびのからだも短くて、馬のくびも短いときがありました。神渡りの日に神様は……」

ディアーナは真剣に絵本を眺めイルヴァレーノが「うさぎ」と読むとうさぎの絵を指さし、「へび」と読めば蛇の絵を指さしている。動物や花の絵を指さしながら、チラチラと顔を盗み見てくるのに気が付いて、イルヴァレーノはそっと息を吐く。

カインがディアーナに本を読んでやる時は、読んだ単語と同じ絵を指さすとカインが褒めるのだ。

「あたり！　それがうさぎさん！　ディアーナは偉いねぇ。うさぎさん知ってるんだね！　賢いね！」

と、とにかく褒める。

カインがディアーナに読み聞かせをするのをそばで見ていたイルヴァレーノは、ちっとも話が進まない事に呆れていた。

同じように褒めてくれると思って様子をうかがっているのであろうが、イルヴァレーノはお話を中断して褒めてやる気はなかった。

「……そうして、うさぎの耳もヘビのからだも馬の首も長くなったのでした。おしまい」

本をパタンと閉じる。

ディアーナは心なしかしょんぼりしている様に見えた。

（アイツが普段褒めすぎなんだよ……）

意地になって、ディアーナに声もかけずに一気に本を読んでしまった。その事に若干の気まずさを感じてしまい、カインに責任転嫁するイルヴァレーノである。

「あー……。問題です。うさぎはどうして耳が長くなったんでしょうか？」

「う？」

気まずさをごまかすために、今読んだ本の内容をクイズにして問いかけてみた。

突然の謎掛けに、困惑顔のディアーナ。

「最初は短いうさぎの耳が、最後には長くなっていたでしょ。なんでだった？」

「なんで？」

「聞き返さないでよ」

（やっぱり、単語と絵の当てっこに夢中で話を聞いてないな……）

イルヴァレーノが顔をしかめると、ディアーナは不安そうな顔をしてオロオロと手をあげたり下げたりしはじめた。

「もう一回はじめから読むから、今度はちゃんとお話を聞いててよ」

ため息を吐きながらそういうと、ディアーナは深刻そうな顔をしてコクコクと大きく頷いた。

一度閉じた本をもう一度開き、最初から読み直す。

「むかしむかし、うさぎの耳は短くて……」

絵本には物語があると気が付いたディアーナは、その日から本の読み聞かせをカインではなくイルヴァレーノにねだるようになった。

カインは預言者に世界の破滅を宣言されたかのような顔でイルヴァレーノをにらみつけると、ふて腐れて早寝してしまった。

今日も、イルヴァレーノは情報を聞き出すことが出来なかった。

単語ではなく文章として理解しようとしはじめたディアーナは勉強が捗《はかど》るようになった。イルヴァレーノは母親から感謝され、身元不明の謎の少年にもかかわらず邸で働かないかと誘われた。

カインがイルヴァレーノを拾ってから半月ほどが経っていた。

「お前の素性を教えてくれないか」

夕食後の自由時間に自室でくつろいでいたカインが、そうイルヴァレーノに話しかけた。

イルヴァレーノの怪我はすっかり良くなり、足もまだ走れはしないが歩くのには問題ないほどには回復していた。公爵家に引き留めておく理由がなくなったのだ。

「……」

「表向きの方でいいよ。字が読めたり食事マナーが出来ていたりするんだから、路上生活の浮浪児って事でもないんだろう？」

「……」

「孤児院の孤児か、町に住む平民か？　町の外に住む平民か？　半月も帰らなかったら心配する人がいるんじゃないのか？」

「……」

「歩けるようになったとはいえまだ完治した訳ではないし、どこまで送ってやればいいのか教えろって言ってんだけど」

「歩いて帰れる」

取り付く島もない態度に、カインは目を細めて「んー」と首をぐるぐるまわす。コキンと音が鳴った。

「暗殺組織？　について教えろって言っているんじゃないんだからさぁ……」

「……」

「声なくしちゃったのー？　人魚姫なのー？」

「……」

人魚姫は通じないようで怪訝な顔をされた。転生知識チートで絵本作家になるのもありかもねーなんて現実逃避しつつ、カインはため息を吐く。

「イルヴァレーノさぁ。僕の侍従になる気ない？」

「は？」

「怪我も良くなったたし一度お前を家に帰そうと思うんだけどさ。また戻ってきてほしいんだよね。この家で働かない？」

「お前にそんな権限ないだろ」

「ないよ」

ようやく会話する気になってくれたかね？　と、カインはだらしない姿勢を正してソファーに座り直した。

「僕には権限がないから、父親を説得するのにお前の素性を知っておきたいんだよ。ディアーナが懐いているせいか、お前に対する母からの印象はすこぶる良いし。前にウチで働かないかって声をかけられていただろう？　食事のマナーや所作も比較的なってるし……滞在中のお行儀もよかったからな」

（半月も公爵邸にいたのに盗みやちょろまかしもしなかった）

「堅苦しい貴族様にお仕えして、俺になんのメリットがあるんだよ」

「メリットしかないだろう。まず、給料が良い」

「はぁ？　給料？」

「そして、生活に金がかからなくなるから貯金ができる。僕の侍従になるなら住み込みだ。家賃もいらないし食事も出る。制服は支給だからもちろんタダ。衣食住に金がかからなくなるから、給料を丸々家族に仕送りすることだってできるぞ」

「…………」

やりがいだとか、人のためになるからとか、そんなのは建前でやっぱり金は大事だ。

前世では、定時で帰れるが薄給の会社に勤めていた。ゲーム実況動画を作り始めた頃に機材や資材を購入して貯金も財布も空っぽになった。二日置きにもやしパスタを食べて、それ以外の日は水でしのいでいた時期がある。その頃は心が非常にすさんでいた。貧乏は心の余裕を奪う。見かねたパートタイマーのおばちゃんたちが時々おかずを分けてくれるようになったので、だいぶ人間らしい生活が出来るようになったのだが。

イルヴァレーノの顔も、すこし迷う様な表情がチラチラと見えてきた。

「エルグランダークは三大公爵家の筆頭だ。そこに潜入して情報を探ることができる立場になる。僕の侍従としてあっちこっちに顔を出すようになれば人脈だってできる。……今お世話になっている人にそう言えば反対されることもないんじゃないか」

ハッとした顔をしてイルヴァレーノが顔を上げる。

暗殺者がそういうのを顔にだしてもいいのかね。スパイじゃなくて暗殺者だからいいのか？　とカインがこっそりいらない心配をしていた。

「お前の所属とか？　庭に落ちていた時にどこからの帰りだったのかとかは、正直どうでもいいんだ。ディアーナにさえ害が及ばないなら、侍従になった後も組織とつながっていても構わないし、そっちの仕事を続けていたっていい。俺がお前の名前を知っていた事もお前を暗殺者だと決めつけていることについても些細な事で、どうでもいいことなんだ」

「……一人称が俺になってるぞ」

「おっと。……僕にとっては、どうでもいいことなんだよ。イルヴァレーノ」

にやりと笑って、足を組みなおす。六歳の足は短くて、上の足が伸びてかっこつかない。

「イルヴァレーノ。お前を見える範囲に置いておきたい。僕の希望はそれだけだ」

主人公とイルヴァレーノのゲーム開始時点より前の接点を作りたくない。皆殺しするような心の闇を抱えさせたくない。

暗殺者ルートを回避するためにも、カインはイルヴァレーノを放置するわけにはいかないと考えていた。

瀕死の状態で主人公と出会う……そのイベントを横取り出来たのは幸運だった。早起きは三文の徳とはよく言ったもので、早朝ランニングをしていなければ取りこぼしていた幸運だった。

「イルヴァレーノ。ずっと僕のそばにいてほしい。僕の視界からいなくならないでくれ」

イルヴァレーノは、口をへの字に曲げて返事をしない。耳まで赤くしてプルプルと小刻みに震えている。

カインは、イルヴァレーノの目をじっと見つめて離さない。赤い瞳が少しずつ潤んでいくのを内心面白がりながら、真剣な表情で見つめ続けた。

「自分の顔の威力をわかっててやってるだろ」

「当然だろ」

なんせ、乙女ゲームの攻略対象だからな。とは心の中だけでつぶやいておく。イルヴァレーノはわざとらしく大きなため息をついた。

「街の西端にある孤児院に住んでる」

「ああ、あの神殿に併設されているところか？」

ようやく素性を明かす決心をしてくれたようだ。目をそらして、うつむいたまま小さい声でぼそぼそと言葉を吐き出していく。

「俺は年長組だから、出稼ぎに出かけることも多い。一度出たら半月戻らないなんてことは今までもあったから、別に心配されたりしない。余計なことはするなよ」

「余計なことするよ。母と相談した上になるけど、お前を孤児院に帰す日が決まったら一緒に行く。挨拶しなければならないからな」

「余計なことはするな！」

拾ってから一番の大きな声を出したイルヴァレーノに対して、カインは声を出して笑うだけで何も答えなかった。

貰っているもの、返さなければならないもの

公爵家の家紋入りの豪華な馬車に、カインとディアーナと母のエリゼ、そしてイルヴァレーノが乗っていた。イルヴァレーノは、不機嫌が顔に出そうになるがエリゼがいるために無理して笑顔を作っていた。口の端がひくひくとひきつっている。

「イル君がディに本を読んでくれるようになって、ディのお勉強が捗るようになったのよ。本当にあ

りがとう。家庭教師の先生もとても喜んでいたわ」

「とんでもないことでございます。……ディアーナ様本来のお力でございましょう」

「もちろん！　ディアーナの実力が根底にあるのさ。そして可愛い！」

「……カインが甘やかすから、ディアーナがわがままに育ってしまわないか心配なのよね……」

「ディ、わがまま言わないよ？　にんじんちゃんと食べるもん！」

「そうだね、ディアーナは嫌いなニンジンちゃんと食べるもんなぁ。わがままなお嬢様だったらこうはいかないもんなぁ。……お母様。僕はほめて伸ばす方針なだけで、決して甘やかしているわけではないのですよ」

隣に座るディアーナの頭を優しく撫でまわし、バタつく足でめくれたスカートをこまめに直してやりながらカインはデレデレした顔で反論する。

馬車内の席順が、カインとディアーナで隣同士に座り、イルヴァレーノとエリゼで隣同士に座っていた。

（どう考えてもこの席順はおかしいだろ……俺とカイン・母君とディアーナだろう普通は）

頭のおかしいカインか、まだ幼くて無邪気なディアーナならともかく、公爵夫人と平民で孤児の自分が隣同士に座るという状況に背中の冷や汗が止まらない。カインの服を借りてきているとはいえ、自分が公爵夫人のドレスに触ったりしたら無礼と叱られるのではないかとおびえていた。

「イル君は言葉遣いも丁寧で、礼儀正しいわね。孤児院の子たちはみんなそうなのかしら」

「いや……それは……」

「お母様。イルヴァレーノは孤児院でも年長な方らしいですよ」

「あらそうなのね。幼い子達には、まだそういった事は難しいのかもしれないわね」

カインは母親に対してそうフォローしたものの、たぶんそういう事ではないのだろうとイルヴァレーノの顔をちらりと見た。

おそらく、イルヴァレーノが特別なのだ。何せ、攻略対象キャラクターであり、最悪の皆殺しエンディングを迎えるキャラクターなのである。青年になるまでにこれでもかと心に闇を抱えさせられる様な背景があるはずで、それが神殿なのか孤児院なのか、それとも別に黒幕がいるのかはゲームで描かれなかったのでわからない。

とりあえず、今日は神殿の司祭と孤児院で子どもの面倒を見ている人物には会うことができるだろうとカインは考えていた。

やがて馬車は街の西端にある神殿へと到着した。

母のエリゼはこれまでの経緯を説明するために、護衛の騎士と共に神殿の奥にある事務室へと案内されていった。

一緒に話をするかと聞かれたが、イルヴァレーノの住んでいるところが見たいと言って断った。

神殿の事務室があるのとは反対側の廊下を奥まで進むと、木製の扉があり、その向こうに孤児院があった。

木製の扉を出たところは運動場のような庭になっており、そこを囲うようにコの字型に木製の二階建ての建物が建っていた。

「小さい子がたくさんいるね」

ディアーナが、目をまるくしてそうつぶやいた。実際には、三歳のディアーナよりは大きい子どもの方が多いのだが、公爵家からほとんど出たことのないディアーナは、カイン以外の子どもを見たことがなかったのでそう言った感想になったのだった。

「……なんか、みんな汚いかっこうをしてるね……」

「……」

少しおびえたようにカインの後ろに隠れたディアーナと、ディアーナの言葉に俯いて唇をかんでいるイルヴァレーノへ順番に視線を移し、カインはしゃがんでディアーナと目線を合わせた。

「ディアーナ。彼らが汚い恰好をしているのは、僕らのせいなんだ」

「ディのせい？」

「僕ら。貴族のせいなんだよ」

カインの発言に、イルヴァレーノが目を見張る。ディアーナは首をかしげて不思議そうな顔をしている。

「僕ら貴族がお金持ちで綺麗な服を着ていられるのは、町や国に住む人たちが働いて得たお金を少しずつ分けてもらっているからなんだ」

「分けてもらっているの？」

「そうだよ。みんな、一生懸命働いて得たお金を、全部は自分の為に使わずに、少し貴族に分けてくれているんだ」

「私たちにお金を分けてくれたから、あの子たちはきれいなおようふくを着られないの？」

「違うよ。あの子たちには、そもそも綺麗なお洋服を買ってくれるお父様やお母様がいないんだ」

「まぁっ……」

ディアーナは、眉毛を下げて孤児院の子どもたちの方を見つめる。お父様とお母様がいないというのは一体どういう事なんだろうと、一生懸命考えている。

「僕ら貴族は、みんなからお金を分けてもらう代わりに、町や国の人たちの困ったことを解決してあげなくちゃいけないんだ」

「おとうさまやおかあさまがいない子たちに、お洋服を買ってあげたり？」

「そう。喧嘩している人の仲直りを手伝ってあげたり、魔獣が出たら守ってあげたり、ごはんが足りない地域の人に、ごはんが余っている地域から融通してあげたり。一人ひとりでは解決が難しいことを、代わりにやってあげるのが貴族のつとめなんだ」

カインはなるべくやさしい言葉を選んで説明したが、ディアーナには難しいのか困った顔をして視線をカインと孤児たちで行ったり来たりさせている。

「ディはどうしたらいいの？」

「まずは、あの子たちと友達になろう。一緒に遊んで仲良くなれば、きっと何をすればいいのかわかるようになるよ」

カインの話は難しくてすべては理解できていなかったとしても、何かしなければならないのだと感じたディアーナは、どうすればいいかをカインに聞いた。カインは、対等の立場で接しようとディアーナに答えた。

カインはにこやかに笑ってイルヴァレーノに向き合うと「さぁ、みんなを紹介してくれよ」と言って肩を叩いた。

イルヴァレーノは、うつむいて小さな声で「ありがとう」とつぶやいた。

孤児院の子どもたちと友達になろうと駆けだしたディアーナは、直後に転んでドレスが砂だらけになってしまった。すぐに駆け寄って抱き起こして体中撫でまわしたい気持ちをグッと抑えて、カインは孤児院の子が駆け寄るのを見ていた。

孤児院の子たちに心配され、助け起こされたディアーナは、照れ笑いしながらお礼を言い、起こしてもらった手をそのままつないで庭の真ん中へとかけていった。

「お前、手が握りすぎて真っ白になってるぞ」

「転んだディアーナを助けるのを我慢したせいで吐きそうなんだ。話しかけないでくれないか」

「……重症だな」

イルヴァレーノは呆れた顔をしてカインの横顔に向かってそうつぶやいた。


孤児院の子に最初に教わったのは『石はじき』という遊びだった。

棒きれで地面に円を描き、そこに拾ってきた石を投げ込む。次に石を投げ込む人は前の人の石を円の外にはじき出すように投げる。はじき出せれば勝ち、はじき出せなければ負けというおはじきのようなベイゴマの様な遊びだった。

森に食材探しに行くときなどに、強そうな石を拾ってくるのだそうだ。何をもって強そうと判断するのかは、何度聞いてもカインに理解できる理屈ではなかった。

「お前はおきゃくさんだから俺の石をかしてやるよ！」と男の子が黒くてツヤツヤした石をディアーナに手渡していたり、カインがその男の子の石を思いきりはじき出したりして盛り上がった。

単純な追いかけっこや、靴を遠くまで飛ばす競争などをして遊んでいるうちに母エリゼが帰りますよと木戸から顔を出した。

「じゃあ、俺たちは畑に夕飯の材料取りに行くし」

「また遊びにきてね」

「ばいばい！」

すっかり仲良くなった子どもたちとにこやかに別れ、母エリゼの下に駆け寄った。

「まぁまぁ。二人とも埃だらけの砂だらけね。帰ったらすぐお風呂にはいらなければいけないわね」

「おかあさま。石をひろってかえりたいです！」

「石？　お庭にある石ではだめなのかしら？」

「つよい石はかわらにあるのです！」

「強い石？」

「ディアーナ。石はまた今度にしようよ。川は日が暮れたら明かりが無いから、暗くて強い石か弱い石か見分けがつけられないよ」

「またこんど？　おにいさまぜったいね？」

母エリゼとカインに両方から手をつながれて、半分ぶら下がるように歩くディアーナが強い石について熱く語っている。

孤児に交じって遊んで埃だらけの砂だらけになった息子たちを、叱るでもなく手をつなぎ話を聞く公爵夫人のエリゼという存在に、カインは素直に感心していた。

ゲームではディアーナとカインの両親については何の情報も出てこない。筆頭公爵家の令嬢と令息であるという設定になっているだけでシルエットすら出てこない。

だからこそ、カインは妹が生まれてディアーナという名前が付けられるまで、転生先が乙女ゲームの世界であることに気が付かなかったわけだが。

「カインっ……様、奥様」

後ろから、イルヴァレーノが走って来た。馬車の前で立ち止まり、振り向くと肩で息をしていた。先ほど孤児院の庭で別れたばかりなのにどうしたことだろうか。

「あの……怪我の手当と……しばらく泊めていただいたこと感謝いたします。お礼が遅れてしまい……もうしわけございません」

深々と、頭を下げた。

「ふふっ。お礼が言えるのは素晴らしいことよ。最初は、カインが勝手に拾ってきてどうしましょうって思ったのですけどね。ディも本を読んでもらったり、カインもお友達ができて楽しそうでしたもの。私からも、感謝をつたえますわ。ありがとう、イルヴァレーノ」

母エリゼは、頭は下げずに謝意を言葉だけで伝えた。貴族としてのけじめのラインなのだろうとカインは母を見上げた。

「ではね、イルヴァレーノ。またね」

そう言って、護衛の騎士にエスコートされて母エリゼは馬車に乗り込んだ。次いで、騎士に抱っこされてディアーナが馬車に乗せられ、カインは自分で馬車に乗る。

窓から外を見れば、見えなくなるまでイルヴァレーノは頭を下げて見送っていた。

馬車の窓から見える空が藍色になり、通り過ぎる家の煙突からは白い煙が立ち上がり始めていた。

「カイン」

窓から外を見ていたら、母から名を呼ばれて視線を戻す。母の膝の上では、遊び疲れたディアーナがすやすやと寝息を立てていた。

「孤児院に預けられている子は、七歳になると住み込みで働けるところに出されるのですって」

「そうなのですか……」

それで、イルヴァレーノが最年長ということになるのか。七歳といえば、前世で言えば小学一年生。そんなころから働かされるというのは、かなりハードな人生なんじゃないだろうか。

ちゃんと小遣いをもらえたり、手に職を付けられるように指導してくれるところに行ければ良いが、すべての子どもたちがそういうところに行けるわけではないのかもしれない。

「お母さまは、イルヴァレーノを大変気に入ってしまいました。来年奉公に出されるイルヴァレーノを予約したいと司祭様と孤児院長様にお願いしてきましたよ」

「本当ですか⁉」

（ナイスお母さま！）

「本当は、領地からお父様が帰ってきて相談してからでないとダメだと思うのですけどね……三対一なら勝てると思わない？　カイン」

「もちろんです。僕もディアーナもイルヴァレーノを気に入っていますから。一緒にお父様にお願いしようと思います」

「ふふふっ」

カインは心の中でガッツポーズをする。イルヴァレーノをそばに置くために、どう親を説得したものかといろいろと考えていたが、母が味方になるのなら決まったも同然だった。

「あとね、孤児院長様が『一年ぐらい誤差ですから』って、お父様に許可を頂き次第イルヴァレーノを引き取って良いと許可を頂きましたのよ」

「えっ⁉」

さすがにそれは……大丈夫なのか？　七歳から働きに出されるっていうのは何か法律とかそういうのはないいんだろうか？　規則破りにならないのだったら良いのだが……とカインが怪訝な顔をして母エリゼの顔をうかがうと、エリゼはにっこりとほほ笑んだ。

「きっと、明日からは孤児院のお食事が少し豪華になるのではないかしら？　神殿の欠けた窓枠も直るかもしれないわね」

「……それは……大丈夫なのですか？」

寄付金を積んで話をつけたとエリゼは言っているのだ。人身売買ではないのか。バレたときに不都合はないのかと、カインは眉をひそめるが、

「神殿や孤児院に寄付金を納めるのは貴族の美徳、やるべき善行ですもの。何も問題ないのよ、カイン」

筆頭公爵家の夫人というのは、穏やかに笑う優しい母という顔だけではないのだとカインは背中に冷や汗をかいた。

お父さまの帰還

エルグランダーク公爵は、王宮の法務省で事務次官をしている。

それとは別に、王国の東端にあるネルグランディ領を治める領主でもある。その場合は、ネルグランディ辺境伯と呼ばれる。

領地運営の実務は弟のエルグランダーク子爵に任せているが、定期的に視察に行って現状の確認と経営方針などの相談・打ち合わせをしている。

その春の領地視察を終えてひと月ぶりに帰って来たエルグランダーク公爵は、外套を脱ぐ間もなく妻、息子、娘から使用人の追加について懇願されていた。

「まずは着替えさせてくれ。話はお茶を飲みながら聞くから」

おかえりなさいの挨拶もそこそこに三人から詰め寄られた公爵は苦笑いを残して自室へと向かった。

領地へ付き従っていた侍従が、ネルグランディ地方のお菓子を持ち帰った事をエリゼに伝え、すぐに茶菓子としてだすか質問している。

「ディアーナ。先にティールームへ行っていよう。お土産のお菓子があるようだよ」

「おかし！　おかしを食べたら、歯をみがかなくてはいけないのよ！　おにーさま」

「そうだよ！　ディアーナは良く知っているね、えらいねぇ。食べ終わったら僕と一緒に歯を磨こうね」

手をつないでお茶と軽食を楽しむための部屋へと歩いていく。

お茶とお茶請けの手配が済めばエリゼも追ってくるとわかっているので、ディアーナは素直にカインと歩いていく。

ティールームへ着くと、カインは引き出しから一枚のエプロンを取り出してディアーナに着せる。

三歳のディアーナはまだものを食べるのがあまり上手ではない。公爵のお土産のお菓子の種類によっては食べこぼしてしまう可能性があるので、カインはエプロンを着せたのだった。

水色のフリフリドレスに白いフリル付きのエプロンを着せると、「色合い的にアリスみたいだ」とカインは前世の童話の主人公を思い出していた。

大人しく座って待っていると、まもなく父と母がやってきた。

「カイン。久しぶりに帰宅した父さんにディを譲る気はないのか？」

入室と同時に、ソファーに座る子ども二人をみて眉をしかめた。

二人掛けのソファーに、カインはディアーナを膝に乗せて座っている。

「譲るとか……。父さま、ディアーナを物のように言うのはやめてください。人権侵害ですよ」

「人権侵害とか難しい言葉を知っているな……。じゃなくて。父さんにもディアーナを可愛がらせてほしいんだが？」

「ディアーナの可愛らしさはテーブルを挟んだくらいでは減りません。どうぞ、向かいの席からいくらでも愛でていただいてかまいませんよ」

「父さんは、ディを抱っこして撫でたいんだが」

カインは、ぎゅうとディアーナを抱っこしている手に力を込めた。ディアーナはきょとんとした顔で兄と父の顔を見比べていた。

カインの後ろからするりと白い手がディアーナの脇に差し込まれると、そのまま持ち上げていく。

エリゼが、ソファーの後ろからディアーナを引っこ抜いたのだ。そのまま、夫にディアーナを渡して抱かせると、コツンとカインの頭をノックするように叩いた。

「いい加減になさい。あなたはずっと一緒にいたのだから、ひと月ぶりのお父様に譲りなさい」

「……でも」

「ふれあいがなさすぎて、またディアーナから『このおじさんだれ？』とか言われるようになったらお父様がかわいそうでしょ」

実際に、領地視察が少し長引いた時に言われたことがあるとカインも聞いたことがあった。それを言われると引っ込むしかなかった。

ティールームのメイドがお菓子やお茶を用意していく。皆の前にそろったところで公爵が口を開いた。

「で、使用人を一人雇いたいとか？　別に、家のことはエリゼに任せているのだから私を待たなくても良かったのに」

「雇いたいのはカインの侍従としてなのです」

エリゼは邸の女主人としてある程度は采配をふる権限を持っている。

必要があれば使用人の解雇も雇い入れもエリゼの独断でできる。実際には、メイド長や執事などからの申し出を受けて相談の上に判断しているので、完全に独断で人事を仕切ると言うことはないのだが。

例外としては、家人の側仕えとなる侍従や侍女の雇い入れや、政務にも携わるような重要な役職に就ける場合などには、主人である公爵に伺いを立てる必要があった。

「カインの侍従ね。まだ茶会にも夜会にも出ないし入学する年でもないが、何かあったかい？」

「実は……」

エルグランダーク公爵の留守中にあった、イルヴァレーノを拾ってからの事を説明した。きちんとした言葉遣いが出来ること、食事のマナーが出来ていること、彼の読み聞かせでディアーナの読解力が上がったこと。そして、孤児であること。

カインとディアーナが懐き、エリゼも気に入っているという話を聞いて公爵は腕を組んで「うぅん」と唸った。

「カインと同じ六歳なのだろう？　侍従として仕えさせるには早い気もするがなぁ」

「あんな良い子はなかなかいませんわ。待っていたら他の家にとられてしまいます」

いや、孤児から召し上げる貴族はなかなかいないだろうとカインは心の中でつっこみを入れた。

そもそも、孤児院に貴族向けの教育を施されている子どもがいるなど誰も考えないだろう。

善行の一環として、貴族が経営している商会や漁船・農業団体等に従業員として孤児を引き受ける事はあるかもしれないが。

「ディのじじゅーでもよいのよ、おとーさま。イルにーさまは、ご本をよむのがとってもじょうずなの！」

公爵の腕の中でおやつのクリームパイを食べていたディアーナが、顔を見上げて発言すると公爵はカインの顔を見た。

「イル兄様だって。兄様だって！」

カインの顔を見たまま、そう言ってぷぷぷーっと笑った。イル兄様呼びを一生懸命止めさせようとして出来なくて落ち込んだカインを見ていたエリゼは、横を向いてハンカチで口元を隠しているが肩が震えている。

「……そこはもう、通り過ぎたことなので良いんですよ！　侍従になれば立場の違いを含めてディアーナに改めて言い聞かせますし！」

精神年齢がアラサーといえども、悔しいものは悔しいのである。

弟も妹も今後どれだけでも増える可能性は決してゼロではないが、兄は絶対に増えないのだ。それがカインの矜持であり心の支えなのだ。

「では、こうしよう。一度、イルヴァレーノとやらを連れておいで。私が面談して決めようじゃないか」

パンっと手を叩いて、公爵が結論を出す。

予定の空いてる日を確認して、調整の後に面談を行い、採用の可否を決めることとなった。

父を説得してから数日後、カインは孤児院に向かっていた。

「天気が良くて気持ちがいいですねぇ、坊ちゃん」

パッカパッカと蹄の音も高らかに、のんびりと町外れに向かって進んでいく。

いつもランニングを一緒にしている門番騎士のアルノルディアと一緒にカインは馬に乗っていた。

手綱はアルノルディアが握っていて、カインは鞍の前方についているホーンと呼ばれる取っ手のような部分を握っている。

「暑いくらいだよ。風を切って馬を走らせるとかできない？」

「坊ちゃんが馬から落ちたら一大事ですからねぇ。時間にも余裕がありますし、のんびり行きましょうや」

今日は公爵家の日常使い用の馬車が出払っているので、馬で移動をしている。

カインもそろそろ乗馬の練習を始めるかというところだったので、神殿へのお使いついでに馬になれておこうという意図もあった。

前世でアラサーまで生きたカインだが、都会っ子のインドア派だったので馬なんて乗ったことはなかった。前世でプレイしたゲームでは鳥馬や騎竜なんかには良く乗っていたが、そういえば真っ当に馬が移動手段のゲームってあんまり無かったかもしれない。誉れを捨てたお侍RPGぐらいだろうか。

目線が高くなり、蹄の音に合わせて揺れる背中に乗るのは大変気持ちが良かった。今は騎士と同乗だが、乗馬を学んでひとりで乗れるようになりたいとカインは思った。

「カイン様は馬は大丈夫そうですね。人によっては高くて怖いとか、そもそも馬がデカくて怖いとか言う人もおりますからね」

「僕は、早くひとりで乗れるようになりたい」

「本日のお使いで往復して問題なさそうでしたら、乗馬を始める事をお父上に提言いたしましょう」

「ありがとう！　サラスィニア」

アルノルディアともう一人、一緒に付いてきている護衛の騎士のサラスィニア。彼はひとりで馬に乗っていた。やはりのんびりパッカパッカと並走している。

万が一の事が起こった場合に、ひとりが足留めをして、その間にもうひとりはカインを連れて逃げる。そのために護衛の騎士が二人付いてきていた。

ディアーナは今日はお留守番である。

「神殿が見えてきましたね」

アルノルディアが指を差す方を見れば、見覚えのある尖塔が視界に入った。イルヴァレーノがいる孤児院が併設されている神殿だ。

カインは今日、父親からの面談要請の手紙を預かってきていた。これを司祭に渡して返事をもらって帰るのがカインの今日のミッションである。初めてのお使いだった。護衛付きだが。

司祭は留守だった。カインが先触れ代わりなので留守なのは想定内だから問題ない。父からの手紙と母からの寄付金を孤児院長に渡すと、カインは孤児院へと向かった。

「あれ？　小さい子しかいないな」

「あ、カインさま」

「カインさまだ」

孤児院の庭に出ると、四歳未満の子どもたちだけで遊んでいた。前回石はじきで競り合った男の子などが全くいない。

「やぁ、アスミルにケイランカにティモニエナ。今日も可愛いね」

「カインさまこんにちわー」

「こんにちわー」

「ディリパルゥ、アンミラニカ、サス、カスガも、元気にしてたかい？」

「カインさまこんにちわ！」

「カインさま強い石ひろえた⁉」

「今日はディアーナさまは？」

「今日はディアーナはお留守番だよ。また今度遊んでね」

カインは庭で遊んでいる子どもたち一人ひとりの名前を呼んで声をかけていく。

前世で子ども用玩具の営業をしていた時に、先輩から「保育園の子どもたち、幼稚園の子どもたち、と一括りにするな。子どもといえど一人ひとり個人として扱え」とキツく指導されていたのを生まれ変わっても守っている。名前を呼び、個人として扱うことで自我の発達や自立心の成長などが促されるとかなんとか……。

先輩の言うことだけで裏付けを調べたことは無いので本当のところはどうなのかわからないし、今となっては改めて調べることも出来ない。でもカインは名前を呼ばれると嬉しそうに笑う子ども達を見てこれで良いんだと納得していた。

大勢の名前を素早く覚えるのは、ゲーム実況 YouTuber 時代の訓練の賜物《たまもの》だ。わちゃわちゃキャラクターの多く出てくるゲームでキャラ名を覚えなかったり間違えたりするとコメント欄がすぐ荒れたのだ。

サラリーマンとの二足の草鞋でやっていたので、名前を間違えたくらいでセーブデータからやり直しなんて何回もやってる時間はなかった。初回登場時に声に出して名前を連呼するなど、必死になっているうちに名前を覚えるコツみたいなものを掴んだのだった。

しかも、この世界は髪の色や瞳の色がカラフルなので特徴付けて覚えやすい。

「イルヴァレーノやセレノスタやアメディカは？」

四歳以上の、年長組のメンバーの所在を聞く。彼らは、畑に行ったり魚を釣りに行ったりしているらしい。夕方には戻ると言っている。

先日の母からの寄付金では足りないのか、一時的に金銭的な余裕ができたからと言ってルーチンとなっている食料調達をやめないだけなのか。食事に一品ぐらい増えてるといいなとカインは思った。

母からの寄付金の他に、カインは絵本を何冊か持ってきていた。食堂に移動して読み聞かせをしてそのまま孤児院の本棚へしまう。

「字を覚えれば自分でも読めるようになるよ。年長の子や司祭様に読んでもらいながら覚えるといい」

カインが持ってきたのは、貴族の子が文字を覚えるのによく使うあいうえお作文みたいな作りの本で、カインのおさがりだ。

（日本のゲームの世界なのに文字が違うとか反則だよな）

カイン自身もだいぶお世話になった本で、基本的な字を覚えるに適しているのは自分で実証済みだ。

あっち向いてホイや、指相撲やいっせーのせで親指を立てて数を当てる遊びをして過ごしていると、イルヴァレーノ達が戻ってきた。

「やぁ、イルヴァレーノ。なんか臭いね」

「思ってても言うなよ。畑に堆肥を撒《ま》いてたんだ」

「お疲れさま」

にっこり笑って手を振るカイン。

近くに座っていた女の子たちはカインの笑顔を見て頬を赤らめて照れていた。イルヴァレーノはため息を吐いた。

「司祭様宛ての手紙を預けてある。近いうちにうちに来て父さんと面談してほしい」

カインは、にこやかに告げると手のひらで隣の椅子を示す。

イルヴァレーノはちらりと椅子に視線を向けるが、首を横に振った。

「畑帰りだ。臭いと言ったのはお前だろう。水を浴びてくる」

「そうかい。それじゃあみんな、もう少し僕と遊ぼうか」

イルヴァレーノに頷き、傍らの幼年組の子らに向かって遊びの誘いをかけるカイン。道具のいらない新しい遊びを色々教えてくれるカインは、すっかり人気者になっていた。

後ろの正面誰だ？　や、椅子を並べて椅子取りゲーム、フルーツバスケットなどをして遊んで待っていた。もちろん、この世界の言葉に置き換えた歌や名称で遊び方を説明している。

「カイン様！　今日教わったあそびだとお兄ちゃんたちにも勝てそうです！」

「カイン様も椅子取りゲームに参加しよう～！　お歌は騎士様歌ってください」

「え、僕ですかぁ？　カイン様の後で歌うのやなんですけど」

「じゃあ、お歌はみんなで歌おうね。アルノルディア、適当なところで大きく手を叩いてくれ。それを合図にみんなで椅子取りだ。それでどう？」

「はぁい！」

カインと小さな子らで、童謡を歌いながら椅子の周りをぐるぐるまわる。アルノルディアがパンッと手を叩くのを合図にみんなで一斉に椅子に座る。

勢い余ってカインの膝の上に座ってしまった男の子に「羽が膝の上に落ちたみたいな軽さだよ。もしかして天使の羽を隠してるんじゃない？」とカインが軽口を叩いている。ディアーナと遊んでいるときの癖が出てしまっているだけで、カインにとってはいつも通りの事だったが、膝に乗ってしまった子は顔を真っ赤にして俯いてしまった。

「息をするように口説き文句を言うのやめなよ。男の子まで対象なの？」

コツンと頭をノックされ、見上げればイルヴァレーノが立っていた。こざっぱりした服装で、髪の毛が少し濡れていた。

カインの膝の上に座ってしまっていた男の子は、慌てて膝の上から飛び降りた。

「僕はイルヴァレーノと話があるから、後はみんなで遊んでてね」

「はぁい。カイン様ありがとう！」

カインはにっこり笑って椅子から立ち、そのまま椅子を持って遊びの輪から外れてテーブルのそばに腰を下ろした。

「イルヴァレーノ。前に言ってた僕の侍従になってほしいって話。父さんが面談して決めたいって言ってるんで、面談に来てほしい」

「……」

「僕の侍従になってくれたら、孤児院に関する慈善活動関連を僕の担当にしてもらうように父さんに頼むつもりなんだ。僕に付き従って孤児院の様子を見に来れるよう調整しようと思ってる。どう？他に心配事あるかな？」

孤児院の下の子たちの心配をしてるんじゃないかと予想してカインは先手を打つ。

イルヴァレーノは片眉を上げて子どもらしからぬ渋い顔をしてカインを睨みつけた。カインは視線をにこにことしたまま受けて返事を待っている。

「……前に言っていた、副業可能って言うのは」

暗殺業を続けても良いとカインが言った事を言っているのだ。確かに以前したなぁとカインが頷く。

「もちろん構わない。学園に行くまでは家庭教師について勉強するからほとんど家から出ないと思うし、イルヴァレーノがいない時間があっても問題ないように調整しよう。ただ、突然いなくなるのはやめてほしいかな。口裏を合わせるために事前に『いついつ、どこの誰を殺しに行ってきますね♥』って予告してくれるとありがたいかな」

「副業が暗殺だなんて一言も言ってない」

「そうね」

カインは椅子に背もたれを前にして座り、背もたれに頬杖をついている。頬を預ける手を反対に移して、首をかしげた状態でイルヴァレーノを見つめる。

イルヴァレーノが立ったままなので、自然と視線は上目遣いになっていた。

「悪いようにはしないよ。もちろん主と侍従って立場になるから色々気を使わせることはあるだろうけど。前にも言ったけど、これは僕が僕のために希望している事だからね。なるべくイルヴァレーノの希望を叶えたいと思っているよ」

カインは死にたくなかったし、もちろんディアーナも死なせたくない。まだ見ぬ学園での友人たちだって、多分だけど死なせたくないと思う。最悪の皆殺しエンディングである暗殺者ルートだけは避けたいのだ。

自分が味方になることで、ディアーナが不幸になるエンディングはある程度避けられるとカインは思っているが、最高傑作と呼ばれる暗殺者に命をねらわれるのはなかなか避けられるものではない。

「わかった。面談には行く。受かるかどうかは俺の責任じゃないから約束できない」

「ありがとう。イルヴァレーノだったら大丈夫だよ」

立ち上がってカインが手を差し出すと、イルヴァレーノは少し困惑した顔をした後、手を握り返してきた。

もしかしてこの世界には握手という習慣が無いのかな？　とカインは慌てたが、無いなら無いで僕らの秘密の挨拶にしてしまえばいいかと前向きに考えた。

その翌週の半ばに、イルヴァレーノはエルグランダーク公爵家へとやってきた。公爵との面談をするために。

――エルグランダーク公爵家の主人の執務室。

向かい合って設置されているソファーに、エルグランダーク公爵であるディスマイヤと孤児のイルヴァレーノが向かい合って座っていた。

ディスマイヤは手元に手帳と万年筆を持っており、にこにこと笑顔でイルヴァレーノを見つめていた。その笑い方がカインがイルヴァレーノを誘っている時にそっくりだったので、イルヴァレーノは顔がひきつるのを我慢するのに苦労した。

「こんにちは。私はディスマイヤ・エルグランダークです。エルグランダーク公爵家の当主でカインとディアーナの父です。君の名前を聞いてもいいかな?」

ディスマイヤの丁寧な話し方に、イルヴァレーノが目を見張った。

公爵といえば貴族の中でも最上位の爵位だ。もっと偉ぶって上から目線であれこれ聞かれるものだと構えていたのだ。

「イルヴァレーノと申します。家名はなく、西の神殿に併設された孤児院に住んでいます」

そういってグッと深く頭を下げる。

「頭を上げてください」

そういわれて体を起こす。ディスマイヤは相変わらずにこにことイルヴァレーノを笑顔で見つめていた。

「カインに裏門のそばで拾われたとき、結構な怪我をしていたそうだね。そんな早朝になぜ怪我をして倒れていたのかな?」

それは、聞かれるだろうと思っていた質問だった。

カインは何故か最初から暗殺帰りだと決めつけていたので何も聞いてこなかったが、普通ならまずそこを疑問に思うだろう。そもそも、六歳の子どもが暗殺なんて仕事をしていると考える方がどうかしているのだから。

「手紙を配達する仕事の帰りだったんです。夜明け前に渡してほしいと依頼されていました。夜明け前でしたので玄関から入るわけにはいかず、二階の窓から手渡しました。その時に暗くて足を踏み外してしまい、屋根から落ちてしまったのです」

言い訳は用意していた。暗殺よりはましだが、やっぱり怪しさ爆発の理由ではある。押し切るのは難しいと思っていたが、他にはあまり言い訳が思いつかなかった。

「真夜中の配達ねぇ」

「誰から誰に宛てたものなのかは、ご容赦ください。秘密の手紙だからこそ夜明け前に窓から直接本人に渡さなければならなかったのです」

平和的に受け止めてくれれば、親から反対されている恋人同士の恋文を想像するかもしれない。そうでなければ、貴族や商家の情報戦の片棒を担いでいると思われるかもしれない。

「なるほどね。なかなか危なそうな仕事だけれど、そんな事を何時もやっているのかい？」

「何時もではありません。用事が無ければ呼ばれない仕事ですから。でも、現金で報酬をいただけるので、孤児院で作っている野菜や街の人からの施しでは足りない部分を補えるのです」

「ふむ。イルヴァレーノ。君は文字が読めるそうだね。孤児院の子はみんな字が読めるのかな？」

「いいえ。孤児院では教えてくれる人が誰もいないので……他の子は字が読めません……でも、カイン様が先日文字を覚えるための絵本を孤児院に置いてくださったので、じきに皆読めるようになるでしょう。難しい表現は無理かもしれませんが」

「なるほどね……」

ディスマイヤは、クルクルと指先で万年筆を回してもてあそんでいる。手帳も用意していたが、何かを書き込んでいる様子はない。

「カインの事は好きかい？」

「……感謝はしています。怪我したときに介抱してくれたことも、孤児院の仲間たちに親切にしてくれたことも……」

「そうか」

ディスマイヤは、クルクルと指先で万年筆を回している。イルヴァレーノは気になってチラチラとそちらに視線がとられてしまっていた。

――パチンっ。

ディスマイヤが手帳を片手で勢い良く閉じた。その音に、イルヴァレーノの意識が持って行かれた一瞬。

無意識でイルヴァレーノは頭を揺らしてソレを避けた。耳元で空を切るような音が聞こえた。

カツンと乾いた音がイルヴァレーノの背後で鳴る。ディスマイヤの右手にあったハズの万年筆がなくなっていた。

「ごめんね、手を滑らせてしまったみたいだ。ぶつからなくて良かったよ」

ウソだ。とイルヴァレーノは思った。手が滑ったんじゃない。投げたんだ。とっさに避けてしまった。手帳を見ていたのに、視界の外から飛んできた万年筆を避けた。

わざと万年筆を投げたのだとしたら、ディスマイヤはイルヴァレーノのその動作を見たかったのだろう。おそらく、普通ではない事がバレてしまった。

「良かったら、万年筆を拾ってくれないか」

「……はい」

ソファーから立ち上がり、後ろに回る。ソファーの背後は書棚になっていて、その縦板部分にインクが飛び散っていた。

ソファーのすぐ後ろで拾った万年筆のペン先は潰れてしまっていた。

（これ、書棚にぶつかってから床に落ちたんだ……。大分勢い良く投げられたんじゃないか）

万年筆を避けられずにペン先が刺さっていたら結構な怪我になっていたんじゃないかとゾッとする。

この面談までの数日間で、この人はどこまで何を調べたんだろうか。イルヴァレーノは首筋に鳥肌がたつのを止められなかった。

「ペン先が、潰れてしまっていました」

「おや。まぁ、軸が無事で良かったよ。ペン先は消耗品だからね。仕方ない」

拾った万年筆をディスマイヤに渡し、改めてソファーに腰を下ろす。

「夜明け前の手紙の配達みたいな仕事を、もう依頼されることは無いだろう」

「え？」

ディスマイヤは、潰れたペン先をつまらなそうに見つめながらつぶやいた。イルヴァレーノの耳にもその言葉はしっかり届いていたが、何のことを言われたのか一瞬わからなかった。

「これからは、カインの良き友として、良き理解者として、良き侍従としてしっかり支えてやってくれ。今からそれが君の仕事だ」

　採用ということだろうか？

　視界外からの凶器を無意識で避けた動きについて、何も疑問に思わなかったのだろうか？　イルヴァレーノが困惑した顔で黙っていると、

「給金は働いた相応分をきちんと支払うよ。家は公爵家だからね。ケチくさいことはしない。だから、副業なんかしなくてもいいんだよ」

　ヒュッと音を立てて息を飲み込んでしまった。

　領地視察から帰ってきて、面談までの数日間。どこまで？　じゃない。全部調べがついているのだ。その上で、イルヴァレーノを闇から切り離したのだ。このエルグランダーク公爵という男は。

　カインは恐らく調べたわけではなく、勘とか直感とか、そういった何かあやふやな物でイルヴァレーノを暗殺者扱いしていた。そうイルヴァレーノは思っていた。証拠も何も無いだろうと思っていたのでカインの言葉に反応や肯定をしないことで有耶無耶《うやむや》にしていた。

　だが、この人は違う。

　知っていたから、万年筆をペン先を向けて死角から投げつけてきた。それを最後の裏付けとして確信したのだ。それまでに集めた情報が正しいと言うことに。

　イルヴァレーノが今までやってきたことも、それを指示していた人間もわかっていて、カインの侍従にすると決めたのだ。

「よろしくお願いいたします」

イルヴァレーノは深く頭を下げた。

恐怖と、感謝と、その他の色々な思いがそこにはこもっていた。

恐竜の咆哮と天使のおねだり

イルヴァレーノがカインの侍従になってから半年ほどが過ぎた。その間にそれぞれが誕生日を迎え、カインとイルヴァレーノは七歳。ディアーナは四歳になっていた。

「ぎゃわああああああ」

恐竜の遠吠えみたいな泣き声が廊下に突然響き渡った。

ディアーナの声だ。

カインは家庭教師に断りをいれて廊下に顔を出すと、火が付いたように泣いているディアーナと、困り顔でおろおろしているハウスメイドが立っているのが見えた。

「どうしたの?」

「デリナが羽根ペンくれないー!」

「羽根ペン?」

そばまで行って、ハウスメイドに話を聞こうとするとメイドが口を開く前にディアーナが訴えかけて来た。見れば、ハウスメイドのデリナの手にはきれいな青い羽を使った羽根ペンが握られていた。

どうも、ディアーナが欲しがったがデリナが断ったようだ。

「デリナ。それは大事なもの？」

見上げながら聞けば、コクコクと頭を上下に振ってこたえる。ディアーナを泣かせてしまったせいか顔が真っ青になってしまっていた。

大事なものを無理やり取り上げるようなことはしたくないし、それはしてはいけない事だとディアーナに教えないといけない。

ディアーナを悪役令嬢にしないためにも、ちゃんと理屈から理解してもらわないといけないとカインは考えた。

「……デリナ、それはどこで買えるのか教えてくれないだろうか？」

「これは、息子が作ってくれたもので……」

なるほど、非売品だ。そりゃ人にホイホイあげられるものではない。

カインは膝をついて、ディアーナと視線を合わせて顔をのぞき込むと、ディアーナはスンスンと鼻をすすりながらも泣きやんだ。

「ディアーナ。あの羽根ペンはデリナの大切なものなんだって。家族からのプレゼントだそうだよ」

「うん……」

「ディアーナは、僕から貰った物を『ちょうだい』って言われたら、人にあげられる？」

「イヤ！　にーさまから貰った物は宝物だもの！」

(聞きました？　ねぇ、聞きました？　俺から貰った物は宝物だって！　何この天使！　マジ天使！　ああああもう、ディアーナマジ可愛い)

後ろに付き従っていたイルヴァレーノに視線で訴えかけるカインを、相手は視線を逸らして無視した。にやけそうになる顔を引き締めながら、カインはディアーナの頭を優しくなでる。

「ディアーナが、宝物を人にあげられないように、デリナも宝物は人にあげられないんだよ」

カインが諭すように言うと、ハッとしたような顔をしてディアーナはデリナの顔を見上げた。

「デリナのたからもの？」

小さな指を伸ばして、青い羽根ペンを指さすディアーナはマジ可愛い。

「わたくしの、宝物でございます」

デリナは、そっと青い羽根ペンを胸に抱いている。

それを見たディアーナはしょんぼりしながら「ごめんなさい」と謝った。

（見ました⁉　ねぇ、見ました⁉　うちのディアーナはちゃんと謝れるいい子なんですよ‼）

やはり、カインの視線による訴えは侍従から無視されるのだった。

「えらいねぇぇぇぇ。ディアーナはちゃんと謝れてえらい！」

ぐりぐりとディアーナの頭を撫でてやり、そのあとぎゅうと抱きしめる。

ちゃんと言えば理解してくれる。まだ四歳なのに悪いと思ったら謝れる！　賢いでしょう⁉　うちのディアーナは！　マジ天使だよね！

「ディアーナ、お耳をかして」

顔を覗き込みながらそう言うと、くりんと首を傾けて耳を向けてくる。アーもうほんとかわいい。

ディアーナの耳に口を近づけて、お願いの仕方を教えてあげる。

そうすると、ディアーナはもじもじしながらデリナのそばまで歩いていき、かわいらしく見上げておねだりをする。

「デリナ……その、わたしのぶんも作ってくださいと……ごしそくにおねがいしたいわ」

（んんんんんっ。尊死するっ。可愛すぎる。こんなおねだりされたら断れない。ある意味反則ワザ）

ディアーナの可愛らしさに悶絶しそうになり、身悶えてエビ反りになるカインの背中を支えて、イルヴァレーノが「カイン様、顔」と小さな声で注意していた。

デリナも、ポッと頬を染めてもじもじしている。

先ほど息子が作ってくれたものと言っていたので、お願いしてディアーナの分を新しく作ってもらえるんじゃないかとカインは考えたのだ。

ディアーナが欲しいのは、デリナの羽根ペンじゃなくて、青い羽の綺麗な羽根ペンなだけだろうから。

「デリナ、僕からもお願いするよ。材料費や手間賃は僕のお小遣いからちゃんと払うから」

新しく作ってもらうにしたって、ただでもらうんじゃやっぱり強奪だ。職場である邸の子息からねだられたら、使用人はなかなか断れない。カインはちゃんとフォローを入れるのを忘れなかった。

「これは、孫が庭で綺麗な羽を拾ったので、息子が羽根ペンに加工してくれたものなのです。材料費などというものもありませんが、羽がいつでもあるというわけではありませんので……」

困ったわ、という顔をしてデリナが眉を下げてしまう。思ったよりもお宝度が高い代物だった。孫の戦利品を息子が実用品にしてくれたものと言われてしまえば、そりゃあなかなか手放せるものでは無いだろう。

カインの目の届かないところでディアーナがねだらなくて良かった。下位貴族で使用人のデリナでは、泣いてねだるディアーナに最後は負けて譲ってしまっていただろう。

それでは、ディアーナが「地位が下の者からは、泣いてねだれば欲しい物が手に入る」事を覚えてしまう。

「じゃあ、羽があればペンに加工してもらえる？」

そう聞けば「ええ」とデリナがうなずいた。

「ディアーナ。僕とお庭に行って羽を探しに行こうか。自分で見つけた羽でペンを作ってもらったら、きっと素敵な宝物になるよ」

「ディのペン！」

ディアーナは、にっこりと笑うと早く行こうとカインの手を握ってきた。

ちっちゃい手でカインの指三本を握りこむディアーナ。マジ萌え。子ども体温であったかいし柔らかいしで心がジワジワする。はぁ。マジ尊い。心の声が顔から表情という形で漏れ出しているカインだ。

「カイン様、お顔が崩れていますよ」

イルヴァレーノの注意に顔を引き締め、改めてハウスメイドに向き合うカイン。

「デリナ。羽が見つかったらまた声を掛けさせて。今日は行っていいよ」

デリナを下がらせると、ディアーナの手を引いて庭に向かう。

今泣いたカラスがもう笑うっていうんだっけ？　ディアーナはご機嫌で歌を歌いながらカインの手を引いて元気に歩き出した。

その後を、ため息をつきながらイルヴァレーノが付いて歩いていく。

カインは、ディアーナの手を引いて庭に向かおうとしたところで家庭教師を部屋に待たせていたことを思い出した。

「ちょっとだけ待って、ディアーナ」

声をかけて振り向くと、部屋のドアから家庭教師のイアニス先生がこちらをのぞき込んでいた。

「勉強中だったことを、思い出していただけたようで何よりです。カイン様」

「ごめんなさい」

目が合って言葉を交わしたことで、イアニス先生が部屋から出てきた。

「まぁ、カイン様のお勉強は進んでおりますし。今日はお庭に出て花や虫について学ぶことにいたしましょう」

「おはなのおべんきょう」

「そうです。ディアーナ様も一緒にお花の名前や虫の生活について学びましょう」

「はいっ！」

キリッとした顔で手をあげるディアーナはマジ可愛い。

さっきまで泣いてたのにおはなーおはなーとご機嫌で歌ってるの尊い。まるで賛美歌。神の奇跡。

「カイン様、顔」

「カイン様は、もう少し感情を顔に出さない訓練をなさいませ」

イルヴァレーノとイアニス先生の両方からカインに対してツッコミが入った。

「……漏れてますか？」

「ディアーナ様への感情がだだ漏れです」

「ディアーナが可愛いから仕方がないんだ……」

「公爵家のご嫡男なのですから、しっかりなさいませ」

「しっかりなさいませ！　ふひひっ」

イアニス先生の言葉尻を拾って、先生とイルヴァレーノに交じってカインを注意してくるディアーナ。ドヤ顔すら可愛いからもうどうしようもないとカインは心の中で大きな白旗を振っている。

ディアーナを見て微笑むカインの顔を見て、イアニス先生とイルヴァレーノはため息をついた。

ディアーナとカインが手をつないで先を歩き、その後をイアニス先生とイルヴァレーノがついて歩く。階段を降り、玄関とは反対側にある大きなガラス戸を開けて中庭に出た。

公爵家の中庭には、季節の花が沢山咲いている。

裏庭や温室で咲く頃を調整され、ちょうど頃合いの株が植えられているのでいつ来ても庭は花でいっぱいになっている。

「貴族の、特に公爵家の跡取りともなると、花の名前や花言葉も覚えておかねばなりません」

立ち止まり、一つの白い花をそっとなでながらイアニス先生が解説をはじめた。

「男性からすれば、花はただの花である事が多いでしょう。しかし、女性は一輪の花にも壮大な意味と物語を見いだすことがあります」

「壮大な物語……」

「例えば、通りすがりに綺麗だと思った花を摘み、きれいな花ですねと声をかけてきた知らない女性にそれならばと差し上げたとします」

「ありそうな話ではありますね」

「結果、そのすれ違っただけの女性と結婚する破目になることがあるんです」

「「なんで⁉」」

カインとイルヴァレーノ、揃って意味わかんないという顔をする。

「この、白い花はディリグスと言います。白いディリグスの花言葉は『おまえを殺して私も死ぬ』です」

「物騒すぎませんか⁉」

「コレを受け取った女性は、死が二人を分かつまで一緒にいようという意味ね！　つまり、プロポーズされたんだわ！　……と解釈します」

「いや、しませんよね？」

「そうはなりませんよね？」

子ども二人からの疑問の声を受け流し、なぜか悲しそうな顔をして花を見つめるイアニス先生。

過去に何かあったのかもしれない。

「また、寝室にこの花が飾られていたのを見た妻が『浮気がばれた』と思いこみ、一心不乱に謝った。という話もあります」

「ああ、心中すると思ったって事ですか」

「結婚するきっかけになった花だから記念日に飾っただけの夫は、その謝罪で初めて妻の浮気を知ったのです……皮肉な話です」

遠い目をして空を見つめるイアニス先生。確かイアニス先生はバツイチの独身だったはずだとカインは脳内の履歴書を引っ張り出した。この世界でもバツイチというのかはカインにはわからなかったが、多分言わないだろうと思った。

「カイン様もディアーナ様も、とても見目麗しいお子様です。イルヴァレーノ君も整った顔をしていますね。将来はそれはそれは美男美女となるでしょう。見た目が美しいと人より多く勘違いされることがあります。花の名前と花言葉をしっかり覚えて、自衛なさってください」

イアニス先生も、どちらかと言えば整った顔をしている方だ。

アンリミテッド魔法学園卒業後、魔法大学院に進んで魔石と魔脈の研究をしている研究者で、アルバイトとしてカインの家庭教師をしてくれている。

ディリグスの花の逸話が、イアニス先生の実体験じゃなければ良いなと何となくカインは思った。

おっとりしていて優しくて、だけど勉強はしっかり厳しく教えてくれるいい先生なのだ。

ディアーナにも優しい。カインにとっての重要ポイントだ。

ディアーナのなぜなぜなになにに攻撃にも根気よく付き合ってくれているし、子どもだからと言って適当な回答でごまかさない人だ。

「イアニスせんせ。はなことばって、だれがつくったの？」

「昔々の事すぎて、もう本当の所は誰にもわからなくなってしまったのですけど、花にはそれぞれそれを司る妖精がいて、その妖精の性質を言葉で表したものという説があります」

「おまえを殺して私も死ぬって性質の妖精がいるんですか……」

「品種改良などで新しく作った物は、作った人や最初に売りに出した人が勝手に花言葉を作っていたりもしますね」

悲しげだったイアニス先生も、ディアーナの質問に微笑みながら回答してくれる。

「あたらしいおはなをつくったら、ディアーナがはなことばをつけられるの？」

「そうですよ。ディアーナ様は、新しいお花をつくったら何て名前にして、どんな花言葉を付けられますか？」

ディアーナは、その質問を待っていた！　という感じで鼻息荒くドヤ顔すると、大きな声ではっきりと答えた。

「カイン花ってなまえにして、おにいさまだいすき！　ってはなことばにします！」

ああ、神よ。僕はもう死んでもかまわない。

イルヴァレーノはカインの心の声が聞こえた気がした。失神でもするんじゃないかとそっと背後にまわって支えられるように構えていたが、その動きに気が付いた者は誰もいなかった。

ディアーナの「おにいさまだいすき！」発言によって顔の穴という穴から色んな汁が漏れそうになるのをなんとかこらえ、イルヴァレーノから「しつけ担当のサイラス先生に怒られますよ……その顔」と注意を受け、深呼吸をしながらディアーナを抱きしめディアーナの脳天の匂いをかいで心を落ち着かせて立ち直ったカインは、失礼しましたと一礼して、授業を続けてもらうことにした。

木の根元を掘り起こして昆虫の幼虫を観察してまた埋めたり、種類の違う花の花弁の数を数えてその違いについて考察したり、雄しべと雌しべ、雄花と雌花、昆虫による受粉、落葉樹と常緑樹の違いなどについてイアニス先生が説明してくれる。

前世でアラサーサラリーマンだったカインにとってはほとんどが知っている知識だが、ここではまだ七歳の子どもなので「ふんふんなるほどねー」と静聴していた。

そんなカインでも、きちんと話を聞いていれば前世で「そういうものだ」と丸暗記していた知識にも、ちゃんと理屈や道理があるのだとわかって面白かった。

その上、ミツバチや蝶による受粉の他に、この世界の農家では風魔法を使って受粉させる事があるなど、この世界ならではの知見も得られた。

「カイン様、ディアーナ様、イルヴァレーノ君。あちらをご覧ください」

イアニス先生に指さされた方を見ると、木の上に鳥の巣があった。今は餌を取りにでも行っているのか空っぽだ。

「とりさんのおうち」

「留守みたいだね」

「アレは、空き家なんですよ」

イアニス先生はディアーナを抱っこして持ち上げ、鳥の巣の中を見せてくれた。その後で、カインのことも持ち上げて巣の中を見せてくれる。イルヴァレーノは持ち上げられるのを嫌がって拒否していた。

確かに、今ちょっと留守なだけにしては巣の中は荒れていた。

「この辺に生息している鳥は、普段は木の枝の上で夜を過ごします。卵を産んで温める間だけ巣を作りそこで過ごします」

「そうなんだ」

そういえば、ツバメの巣とかそうだったな。営業先の保育園で毎年巣立ち後のツバメの巣の撤去を手伝っていた事を思い出した。子安貝とか入ってないかなと毎度期待して、見つからずにそりゃあそうだよなぁと毎度がっかりしてた記憶がある。

「さらに、鳥には換羽期というのがあり、羽の生え変わる時期というのがあるのです。そして今は、その時期ではありません」

先生が何を言いたいのかわかった。

「換羽期以外は、羽が抜けたりはしないんですか？」

「一本二本なら、普段でも抜けることはあります。ですが、巣のように特定の場所に居座るわけでもなく、たまに抜けるだけの羽を見つけるのはとても難しいでしょう」

やっぱり。今は、闇雲に庭を探し回っても鳥の羽を見つけるのは難しいようだ。

「はねないの？」

イアニス先生の裾をつかんでディアーナが聞く。

「秋頃になれば、見つけ易くなりますよ」

イアニス先生は優しく答えるが、ディアーナはもう泣きそうである。泣いてるディアーナもめちゃくちゃ可愛いのだが、できれば泣かせたくない。どうしたもんかとカインが思案する。

鳥の集まる所がわかればそこに拾いに行くんでもいいだろう。先生の引率があれば、よっぽど遠くなければお父様も反対はしないだろうし。

と、そこまで考えて思いついた。要するに、鳥が集まればいいんだろ？

「先生。庭に餌台を置いたら、鳥は集まってきますか？」

「カイン様。出来ることは、実際にやってみることが肝要です。観察日記を付けてみてください」

イアニス先生は、たまにこんな感じですぐには答えを教えてくれない事がある。もどかしいと思うこともあるけど、自分の手を動かした知識が忘れにくいのは確かだった。

イアニス先生の授業は午前中だけ。午後は芸術系の授業だが、今日は休みだ。どこぞの屋敷で夜会があるらしく、家庭教師の先生が演奏家として呼ばれているらしい。リハーサルなどもあるため昼から向かうそうだ。

イアニス先生を見送って、昼食をとった後にカインは庭師の作業小屋に行き、木材を分けてもらって餌台を作った。平たい木の板を支柱になる木の棒にトンカチでくっつけただけの簡単なものだが、七歳の手でやるとかなり苦戦した。イルヴァレーノはカインが手伝ってくれというまで手を出さない。

「ご指示くだされればアタシがやりますから」

と庭師の老人がオロオロとしていたけど、ディアーナの為に作るのだからとカインは自分の手で作った。鳥がとまりやすいように縁を付けると良いなどのアドバイスをもらいながら、なんとか完成したソレはちょっと不格好だった。

知育玩具の営業だった前世では、取引先の幼稚園や保育園に行って巣箱や餌台を作ることはたまにあった。園児たちが見守る中で作ったそれらはなかなかの出来だったんだがなぁとカインは苦笑する。今のカインの小さい手では、まだうまくできないのも仕方がないとはおもうけど、前世の自分に負けたようで少し悔しかった。

まだ七歳だ。これからもっと精進して、ディアーナを守れるかっこいいお兄様を目指さねばいけない。もっともっと頑張ろうと、不格好な餌台に誓った。

翌日、カインとディアーナとイルヴァレーノは、庭の低木で出来た生け垣に身を隠して鳥の餌台を見張っていた。生け垣から小さい頭が三つぴょっこりと飛び出しているのを遠くから庭師の老人が見守っていた。

餌台には、山盛りのパン粉が載っかっている。イルヴァレーノが厨房に行ってパンくずを貰おうとしたら、料理用のパン粉をボウルにいっぱい分けてくれたのだ。次からは、使用人用の食堂で集めておいてくれると言っていた。

三人が生け垣越しに餌台を覗き込んでいると、すぐに小鳥がやってきた。山のように積んであったパン粉に飛び込んでいき、パン粉はバラバラと餌台からだいぶ落っこちてしまった。

砂浴びをするようにパン粉のなかで暴れる小鳥と、後からきて地面に落ちたパン粉をつつく小鳥と。次から次へと小鳥がやってきた。

「小鳥さんがたくさんだね」

ディアーナが餌台に集まる鳥たちを見ながらそうつぶやいた。ディアーナの言う通り、餌台に集まっているのは小鳥ばかり。一番大きい鳥でもりんごの大きさぐらいしかなさそうだった。

「小鳥しかいないねぇ」

カインも続けてつぶやいた。色々と、カラフルな鳥たちが集まってきているので見ていて楽しいが、コレでは羽が抜けても羽根ペンには加工できそうにもない。

「大きい鳥の餌は、パン粉じゃないのかもね」

イルヴァレーノは地面に落ちたパン粉とそれをつついている小さくて丸っこい鳥を眺めていた。

しゃがんでいるのに疲れたディアーナがペタンと地面に座り込んでしまったので、カインが持ち上げて自分の膝の上に座らせた。片膝に乗せたので、落っこちないようにお腹に手を回してぎゅっと力を入れておく。

「これだけ小さな鳥が集まってくれれば、その鳥を食べようとして大きい鳥もくるかもよ」

イルヴァレーノがぼそりとつぶやいた。相変わらず、地面の丸っこい鳥を眺めている。

「小鳥さん、食べられちゃうの？」

カインの膝の上から隣でしゃがんでいるイルヴァレーノの顔を見上げるディアーナは、不安そうな顔をしている。

「え、いやまぁそうだよね。大きい鳥は肉食でしょう」

カインの膝の上でディアーナがビクリと体を震わせた。カインは優しくディアーナの頭を撫でながら（小さい命に思いを馳せて悲しく思えるとかディアーナマジ天使じゃない？　こんなに優しい女の子他にいる？　いないよね。小鳥が食べられちゃうの怖いって震えちゃうディアーナ超カワイイよね？　ね？）という顔でイルヴァレーノを見てきた。ディアーナを支えるために回している腕がプルプルと震えている。おそらく感動で震えているのだろうとイルヴァレーノは考えたが、ディアーナは違ったようだった。

「おにいさま、ディおもたい？　おててふるえてるよ」

「大丈夫だよ、羽の様に軽いよディアーナ。大切なディアーナを壊さないように優しくしようと思って震えてるだけだよ」

カインはそういってニッコリと笑った。ディアーナはそう言われて、お腹に回されている腕をペシペシと軽く叩くと、もう一度カインの顔を仰ぎ見た。

「ディはがんじょーだから、もっとギュッとしてもだいじょうぶよ？」

キリッと眉をあげて、凛々しい顔を作ってそういうディアーナに、カインは仏像のようなアルカイックスマイルを浮かべると、ディアーナを抱きしめたまま後ろにバタンと倒れ込んだ。

ちらちらと様子を見ていた庭師の老人が、垣根の上から突然子どもたちの頭が消えたのを見て心配してぐるりと回り込んでやってきた。

「大丈夫ですか、坊っちゃん」

ディアーナを抱えたまま寝転がっているカインと、呆れた顔でそれを覗き込んでいるイルヴァレーノを交互に見ながら近寄ってきた。

カインは、ディアーナを抱きかかえたまま起き上がろうとしたが、流石に無理だったようで一度ディアーナの腹から腕を外すと庭師の老人にディアーナを持ち上げてもらった。

「ありがとう。ちょっとバランスを崩して倒れただけだから平気だよ」

「後ろ頭をぶつけたりはしておりませんか？」

「大丈夫、きれいに芝生を整えていてくれてるから全然痛くもないよ。いつもありがとう」

それならいいのですがと言いながら、庭師はカインにも手を差し出して起こしてくれた。小さくて腰も曲がりつつある老人だが、庭師をやっているだけのことはあって握ってくれた手は力強かった。

イルヴァレーノがカインの背中の芝生やホコリを払ってやっていると、ディアーナも真似して思い切りカインの尻を叩きはじめた。

「ふふふふ。ディアーナは優しいなぁ。僕は新しい性癖に目覚めそうだよ」

「カイン様、目覚めないでください。そしてお顔を整えてください」

ホコリを払いおわって、イルヴァレーノがもういいですよとディアーナの手首を優しく握ってバンザイさせる。ディアーナは素直に手首を掴まれつつ、ずるずるとしゃがんでイルヴァレーノにぶら下がろうとするが、イルヴァレーノはディアーナが下がるのに合わせて掴んだ手首も下げていくのでぶら下がれなかった。

「イル君のケチ！」

「そういうのは、アルノルディアかサラスィニアに頼んでください」

イルヴァレーノから手首を解放されたディアーナはカインの隣に回り込むとぎゅうと腰に抱きつい

た。カインはまたディアーナの頭を優しく撫でながら、眉も目尻もコレでもかと下げた顔でまたディアーナの可愛さを共有しようとイルヴァレーノにアイコンタクトをしてくる。イルヴァレーノはとりあえず目線をそらしたら、庭師の老人と目が合った。

「大丈夫そうならアタシは仕事に戻ります」

会話のきっかけがつかめず、子どもたちのやり取りを見ていた庭師が、ペコリと頭を下げて去ろうとしたが、イルヴァレーノが声をかけてそれをとめた。

「大きな鳥が良く止まっている木とかはこの庭にはありませんか」

庭の事は庭師に聞けばいい。イルヴァレーノがそう思って質問したが、カインのディアーナ可愛い同意を求める視線を無視するためでもあった。

庭師の老人は顎に手をあてて うーんと頭を捻っていたが、やがて思い出した様に一つうなずいた。

「裏の使用人用出入り口近くのアルモンドの木には、良く大きな鳥がいるようです。洗濯メイドたちがバサバサと大きな羽音がして怖いと騎士たちに言っておるのを聞きました」

「大きいとりさんいるの？」

ディアーナがカインの腰の位置から庭師の言葉に反応した。庭師は少し腰を屈めて頭を低くすると、ディアーナに向かってゆっくりうなずいた。

「みな、その姿を見たことはなく、大きく羽ばたく羽音を聞いただけだそうです。ですが、メイドたちが怖がるぐらいなので大きな羽音なのでしょう」

庭師の言い回しはディアーナには少し難しかったが、とにかく鳥がいるということは伝わった。

「おじいちゃんおしえてくれてありがとう。おにいさま、裏にいってみよ」

ディアーナは庭師の目を真っ直ぐにみてお礼を言うと、カインのベルトをグイグイと引っ張った。

「ディアーナぁ〜。お礼が言えて偉いね！　素直にお礼が言えるいい子はどこかなぁ〜ココだ！」

「きゃぁー！」

カインがディアーナを褒めながら頭を撫で、ココだ！　と言いながら抱き上げてぐるぐる回っている。イルヴァレーノはカインがバランスを崩して倒れないようにそばで少し腰を落として待機している。その様子をみて、庭師の老人は何がなにやらと首をかしげていた。

表の庭から裏門へと続く道に、大きな木が植えられている。春になると白い小さな花が沢山咲くその木は、夏になればわさわさと大量の葉っぱが茂るので木陰はだいぶ暗くなる。

昼だと言うのに薄暗い樹の下を三人はそろそろとゆっくりと歩いていく。

「おばけでる？」

「まだお昼だからでないよ」

影が濃く、地面も暗いのでディアーナがカインの腰を掴んでついてくる。カインはディアーナの肩を抱きながら、木の葉の中を覗いて歩いている。

「そういえば、おばけってなんだろう？」

枝が風に揺れて、時々木漏れ日が目にはいるのを眩しそうに手で遮りながら、カインがそうつぶやいた。

「おばけは、おばけだよ？」

「おばけは、幽霊？」

「ゆーれーってなぁに？」

木の枝から視線を戻してディアーナを見下ろす。ディアーナもカインの腰を掴みながら首をかしげてカインの顔を見上げていた。

「人が死んだ後に、残った魂がウロウロしてる事かな？」

カインもディアーナと視線を合わせたまま首をかしげた。

亡霊？　怨念？　無念？　未練？　なんかそういうのを持ったまま死んだ人は成仏出来ないから幽霊になるんだっけ？　そう言えばこの世界の宗教観では成仏とかあるんだろうか？

「死後の魂は神にすくい取られ、神渡りの日に神と一緒に神の世界に帰ります。……と司祭様からは言われました。死んだら終わり、その後は何もないと言う人もいました。どちらが正しいのかは、僕にはわかりません」

イルヴァレーノは静かにそう言って首を横に振る。

「おばけいない？」

「僕は見たことないよ」

イルヴァレーノの言葉にホッとしたディアーナがカインの腰から手を離したその時。バサバサと大きな羽ばたくような音が聞こえて、木の枝がわさわさと揺れて小枝がポロポロ落ちてきた。気を許した瞬間に大きな音が聞こえてきたせいでディアーナはその場で飛び上がり、声にならない声をあげてカインの腰にしがみついた。

「オァアアア」

野太い鳴き声の主は、木の間を羽ばたきながら移動して、そのうち何処かに行ってしまった。

腰に抱きついてビクビクしているディアーナの肩を優しく撫でながら、カインはカラスみたいだなぁと思っていた。庭師の老人や洗濯メイド達の言う大きな鳥というのがカラスだとすれば、羽が手に入ったところできれいな羽根ペンにするというわけにもいかないかなと眉を下げた。

「カイン様、羽が落ちていましたよ」

足元にかがんで一枚の羽を拾ったイルヴァレーノが見せてくれたのは、やはり真っ黒い羽だった。

「きれいと言えばきれいだけどねぇ。黒い羽は地味かな？　どう、ディアーナ」

ディアーナの肩を優しく押してイルヴァレーノの方へ押し出すと、ディアーナはイルヴァレーノの手にある真っ黒な羽をまじまじと見た。

「つやつやしてきれいだけど、まっくろだね……ディ、青いのがいい……」

せっかく手に入れた大きな羽だったからか、ディアーナは遠慮がちにそう言って申し訳無さそうな顔でイルヴァレーノを見た。

イルヴァレーノはそうですよねと軽い感じでうなずいた。そんな申し訳無さそうな顔しなくてもいいのにと思いながら、手の中で黒い羽をくるくると回している。

ディアーナが、カインの顔を見上げた。

「おにいさまのおめめとおなじ色がいい」

そのセリフを聞いた瞬間、空は晴れて雲ひとつ無く、頭上には大きな木が覆い茂っているにも拘わらず、カインは脳天から稲妻に貫かれたかのような衝撃を受けた。全く意識をしていないのに青い瞳からはぼろぼろと大粒の涙がこぼれ落ち、重力に逆らえなくなった体は崩れ落ちて膝をついた。そのまま目の前のディアーナにすがりつくと、カインはディアーナの腹に顔を押し付けて号泣した。

ディアーナに頭を撫でられ、イルヴァレーノに背中を摩られて少し落ち着いてきたカインは立ち上がり、もう大丈夫とディアーナに笑いかけると、手をつないで表の庭へと戻った。

餌台の上にはもうパン粉は残っておらず、小鳥もいなくなっていた。餌台の近くまで行くと、カインはしゃがんで落ちている小さな羽を何枚か拾った。

「ディアーナ。羽根ペンは出来ないけど、これでアクセサリーを作ってみようよ」

カインの手のひらに載せられたカラフルな小さな羽をみて、ディアーナはつんつんと突いたりつまんでみたりして興味を示した。

「アクセサリーつくるの？」

「そうだよ。好きな色の羽を拾ってくれる？　お部屋にもどって工作しよう」

「うん！」

三人で餌台の上や下に落ちているきれいな羽を拾って部屋に戻った。

羽の軸部分を割らない様に慎重に針で穴を空けて、そこに糸を通してわっかにして腕輪にしてみたり、リボンの端っこに縫い付けてみたり、細い組紐に縫い付けて栞にしたりして遊んでいたら、沢山の羽根アクセサリーが出来上がっていた。

羽根ペン用の羽は手に入らなかったが、ディアーナ箱の中身が増えたのだった。

秘密の花園

公爵家にいくつかある庭のうちのひとつ。規模は小さめで、小さな木製のベンチと雨の日には役に立つか怪しい程度の屋根があるその庭は、カインのお気に入りだった。

家庭教師に用事等があり、授業が休みになった時には時々ここにいる。

小鳥の餌台を作ってから一週間後、またもや家庭教師の音楽担当は夜会に呼ばれているとかで休みである。先週の夜会での演奏が好評だったようで、我が家の夜会にも来ておくれと引っ張りだこになっているらしい。家庭教師の人選で優秀すぎる人を選ぶのも考えものなのかも知れない。

勉強に鍛錬に、忙しすぎるのではないかと心配になるほどに詰め込まれたスケジュールは、ほとんどがカインが希望して詰め込んでいるらしいとイルヴァレーノは聞いている。

姉妹が他家に仕えているというハウスメイドが言うには、入学前の貴族令息とはいえこんなに予定を詰め込んで勉強している家は無いらしい。

イルヴァレーノがカインの侍従になってから、午前中の座学は一緒に受けさせられている。カインの侍従となるなら、それなりに頭が良くなくては勤まらないからだと言われた。

あくまでカインの勉強なので、わからなくてもつまずいても待たないとは言われている。置いて行かれないように寝る前の復習が日課になっていた。

午後、カインが芸術や礼儀作法などの授業を受けている間はエリゼの侍女に付いてお茶の淹れ方や主の世話の仕方、各関係部署への先触れ、伝達連携の仕方など侍従としての勉強をしていた。

その日も侍女からお茶菓子のサーブの仕方を教わっていた。

カインのレッスンが一つなくなったと連絡を受け、部屋へと向かったがカインは部屋から消えていた。

ここだろうと思って小さな庭園に来てみたら、やっぱりカインはそこにいた。

声をかけようとして、持ち上げかけた手を止める。

歌が、聞こえてきた。

「ちょうちょ、ちょうちょ、おはなにとまれ。おはなにあきたらディアーナにとまれ」

膝の上にディアーナを乗せて、歌の節に合わせてポンポンとディアーナの肩を優しく叩いている。

歌詞は明らかに子ども向けの、内容が有るようで無い簡単な言葉の繰り返しになっている。童謡だろうと思うがイルヴァレーノは聞いたことのない歌だった。

孤児院には、慰問と称して歌手が派遣されてくる事がある。どこかの貴族が気まぐれに歌手を派遣し、歌手は子どもの好きそうな童謡を何曲か歌って帰る。

その、歌手の誰からも聞いたことがない歌をカインが歌っている。

幼い少年に見合った少し高くて細い声。それでも、優しく丁寧に歌っているのがわかる。

蝶の歌、花の歌、ドングリの歌。

どれも、蝶が飛んだ、花が咲いた、ドングリが落ちたという意味しかない単純な歌詞の歌ばかりで子どもでもすぐに覚えられそうだった。

その証拠にディアーナもすぐに覚えて二周目からは一緒になって歌っていた。

初めてあった時からだが、本当に仲の良い兄妹だとおもう。

単純に兄が妹を溺愛しているかのようにも見えるが、妹も兄の言うことをよく聞いている。

妹の我が儘を何でも聞いてやっている様に見えて、駄目なことは駄目だとやんわりと、きちんと理由を添えて注意していたりする。

甘やかしている様に見えて、自分で出来ることは自分でやるようにと誘導しているところもある。

ディアーナが孤児であるイルヴァレーノを下に見ず、忌避もせず、イル君と慕ってくれるのも。孤児院の仲間たちを対等な友人として接してくれるのもカインがそうあるのが当然である様に振る舞うからだ。

ディアーナは兄であるカインをよく見ている。

カインに全幅の信頼を置いて、カインのする事に間違いはないと思っているからカインの真似をするのだ。

今も、カインの膝の上で歌の節に合わせて体を揺らしながら安心しきった顔をして一緒に歌を歌っている。

金髪に夏の空のような青い瞳。幼いながらに美しい顔。

作る表情がまるで違うので似てない兄妹だと言われる二人だが、こうして二人で穏やかに歌う姿は、兄妹である事を疑いようもないほどにそっくりだった。

歌が終わるまで声をかけるのは待とう。

イルヴァレーノは少し離れた木陰で美しい兄妹を見守っていた。

蝶に気を取られて視線をズラしたディアーナに見つかったイルヴァレーノは、その後『一人ずつ歌い出しをずらして歌う』輪唱という遊びに付き合わされたのだった。

王妃主催の刺繍の会

ディアーナの羽根ペンおねだり事件から、季節が一つ移ろうころ。母エリゼが、王宮から帰ってくるなり「次回はディアーナも連れて行きますよ」と言った。エリゼは今日『王妃主催の刺繍の会』に参加していた。

王妃主催の刺繍の会とは、王妃様と一緒に刺繍をしましょうという会で隔月で開催されており、基本的には侯爵以上の上級貴族しか参加できない。その上「刺繍には興味ないけど王妃様とお近づきになりたいわ！」という下心で参加するとすぐに見抜かれ逆に嫌われるという、結構ガチな会らしい。

各々自分で目標をたて、そこに向かって努力し、わからないところをお互いに教え合って皆で技術を研鑽していこうという趣旨らしく、エリゼも毎度宿題を持ち帰っていたりする。

ちなみに『王妃主催の詩集の会』という、詩歌を楽しみ、季節ごとに詩集を出す会もあるらしい。母はそちらには興味が無いらしく参加していない。

「ディアーナを連れて行くんですか？　ディアーナはまだ刺繍をしたこともないのに？」

ディアーナではなく兄であるカインが聞き返す。話題の本人はきょとんとして母を見上げていた。

「誰にでも初めてというものはあるものです。初めから高い技術に触れるのは良い事だと思いませんか？　カイン」

「お母様の言うとおりです。ですが、それならお母様の手引きでも良いでしょう。お母様の刺繍はとても美しいし、手も早いではないですか」

この世界では刺繍は師事して習うというものではない。母から娘へ、その技術や図案、ちょっとしたコツなどを伝えて行くものだとされている。だから、カインの言うことは至極まっとうな意見ではある。

「もちろん、次の会までに基本はわたくしが教えます。ディはきっと優秀ですからね。刺繍仲間に自慢したいのですよ」

「その会に、王太子殿下は参加されますか？」

カインの心配事は、これだ。ディアーナが刺繍のつたなさで恥をかくとか、大人の集まりに参加してもつまらないのではないかとか、そんな心配はしていなかった。

ディアーナは存在自体が奇跡のように尊く可愛らしいのだから、全人類から愛されるべき存在であり、ぞんざいに扱われることなど杞憂だとカインは真面目に思っている。

カインの心配事は、ディアーナが王宮へ行くことそのもの。王太子と会い、婚約を結ばれてしまうことだ。

ド魔学の王太子ルートでは、主人公と結ばれるために邪魔となる婚約者のディアーナは、形だけ結婚した後地方のおっさん貴族に下賜されてしまう。そんな不幸な目にディアーナをあわせるわけにはいかない。王太子との婚約は何としてでも阻止しなければならないのだ。

「カイン。あなたは何を考えているのですか……」

「お母様。王太子殿下は、刺繍の会に参加されるのですか？」

「わかりません。王妃様のお心次第ですね」

カインの重ねての質問にエリゼはそう答えたが、エリゼの目が一瞬泳いだのを見逃さなかった。誤魔化されたが、来るのだ。王太子が。お見合いまで行かなくても、顔見せの意味合いがあるのだ。

「お母様。次回の刺繍の会、僕も連れて行ってください」

「……え？」

「ディアーナだけでなく、僕も刺繍の会に連れて行ってください」

「刺繍に興味もないのに行っては、王妃様から不興をかいますよ？」

「あります！　刺繍にめっちゃ興味あります！」

「カイン様、言葉遣い」

「あります！　刺繍にとても興味あります！」

じっとりとした目でカインを見つめるエリゼ。真剣な眼差しでエリゼを見返すカイン。根負けしたのは、エリゼだった。ため息を吐くと、侍従に持たせていたカバンから一枚の紙を取り出してカインに差し出した。

「次回の刺繍の会で御披露目する事になっている図案です。写しをあげますから、次回の会までに完成することが出来たらあなたも連れて行きましょう」

覚悟を見せろ。エリゼはカインにそう言っているのだ。

「機会をくださり、感謝いたします。お母様」

恭《うやうや》しく図案を受け取ると、深く頭を下げた。


その日の夕食後、カインの私室にて。

「おまえ、刺繍なんか出来るの？」

イルヴァレーノが、どさりと大量の布の切れ端をローテーブルに載せながら聞いてくる。カインに言われて洗濯担当のメイドから貰ってきた廃棄前の布などだ。もちろん、刺繍の練習用である。

使い古して生地が薄くなっているものは刺繍には向かないからと、落ちない汚れが端に付いてしまったテーブルクロスやシーツ等をハンカチ程の大きさに切り分けてくれた物だ。

「出来ないから練習するんだろ」

そう言ってハンカチ大の布切れを一枚手に取り、母から借り受けた刺繍枠にはめこむ。

「嫌な予感がするが、聞いても良いか」

「なんだい？　イルヴァレーノ」

イルヴァレーノがカインの手元を指差す。カインは二つ目の刺繍枠に布をはめこんでいた。何故か刺繍枠が二つあるのだ。

「なんで、刺繍する道具が二つあるんだ？」

「おまえもやるからに決まってるだろ」

「なんでだよ」

カインは刺繍枠を一つイルヴァレーノに押しつけると、図書室から借りてきた刺繍の本を開いた。

「糸を引くって何……え？　糸ほぐすの……なんでほぐすの……」

カインは二人掛けソファーに斜めに座りながら片膝を立て、靴を脱いだ足先で本が閉じないように押さえている。質問に返事もしないで本に集中しているカインに向かってため息を吐くと、学習用に使っている机からブックスタンドを持ってきた。

「行儀が悪い。ある道具は使え」

「サンキュー」

「さ？　何？」

「古の遠い国の言葉でありがとうって意味だよ」

そう言ってブックスタンドに開いた本を立てかけてクリップで閉じないように固定する。もう一冊借りてきた別の初心者向けの本を向かいに座るイルヴァレーノに押しつけた。

イルヴァレーノは仕方なくパラパラとめくるが、全くの未知の世界だった。図解されていたりもするが、その図の見方さえわからない。

「それこそ、奥様に教えを請えば良いじゃないか」

「それはなんか負けた気がするからヤダ」

「負けず嫌いめ」

イルヴァレーノは手に持っていた刺繍枠をテーブルに置くと、一人用のソファーに座って刺繍の本を改めて読み始めた。カインは読みながら実践していくタイプで、イルヴァレーノはじっくり読み込んで理解してから実践に入るタイプだった。夕飯後の自由時間にチクチクと刺繍の練習をする男子二人。

「ここまで縫って思ったんだけど」

「なんだよ」

刺繍枠いっぱいに糸が縫われている布を眺めながらカインがボソリとつぶやく。布には、五ミリの縫い目が同じ幅ずつの間をあけて縫われている。

「ランニングステッチって、普通の並縫いと何が違うの？」

「なにがだよ……これは、並縫いじゃないか？」

刺繍はしたことが無くても、孤児院で繕いもの等をやっていたイルヴァレーノ。カインの刺繍練習の差し跡を見て並縫いだと判断した。

「『布の下から針をだし、五ミリ隣に布の上から針を刺す。次は五ミリ隣に布の下から針を刺す。これをなるべくまっすぐに繰り返します』これを言われたとおりにやってみたんだけど」

「それは並縫いだな」

「読み方が悪いんだろうか……？」

「糸が太くて模様に見えれば普通に縫っていても刺繍ってことになるんじゃないか？」

「それだ！」

納得したカインはページをめくってまた新しいステッチに挑戦しようとしている。イルヴァレーノは図案を布に写してとりあえずチェーンステッチで縁取りを縫い始めた。

「バックステッチって、本返し縫いとは何が違うんだ？」

「またかよ。……これは、本返し縫いだなぁ……」

「刺繍界ではこれをバックステッチって呼んでるって事にする」

「それがいいな」

カインは、布の端から端までバックステッチで縫っては折り返し、また布の端までバックステッチで縫う。ということを繰り返している。縫い目が布いっぱいになると、最後の方は目が均等でまっすぐに縫えるようになっていた。

自分の刺繍枠を改めて眺めたカインは「よし」とつぶやくと布を枠から外して新しい布をはめ込んだ。

「地道だな、そのやり方で次の会までに間に合うのか？」

イルヴァレーノがカインの外した布を拾って眺めながら聞く。自分の手元の刺繍枠には、図案の下書き線と三分の一ほどが糸で埋められている布がはめられている。とりあえず幅の稼げるチェーンステッチで図案を埋めていこうという作戦らしい。

「急がば回れだ。基本をはじめにしっかり身につけておいた方が後々楽なんだよ」

「お前のそういうところ凄いと思うけどな……」

「思うけどなんだよ」

「ディアーナ様と王太子殿下の婚約阻止とかいう妄想の為にやってるかと思うと素直に尊敬できないなと」

　そもそも、本当に次回の刺繍の会に王太子と貴族令嬢の顔合わせの意図があるのかも怪しい。そうだとしてもおそらくディアーナ以外の令嬢も呼ばれてるんじゃないかとイルヴァレーノは考えていた。その場合、必ずしもディアーナが選ばれるとは限らない訳だし、こんなやったこともないしやる必要もない刺繍なんかをしてまでついて行く必要ないんじゃないかと思っている。

　その事を素直に口にだしたら、

「ディアーナ以上に可愛い女の子なんていないんだから選ばれてしまうに決まってる！」

　とカインが言い出して受け入れられなかった。

「まぁ、切っ掛けのひとつだよ。どんな事だって出来ないよりは出来た方が良い。イルヴァレーノだって、刺繍が出来るようになったら孤児院の女の子たちに刺繍を教えてやれるじゃないか」

「……」

「刺繍が出来れば、奉公先の選択肢も増えるんじゃないか。雑用として雇われるのではなく、お針子として雇われれば出世だって出来るかもしれないよ」

「……カイン様」

「給金を孤児院に入れるなら、一部は布と刺繍糸の現物で差し入れすれば良いよ。全部お金で入れると衣食住に優先的に使われるだろうし、教育費用にまでは中々回せないだろうしな」

孤児院には多くは無いが借金もあるらしく、そちらへの返済に充てられたりもしているようだった。母エリゼの言っていた「ちょっと豪華な食事」や「建物の修繕」にまではなかなか回らないみたいだった。カインの寄付した絵本もいくつかは金に替えられてしまったようだったが、子ども達が飢えるよりは全然良いと思っていた。

イルヴァレーノはやりかけの布を枠からはずし、新しい布をはめ込んだ。

「俺も基本からやっていく事にする」

「そうかい」

二人でチクチクと布を針で刺していく。端まで縫って裏側で糸をくぐらせて、ハサミで糸を切るパチンという音が響く。

「カイン様、ありがとう」

布から目を離さず、うつむいたままでイルヴァレーノがつぶやいた。

「どういたしまして」

うつむいたままのイルヴァレーノは、カインが嬉しそうな笑顔で答えた事に気が付かなかった。

カインとイルヴァレーノが夕食後の時間を刺繍の練習に充て始めてから一週間程が経ったある日。

ディアーナが部屋へやってきた。

「にいさまー。あそんでくださいー」

小さな腕に、絵本とぬいぐるみと小さな黒板を抱えている。遊ぶ準備は万端である。

「ディアーナ。お母様と刺繍の練習をしていたのではないの?」

やりかけの刺繍枠をテーブルに置いて、ディアーナに駆け寄り跪《ひざまず》くカイン。頭をなで、おもちゃごと抱きしめ脳天の匂いをクンクン嗅いでいる。

「ししゅーつまんないんだもん……」

ディアーナがしょんぼりした顔でそういうとカインはおや？　と首をかしげて見せた。

最初、ディアーナは母エリゼから刺繍を教わるのを楽しんでいたのだ。公爵夫人として日中忙しくしているエリゼはなかなかディアーナを構う時間がない。食事の時間やお茶の時間は一緒に過ごす事も多いがカインも一緒だし時折父も同席する。そんな母を、刺繍の練習を見てくれる間は独り占め出来るのだ。ディアーナは張り切っていたしお母様に褒めてもらうんだ！　とやる気に満ちあふれていた。

それなのに、

「刺繍つまらない？」

「ぬのにお絵かきするよっていってたのに、まっすぐまっすぐばっかりいわれてつまんない。おかあさまうそついた」

（ねぇ、このプックリ膨らんだほっぺた超かわいくない？　マジ天使じゃない？　怒ってても可愛いとか人類の宝じゃない？）

という顔で振り向くカインに対して、

（まじめに話を聞いてやれ）

と顎を振ってあっち向けと返事するイルヴァレーノ。

「ディアーナ。お母様は嘘ついてないよ。こっちおいで」

「にーさま？」

カインは立ち上がるとディアーナの手を取り、ローテーブルのそばまで連れて行く。練習で糸を刺し終わった布の山から一枚取り出して広げて見せた。

「ほら、これは僕が刺繍したんだよ。なんだかわかる？」

それは、基本のステッチを一通り練習し、曲線縫いを練習するために刺したものだった。輪郭だけだが絵になっている。

「耳が短いうさぎさん！」

「いや、それクマさ……いってぇっ」

「そう！　耳が短いうさぎさんだよ！」

本当はクマを刺繍していた。クマと言いそうになったイルヴァレーノが後ろですねを押さえてうずくまってるがカインは無視した。

ディアーナがウサギといったらウサギなのだ。

「そしてこっちが、耳が長くなったうさぎさんだ！」

「うさぎさんだ！」

ディアーナのお気に入りの絵本に『うさぎのみみはなぜながい』というお話がある。物語の冒頭では耳の短いうさぎが、紆余曲折あって耳が長くなるという物語だ。

ディアーナは、クマの刺繍を絵本冒頭のうさぎと言ったのだった。

「これ、にーさまがししゅーしたの？」

「そうだよ。ほらこれは」

「あっ！　やめろよ!!」

カインがテーブルからもう一枚の布を取ってディアーナに見せた。そこにはチェーンステッチの太い線で描かれた蝶が飛んでいた。

「ちょうちょ！」

「そう！　蝶々だよ。よくわかったね。やっぱりディアーナは賢いね。物知りだね。偉いね。これは、イルヴァレーノが縫ったんだよ」

「イルくんが？」

カインに撫で回されながら、目をまん丸くしてイルヴァレーノを見上げてくる。イルヴァレーノはバツが悪そうに視線をそらしながら「そうだけど……」とモゴモゴ返事をしている。

ちなみに、イルヴァレーノがイル君と呼ばれているのは、使用人として邸に戻って来た際に「イル兄様と呼んではいけない」と諭した際に、口が回らずイルヴァレーノと呼べなかったのと母エリゼがイル君と呼んでいたことから、ディアーナもそう呼ぶようになってしまったのだった。

「ね、僕やイルヴァレーノは布にお絵かき出来ているよ。ディアーナも糸と針でお絵かきしてみよう？」

「やる！　ディもお絵かきする！」

「やったー！　ディアーナはなにを描く～？　うさぎさん？　くまさん？」

「うさぎさん！」

「よーし！　うさぎさんね！」

カインは座面に置いてあったブックスタンドを床にどけてディアーナをソファーに座らせた。

真っ白い布を一枚取り出してテーブルに置くと、色付きチャコペンをディアーナに握らせた。

「まずこの布にうさぎを描いてね」

「はぁい」

ふんふんと鼻歌を歌いながらご機嫌で絵を描くディアーナ。その隣に座ってやりかけの自分の布を枠からはずしていくカイン。

「できたー！」

と自慢げに見せてきた布をディアーナから受け取ると、刺繍枠に嵌め込んで手渡した。

「チクチクする練習はお母様としていたんだよね？　今度は、このディアーナが描いた線をチクチクしながらなぞるんだよ」

「せんのとおりにぬうのね？　まっすぐまっすぐじゃなくていいのね？」

「まっすぐじゃなくて良いんだよー。線からズレたって良いんだ。まずはやってみよう？」

「うんっ」

ディアーナが、小さな手で針を持って布を縫っていく。指を刺さないように、枠を持つ手や針を持つ手に時々手を添えて誘導しつつ、その一生懸命な姿に尊死しそうにこれでもかと背骨をそらして嗚咽を漏らすカインであった。

下絵の線からして歪んでいたうさぎが、ガタガタのランニングステッチでさらに愛嬌のある形に仕上がった。うさぎの胸元にカインが蝶ネクタイを追加で刺繍し、イルヴァレーノが隙間に小さな花を散らしていく。

三人の合作で『お花畑のお洒落なうさぎさん』になった刺繍の絵を嬉しそうに眺めるディアーナ。

「ディのかいたえがちゃんとえになった……」

うさぎはだいぶ歪んでいたが、ディアーナは感動しているようで、上から見たり持ち上げて下から見上げたり、裏からみてもじゃもじゃしてることに笑ったりしていた。

「お母様は嘘ついてなかっただろう？」

カインが顔を覗き込んで聞けば、ディアーナは大きく頷いて笑った。

「おかあさまに見せてくる！」

そう言ってディアーナは刺繍枠を持ったまま部屋を出て行ってしまった。開けっ放しにされたドアを見つめるカインとイルヴァレーノ。

「刺繍枠持ってかれてしまいましたね。今夜はもう寝ますか」

「……そうだね。連日夜更かしして練習してたしな……」

カインはイルヴァレーノに寝間着に着替えさせてもらい（侍従として主人を着替えさせる練習中なのだ）布団に入って目を閉じた。

イルヴァレーノの部屋はカインの部屋に続いている使用人の部屋だが、普段は一度廊下へ出てから隣の自室へ戻る。

室内のドアはドアと判らないように隠し扉になっている。いざという時、緊急事態の時にはこの隠し扉を使って出入りするが、今はその時ではないので廊下を通って戻る。

刺繍の会まで、あとひと月半である。

翌朝の朝食時、カインは母エリゼから「またカインばっかりディに頼られてズルイ！」と怒られ（?・）、その三日後には刺繍枠が母から贈られた。

枠の外側に蔦と月と星が、内側には名前が彫刻された物で、カインは青、イルヴァレーノは赤い物をそれぞれ手渡された。

母エリゼは「道具を贈ったからといって刺繍への姿勢を認めたわけではありませんからね。王宮に行きたければ引き続き刺繍を頑張りなさい」と言っていた。

イルヴァレーノは、名前の入った自分だけのものを手に入れるのは初めてだと嬉しそうにしていた。ディアーナは「にいさまとイルくんばっかり！　ディのは⁉」と自分の分が無いことに抗議していたが、母エリゼから「お兄様やイル君ぐらい一生懸命刺繍に取り組んだらディにも贈ります」と言われて刺繍にやる気を出し始めた。

そして王妃主催の刺繍の会前日。カインは完成させた刺繍を母エリゼに見せた。

図案は、白と黒の狼が向かい合って遠吠えをしているところで背景に花と月も配置されている。王家の紋章が二匹の狼なのでそれにちなんだ図案なのだろうが、紋章とは意匠が全然違うのでちなんだだけの課題としての図案なのだろう。

カインは、狼の毛並みを表現するように糸の流れを意識して刺繍していた。図案で指定されていなかったが、灰色や銀の糸で毛づやのハイライトも表現している。月も左上を明るく、右下を暗くして陰影を表現し立体感を出している。

イルヴァレーノは単調な色使いで立体感や毛づやのハイライトなどは入っていないが、二月前までは針も持ったことがないような子どもが図案すべてを埋めただけでもたいしたものだとエリゼはため息を吐いた。

「仕方がないわね。明日はカインも王宮に連れて行きます。イル君もがんばったけど、明日はお留守番ね」

エリゼはイルヴァレーノも行きたくて刺繍を頑張ったのかと考えての発言だったが、

「イルヴァレーノは明日は里帰りです。僕が不在で身が空くので、先月の給金で土産を買って行くのだそうです」

「あら、そうなのね。そういえばお休みはちゃんと取っていたかしら？　カインが離さないからって何でも言うことを聞いてはだめよ。ちゃんと休みは取りなさいね」

エリゼの心遣いに感謝して頷きつつ、カインの発言に「なんで言うんだよ」という無言の抗議をイルヴァレーノは視線で送ったが無視された。

カインの意図は翌日、孤児院に向かう際にエリゼから沢山のお土産を渡されることで判明するが今はただのおしゃべり野郎にしかおもえなかった。

ディアーナも、ランニングステッチ、バックステッチ、チェーンステッチの三つのステッチを覚えてりんごやサクランボなどの単純な図柄を刺繍で塗りつぶすことが出来るようになっていた。

それについても、やはり母エリゼから苦言を言われたカインだが「名選手名監督にあらずですよ」とよくわからない慰めをしていた。

「ディアーナ。明日行く王宮では、僕から離れてはいけないよ。極悪非道の悪い王子様がディアーナを食べようと待ちかまえているんだ」

「わるいおうじさま⁉」

「カインっ！　何てこと言うの！」

「ディアーナの可愛らしさの前には、世の中のすべての男が欲望に心を乗っ取られ理性を失い暴徒と化しても不思議ではありません」

「……カインは、どうしてこうなのかしら……。明日は、王太子殿下だけではなく同じ年頃の子たちが男女関係なく連れてこられるのです。ちゃんと皆と仲良くなさい」

エリゼが額を押さえて頭を振る。

カインがディアーナを溺愛しているのは以前からだが、こんなではなかったはずだ。孤児院で同じ年頃の子たち、女の子だけでなく男の子も含めて友達になったときにはそんなに拒絶反応を示していなかったはずなのに、とエリゼはこめかみを揉む。

もともと刺繍の会にあわせて、王太子のお嫁さん候補と顔を合わせておこうと言うのが最初だったのはカインの思った通りだった。刺繍の会の参加者が侯爵家以上という縛りがあるので、わざわざそのためのお茶会などを開くよりも身元のしっかりした娘だけを集めることが出来る。その上非公式な集まりなので伯爵以下の家から文句を言われる事もないので都合が良かったのだ。

ただ、その年頃の女の子が集まるなら、ウチの息子や孫のお嫁さん候補にもなるじゃないかと、男の子も連れてきたいとの意見も出たため、結局男女問わず三歳〜五歳くらいの子を連れて来ても良いと言うことになった。

「ディ。ディアーナ。明日は、同じくらいの年の子が沢山来ます。お友達になれるように、ちゃんと挨拶をして仲良くするのよ。悪い王子様なんていないのよ」

「お友だち！　いしはじきする⁉　つよいいしひろいに行く？」

石はじきは、孤児院の子たちに教わった遊びだ。貴族の子たちはやらないだろう。

「明日は室内だから、石はじきはやらないわ。みんなにディの頑張った刺繍を見てもらいましょうね」

「いしはじきしないの……」

カインは、あれ以降三回ほど孤児院に行ってるがディアーナは一度も行っていない。両親から外出許可が出ないからだ。

四歳のディアーナは両親不在での外出はまだできない。カインも護衛の騎士に空きがある時でないと出かけることはできないが、ディアーナよりは自由度が高かった。男の子と女の子の差もあるだろうが、カインの発言や行動に子どもらしさが薄いのも理由かもしれなかった。

「カイン。あなたはオマケなのだから明日は大人しくしていなさい。刺繍に興味があると言うから連れて行くのですからね。ディアーナにばかり構う様だったら途中でも追い返しますからね」

エリゼが厳しい顔でビシリと人差し指を突きつけてきた。

ディアーナと王太子の逢瀬を邪魔する気で参加を申し出た事は母にはお見通しで、釘を刺されてしまったカイン。しかし、そもそも連れて行ってもらえなければ現場の様子すらわからなくなってしまうので頷くしかなかった。

「承知しております、お母様」

渋々、苦渋、致し方なくというのがありありと浮かんだ顔で承諾するカインに、母エリゼは不安しか感じられなかった。


いよいよ王妃主催の刺繍の会の当日。

刺繍の会に向かう馬車の中。カインはディアーナを膝の上に乗せて一緒に窓の外を見ていた。こうして見ていると、ただ仲の良い兄妹なのにとエリゼは思う。

二人はとても似ている。父譲りの金色の髪に母譲りの青い目。少しつり目がちだがくりくりと大きい目なのでキツイ印象はなく、愛らしい顔をしている。

カインはディアーナが絡むとたびたび顔面が崩壊しているが、普段は朗らかに優しく笑っている。ディアーナは四歳の子どもらしく声を出して大らかに笑う。泣いたり怒ったりビックリしたり、表情がコロコロ変わるのでカインとは印象がだいぶ異なる。

そのせいで、あまり似てない兄妹だと親戚に言われることもあるが、こうして大人しく窓の外を眺めてる様子などはそっくりだった。

「くれぐれも、ディに構い過ぎないように。カインはきちんと刺繍の会の方に参加する事」

「何度も念を押さなくてもわかってます。刺繍を極めて、ディアーナの花嫁衣装に僕が刺繍を施すのを目標にしますよ」

何度目かわからない注意をカインに言いつけたら、思いも寄らない返事が返ってきた。エリゼは目を丸くして問いかける。

「カインあなた……ディアーナを嫁に出す気はあったのね」

その言葉を聞いて、カインは苦笑いした。

「僕を何だと思っているのですか。ディアーナの幸せが僕の何よりの願いですよ」

「兄バカ過ぎて手放す気がないのだと思っていたわ」

「そんなわけないでしょう。ディアーナを誰よりも幸せにする事が僕の人生の目標ですよ。万難を排して、ディアーナには誰よりも幸せになってほしいと思っています」

カインは仄暗い瞳をして口だけで笑った。

王太子と婚約しても、王太子がヒロインを選べば年寄りへ下賜される。ヒロインが騎士見習いに恋をすれば魔王に体を乗っ取られて殺される。ヒロインが暗殺者に心をよせればヒロイン以外皆殺し。何度も、何度も、ヒロイン《プレイヤー》が誰かに恋をすれば、悪役令嬢《ディアーナ》が不幸になる。自分《プレイヤー》が何度もディアーナ《悪役令嬢》を不幸にした。

たかが、前世でプレイしたゲームのシナリオだ。ここは似た世界であるが、今の自分にとっては現実だ。シナリオ通りになるとは限らない。そもそもヒロインなんていないかもしれない。

それでも、カインは心に誓う。

今度こそ。今度こそ、ディアーナを幸せにする。

「だいたい、年齢的にはディアーナのプレお見合いより先に僕のお見合いがあってしかるべきでは無いんですか」

「……あなた、結婚したかったの？」

「公爵家の嫡男なんですから、しないわけには行かないでしょう。まぁ、三歳差ぐらいなら姉さん女房も有りでしょうから、王太子殿下の婚約者が決まってからじゃないと僕の婚約者は決められないのかもしれませんけど」

「時々、あなたが七歳であることを忘れそうになるわ」

頬に手を添えてエリゼはため息を吐く。親から見ても詰めすぎと感じる学習スケジュールを淡々とこなし、家庭教師達はみなカインの吸収の良さを褒め称える。子どもらしい我が儘はあまり言わずに妹の面倒もよく見る出来た兄。

放って置いても自分で何でもしてしまうので親らしく構ってやることが少なかったかもしれない。

自分が与えられなかった愛情を妹に注ぎ込むことで欲求を満たしているのかもしれない。

そう考えて、エリゼは帰ったらカインを甘やかしてやろうかと思案した。

「カインの好みはあるの？　お嫁さん貰うとして」

「僕と一緒にディアーナを愛してくれて、僕がディアーナを優先しても嫉妬しない女性ですかね」

「……本当に結婚する気あるのかしら？」

「にいさまおよめさんもらうの？」

「いつかはね。直ぐではないよ。もうしばらくはディアーナの兄様として側にいるよ」

「ディがにいさまのおよめさんになってあげようか？」

ディアーナが可愛らしく、小首を傾げて見上げながらそんな事を言う。

ディアーナの背後から光が溢れ、馬車の中は花が咲き乱れて蝶が舞う。祝福のラッパを吹きながら天使が舞い降りバラの花びらをまき散らす。春風のように暖かく柔らかい風が吹きディアーナの髪を緩くなびかせ、その背中からは白い羽がバサリと生えて広げられた。

「カイン、顔を整えなさい。間もなく王宮に着きます。ディアーナも、兄様の尊厳のために王宮ではあまりカインに甘えないこと」

エリゼがカインの崩れた顔をみて眉をひそめる。とても人前に出せる顔ではなかった。

「そんげん」

「お兄様にカッコよくいてほしかったら人前でお兄様に甘えてはいけません」

「ハイッ！」

ディアーナが元気よく手をあげながら返事をした。

馬車は王宮の門をくぐり、王妃の来客用サロンのある棟へと到着した。

サロンへ入るといきなり王妃様がいた。母と同じ年頃の女性で、シンプルなデザインながら上等な生地を使っていることが一目でわかる光沢のあるワンピースを着ている。二匹の狼の紋章が刺繍されたタスキのようなものを肩から下げていたので、王妃様であることが一目でわかる。

「カインとディアーナね。会えるのを楽しみにしていました」

「参加をお許しいただきありがとうございます。おめもじ叶いまして光栄でございます」

「おめおじかなまして、こーえいでござーます」

カインが右手を胸に当てて腰を傾けると、ディアーナも真似して右手を胸に当ててコテンと首をかしげた。ディアーナは頭をかしげると反対の手がピコンと横に伸びてしまう。

「ふふふ。しっかりしているわね。でも、刺繍の会の最中は無礼講よ。姿勢を戻して頂戴」

優しく笑う様は国母と呼ぶに相応しい慈愛に満ちた表情だった。ゲーム中に王と王妃が出てきた覚えはないので、本当に初めましてだった。この優しそうな女性の子が、他に好きな女性が出来たからと婚約者を遠い領地に下賜するような男に成長するのかと思うと複雑な思いになるカインだった。

「王妃様こんにちは」

「こんにちは、エリゼ」

王妃と母エリゼが簡単な挨拶だけで済ませているのを見るに、本当に無礼講なのだろう。

「王妃様のいる場で無礼講など、大丈夫なのですか?」

「侯爵家以上の者しかいないから大丈夫なのですよ」

無礼講といえど、マナーが徹底的に叩き込まれている上級貴族の子女のみの集まりだから大丈夫という事だろうか。母について、大きな円形のテーブルに並べられた椅子の一つに座る。サロンは広く、庭に面した半分は温室のようにガラス屋根とガラス壁になっている。本日は子どもが多く来ることを想定してか、大きくてふかふかのラグが敷いてあり、絵本や積み木などが置いてある。

母がカインを座らせた後にラグの方で年頃の子達と遊んでおいでとディアーナの背を押している。すでに到着して遊んでいる子どもたちに駆け寄り、挨拶をして遊びに交じるディアーナを、カインが切なげな視線で見つめている。

「ディアーナにも、同じ年頃の友達が必要よ」

「わかっていますよ。僕もディアーナの結婚式のために刺繍頑張ります」

大きな円卓の席がほぼ埋まった頃に、王妃様から挨拶があり刺繍の会が始まった。

カインのやってきた課題の刺繍は、参加している夫人や令嬢達から大変褒められた。カイン自身もとても上手く出来たと自負していたし自信もあった。しかし、その後に発表された参加者達の成果物をみて「初めてにしては上手ですね」という、初心者に対する褒め言葉でしかなかった事を知る。

丁寧さが全然違った。すべてチェーンステッチで刺繍されているが糸の色変えで躍動感を表現していたり、立体感を出すのに何重にも糸を重ねて刺繍していたり、瞳にビーズを使っていたり。

その上、彼女たちは課題の他に自分たちそれぞれの作品も同時進行で刺繍をしているのだ。自分は攻略対象キャラクターだし、何だってやればやるだけ上達すると自惚れていたことにカインは反省した。

母と反対どなりに座ったのはスワンティル侯爵夫人で、今は娘の結婚式のベールに刺繍をしているのだと言った。ディアーナの婚礼衣装に刺繍をするのが目標のカインとは話がはずんだ。結婚式でよく使われる意匠やおめでたいとされる花や動物などを教えてもらったり、結婚相手の髪や瞳の色を盛り込むと喜ばれるといった話で盛り上がっていた。

ディアーナの幸せな結婚ドレス姿を想像し、ご機嫌でスワンティル侯爵夫人の刺繍の手捌きを見学させてもらっていたその時。子どもたちの遊んでいるガラス壁のテラスの方からガラガラと大きな音が聞こえてきた。

積み木が崩れてラグの外の硬質な床の上に大量に転がった音だった。音に驚いてからそちらを見ても、まだ円柱や球型の積み木がコロコロと転がっていてその崩壊の勢いがうかがえた。

崩れた積み木の前にはディアーナが立っていて、その腕が前に立つ男の子に強く引かれていた。ディアーナがイヤイヤと首を振り腕を離そうと肩を揺するのにカッとした男の子は、腕を放してディアーナの肩を突き飛ばした。ディアーナは、引かれていた腕を急に放されたのと突き飛ばされたのとで、バランスを崩して尻餅をついてしまう。

その、一部始終をカインが見ていた。

「カイン！」

母エリゼが声をかけ隣の席のカインの体をつかもうとしたが、間に合わなかった。カインの動きはそれほど速かった。椅子から飛び降りてディアーナの前に駆け込み、しゃがみ込んで顔を覗き込む。

「大丈夫？」と声をかけて手を差し出した。尻餅をついてビックリしていたディアーナは「うん」と頷くが、カインがその手を取って手のひらを広げさせると、擦り切れて血がにじんでいた。

遅れてディアーナの側にやってきたエリゼは、ブチンと何かが切れる音を聞いた。

立ち上がったカインは、目の前でおろおろと立ち尽くしていた男の子の前に立つ。目をつり上げてキツく睨みつけている。

男の子は、オドオドしながらも「な、なんだよ」と強気にカインを見上げて威嚇している。

「カイン、ディの怪我はかすり傷だし控えの間に治癒魔法士も待機しているからすぐに治るわ。落ち着きなさい」

カインは母の声を無視し、一歩前にでるとガッと両手で男の子の顔を掴む。本当は片手でがっちりとアイアンクローをかまして持ち上げるぐらいしたかったが、七歳の手では無理だった。

逃がさないために両手で挟み込むようにこめかみを押さえ込むカイン。ゆらりとカインの髪が持ち上がる。青い瞳が紫色にゆらゆらと変わっていくのを見て男の子はブルブルと体を震わせる。

「控えの治癒魔法士が怪我を治せば不問となるのであれば。僕が彼を怪我させても不問になりますね?」

そう言ってカッと目を見開き、手の先にゆらりと陽炎が立ち上った瞬間にカインの体は勢いよく後ろに引き上げられた。男の子の頭を掴んだまま引き倒されるほどの握力は無いためカインの手は男の子の体から離れ、自分の体と一緒に宙に浮いた。

その瞬間、空中にごうっと炎の塊が現れた。カインの両手の間に現れたその炎の塊は近くにいた者に熱い風を叩きつけて、すぐに消えた。

カインは、母エリゼに襟首を掴まれてぶら下げられていた。襟が喉をしめて息苦しいはずだが、歯を食いしばって怒りの形相で男の子を睨みつけ続けていた。

「バカカイン！　何てことをするのですか！　大怪我させる所でしたよ！」

「先にディアーナに怪我をさせたのは彼です！」

「やり過ぎだと言っているのです！　魔法を使うバカがどこにいますか！」

「許せません！　許せません！　彼はディアーナを傷つけた！」

　エリゼからぶら下げられている状態でじたばたと手足をバタつかせるカイン。エリゼが襟を放すと綺麗に着地して母エリゼを睨みつける。

「嫌がる女性の手を強く引き、思うとおりに行かないからと突き飛ばしました！　こんな乱暴なことは許されません！」

　カインは悔しそうに叫ぶ。

「男子たるもの女性は大切にしなければなりません！　女性は、女の子はか弱いのです。繊細なのです。薄張りガラスで作られた薔薇細工のように、手のひらで受けた雪の結晶のように、洗濯桶から浮かんだシャボンのように、どれだけ優しく触れても壊れる儚《はかな》い存在なのです！　それなのに強く腕を引くなんて！　握ったところに痣《あざ》が残ったらどうするのです！　関節《かんせつ》が抜けたらどうするのです！」

　カインは怒りで涙を浮かべて叫ぶ。

「女性は人類の宝です！　子を産むことが出来るのは女性だけです！　乳をやって育むことが出来るのは女性だけです！　女性がいなければ人類は子孫も残せないのです。突き飛ばして尻餅などつかせて、腰を悪くしたらどうするのです！　子を成せなくなったらどうするのです！　女性は尊い存在です。人を産み育て人類を繁栄に導ける女性という存在は敬うべきです。それを突き飛ばした！　これは神に弓引く行為です！　背信行為です！　神への冒涜《ぼうとく》です！」

　カインはうつむいてつぶやく。

「治癒魔法士で治せる怪我なのだから許せというのであれば、相手もそうであるべきです。身分差で罪の重さが変わる事があってはなりません……」

母エリゼは大きなため息をついた。

「だからと言ってさせなくて良い怪我をさせるのはいけませんよ。謝りなさい」

「彼がディアーナに謝るのが先です」

「彼は、人に頭を下げる立場にありません」

母の言葉に確信する。そうではないかと思っていた。

人前で人に頭を下げられない人物とは、すなわち王族である。ディアーナを突き飛ばした彼は王太子だったのだ。カインは、王族に怪我をさせようとして魔法を使った大罪人だ。

パンパンと手を打つ音が室内に響いた。

「今日はお開きに致しましょう。刺繍は心落ち着けてするものです。今日は心騒いで仕方がありませんからね」

王妃が部屋を見渡しながら声を張る。

「今日の埋め合わせに、皆様には後日お茶会へご招待いたします。来たばかりなのにごめんなさいね」

母エリゼが、王妃に向かって深く頭を下げる。

「連れてくるべきではありませんでした。危うく大怪我させてしまうところでした。申し訳ございません。沙汰《さた》は如何様にもお受けいたします」

カインも隣に立って頭を下げる。

「刺繍の会を台無しにしてしまい、申し訳ございませんでした」

カインは、決して王太子に怪我させそうになった事については謝らなかった。

刺繍の会は早々に解散になり、馬車が到着した家の者から退出していった。カインはその間母に叱られ、拳骨《げんこつ》をもらい、正座をさせられていた。やがて、エルグランダーク家の馬車が到着したと告げられたので、母エリゼとカインとディアーナは王妃のサロンを辞したのだった。

ガタゴトと、馬車が石畳を行く振動に揺られてディアーナがカインの膝の上で寝ている。カインと繋いでいる手のひらにはもう怪我の痕は無かった。カインは指先で手のひらをコショコショとくすぐると、ディアーナはぎゅっと手のひらを握ってムゥと唸った。

柔らかく微笑んだカインは「綺麗に治してもらって良かったね」と寝顔に向かって話しかけている。

「だから、ちゃんと治ると言ったでしょう。刺繍中に針を刺してしまう事もあるから、治癒魔法士が常に控えてくださっているのですよ」

ため息を吐きながら、母エリゼが呆れたように言う。カインはチラリと視線を母に向けて、すぐにディアーナの寝顔へと戻した。

「王家より何か言われたら、迷わず僕を廃嫡《はいちゃく》してください」

繋いでいない方の手でディアーナの髪を撫でるカインが、母に向かってそう呟いた。そこに、悲愴感はなかった。

「王妃様はお優しい方です。会に参加している気心のしれた人達しかいない場での出来事ですし、結局は怪我もさせていません。そこまで厳しい処罰は求めてこないでしょう」

エリゼは気遣うようにカインの膝をさすりながら答える。さすがにカインが反省したのだと思ったのだ。

「僕が廃嫡となれば、エルグランダーク公爵家の跡取りはディアーナになります。そうすれば嫁に行くのではなく婿を取ることになります」

カインは反省していなかった。穏やかな顔でディアーナの寝顔を見ながら、カインはふふふと含み笑いをする。王太子とディアーナが婚約するにはディアーナが王家に嫁入りするしかない。婿取りが必要となれば王太子との婚約が結ばれることはなくなる。

カインが廃嫡されて家を追い出されればディアーナの兄として守ることは難しくなるが、少なくとも王太子の婚約者になることは阻止できる。

「あなたはどれだけ王太子殿下が嫌いなの……お会いするのは今日が初めてでしょうに」

「王太子殿下が嫌いなのではありません。ディアーナを愛しているだけです」

「はぁ……。帰ったらお父様に叱っていただきますからね……」

「すでにお母様にもげんこつを貰ってますが……」

「足りません。反省してないじゃないの。貴族の子なのだから、もう少し感情を抑える事を覚えなさい。このままだと、あなたの前でディアーナの頬をツネって見せて、無表情を維持させる訓練をしなければならなくなります」

「ディアーナが可哀想なのでやめてください！」

「ならば、感情を抑えられるようになりなさい。ディアーナが絡んだときのあなたは本当に酷い」

「……精進いたします」

「普段は出来過ぎな程に出来る子なのに、どうしてこうなってしまったのかしら」

公爵家に戻ったカインは、父が帰宅するまでの間、自室への謹慎《きんしん》を命じられた。刺繍の会が早く終わってしまい、それに伴って帰宅も早くなってしまったためにイルヴァレーノはまだ戻ってきていない。ディアーナも母に足留めされているのか遊びに来ない。

ソファーにドサリと座って両手で顔を覆う。

「はぁー」

大きなため息をついて腰を折り、手で覆ったままの顔を膝にのせてうずくまった。

刺繍の会に行くからと、午前も午後も夕方も家庭教師は皆休みにしてもらっている。謹慎だから邸の周りをランニングして発散する訳にも行かない。

イルヴァレーノもディアーナもいない、ひさびさの完全な一人きりの時間だった。

「ゲームがしたい」

こぼしたつぶやきが柔らかい絨毯へと吸収されて消えていく。

実況用にプレイしていたアンリミテッド魔法学園は全ルートクリアして動画編集をしている所だった。実況関係無く趣味でやっていたオンラインゲームや、通勤時間に電車の中でコツコツと微課金でやっていたスマホゲームは途中だった。予約して届くのを待っていた数量限定特装版の新作ゲームも受け取れないままだ。とにかくゲームがやりたくて、給料が安くても定時で上がれる会社に入った。大作ゲームの発売日には有給休暇を取って初日のうちに中盤程までやり込んだ。

ゲームが好きだった。

ゲームを作りたいとは思わなかったが、ゲームプレイでお金が稼げたら幸せだと思った。

eスポーツという言葉が出来て、実際にゲームプレイでお金を稼ぐ手段は出来つつあったが、カインは前世で人と争うタイプのゲームはあまり得意ではなかった。それで始めてみたのがゲーム実況動画の配信だった。

最新作のネタバレをしたくなくてストーリーの無いアクション系のゲームから始めた。ストーリーがあるものでも切り取り方で動画視聴後でもゲームをやりたいと思わせる編集を研究して、ようやく月に一本くらい新作ソフトを買える程度の小遣いを稼げるようになって。

動画にコメントなんかを貰うようになって、小学校の頃ゲームの進捗を競い合ったり攻略方法を教え合ったりしていた頃の楽しさを思い出したりして。改めて、ゲームは楽しい！　みんなとゲームの楽しさを共有したい！　そう思って張り切っていた。そして、張り切りすぎて今がある。

「ゲームがしたい」

俯いて、膝に乗せた手がコントローラーを握る形になる。ボタンを押そうとして、トリガーを引こうとして、指が空を切る。

本が好きで、転生先の異世界で本を作る物語があった。

食べるのが好きで、異世界で味噌《みそ》や醤油《しょうゆ》を作る物語があった。

この世界で、トランプやリバーシや双六といったゲームを作ることは出来るだろう。カインは王家に次ぐ最上位貴族の息子として生を享《う》けた。求めれば材料の調達も職人を雇っての量産も可能だろう。しかし、発電機を作る。テレビを開発する。基盤を開発する。プログラミング言語を開発する。そんなのはカインには無理だった。金と権力でどうなるものでもない。

転生したからには、この世界でカインとしてちゃんと生きていこうと思ってる。普段は鍛錬に勉強に打ち込んで、使用人や家族が常に側にいて話し相手になってくれて、充実した生活を送っているとカインは思う。カインの体は、ゲームのレベル上げのように、やればやるほど能力が上がっていくので面白かった。だから、勉強にも鍛錬にも打ち込めた。

ディアーナは可愛いし素直に育っている。順調に悪役令嬢への成長というあらすじから外れて行っているといえるだろう。

イルヴァレーノはツンデレ気味だが今のところ心に闇を抱えてはいない。順調にゲームを攻略しているという実感はあった。

母から言いつかっているのか、廊下を行き来する使用人の気配もない。転生して、カインとして産まれてから本当に一人きりになったのはもしかしたら初めてかもしれない。

「ゲームがしたいなぁ」

無責任に、失敗してもロードすればやり直せる、セーブデータをいくつも保存できる、他人事として感動して泣いたり笑ったりできるゲームがしたかった。

ある程度あらすじの解っている人生《ゲーム》の、全く新しいエンディングを、しかもノーコンティニューで目指さなくてはならない攻略は孤独だしハードモードで辛かった。

ポッカリと何もない時間が出来たことで、カインの心は折れそうだった。


刺繍の会での一件は、王城の法務棟で勤務中のディスマイヤ・エルグランダークへとコッソリ伝えられた。通りすがりのメイドから「元々はうちの子が悪いんだからお咎めなしの予定よ。あんまり怒らないであげてね」という王妃直筆のメモ用紙を受け取ったのだ。

急用が出来たと部下に伝えて急いで邸に帰り、エリゼから事情を聞いたディスマイヤはなんとも趣深い顔をした。

「アイツそんなに?」

「イル君が来てから、ディと遊ぶのをイル君に譲っていたりもしたから、少しは妹離れ出来ているのかと思ったのですけどね……」

「ていうか、いつの間に魔法とか使えるようになってたの。カイン」

「ディと違って、出来るようになっても自慢しに来てくれないのよね、あの子……。今度ちゃんと、家庭教師の方達から進捗を聞いておくわ」

「そうしてくれ……。大人しくて出来る子だからって、ほったらかしにしすぎたかね」

とにかくちゃんと叱ってくださいね、とエリゼに言われながらカインの部屋へと訪れたディスマイヤは、コンコンと部屋の戸をノックする。

しばらく待つが返事がないのでもう一度ノックするが、やはり返事がない。仕方なく「入るぞ」と声をかけながら戸を開けば、そこにカインはちゃんといた。王宮から帰った服のままソファーにうなだれて座り、手は軽く開いたまま時折指先がピクピクと動いていた。

「カイン？」

ディスマイヤが声をかけても返事もしないし顔も上げない。

エリゼは、カインは部屋で勉強か読書かバイオリンの演奏でもしているんじゃないかと思っていた。ディアーナと遊ぶか食べるか寝るかしている以外は、隙間なく勉強か鍛錬をしているイメージがカインにはあったのだ。謹慎を言い渡したところで、部屋から出ずにやれることは沢山ある。帰りの馬車でも自分を廃嫡しろと言って不敵に笑う位だから、反省も何もしてないだろうと思っていたのだ。

だからこそ、ディスマイヤにキツく叱ってもらわねばならないとエリゼは考えていたわけなのだが。

ディスマイヤは部屋に入りローテーブルをずらすとソファーに座るカインの前に跪いた。俯いていて表情が見えない顔をペチペチと手の甲で軽く叩く。

「カイン、カイン。まずは返事をしなさい」

ピクリと肩を揺らして、頭がわずかだけ持ち上がった。

「お父様」

「うん。ただいま」

「……おかえりなさいませ」

カインと会話が出来ることがわかると、ディスマイヤは脇に手を入れてカインを持ち上げ、そのまま立ち上がって抱き上げた。

「おぉ。いつの間にかこんなに重たくなっていたんだな。もしかしたら、お前を抱き上げたのなんて生まれた直後以来かもしれないな」

一度抱き上げた後、よいしょと声を出して尻の下と背中を支える形に抱き直す。されるがままに担ぎ上げられたカインは、ディスマイヤの肩にぐでんと頭を乗せて寄りかかっている。ディスマイヤはそのまま、背中をポンポンと叩きながら部屋をゆっくり歩き出した。

「こめかみを挟んで炎魔法なんか使ったら、脳みそが焼けて最悪死んでしまうよ。治癒魔法士では焼けた内臓の復活は難しいからね。治癒魔法士では治せない怪我を負わせたら、ディアーナと同じ条件ではなくなってしまうよ」

「……」

「私は、法を司る仕事をしているのは知ってるね?」

カインは、ディスマイヤの肩に頭を乗せたまま、コクンと頷く。

「私に、息子の罪を裁定させないでくれ」

「……」

「わかるかい？　カイン。上手くやりなさいと言っているんだよ」

「お父様……」

「やぁ、やっと顔を上げてくれたね」

　カインは頭を起こして父の顔を見た。抱かれているので見下ろす形になっている。少し下からカインを見上げるディスマイヤはパチンとウィンクした。

「お父様。僕を廃嫡にしたら、その後僕をこの家で雇ってください。庭師のお爺さんの弟子でも門の警護見習いでも、洗濯メイド見習いでも、厨房の雑用係でも。頑張って仕事を覚えます。仕事が出来る人間になったらディアーナの侍従にしてください」

「都合の良いことを言うね」

　ディスマイヤが苦笑する。カインを廃嫡にする事で、ディアーナを王家に嫁がせない作戦についても、エリゼからすでに聞いていた。

「カインは、ディアーナを殿下の婚約者にしたくないんだね？」

「はい……」

「今回の件、恐らく表向きにはお咎め無しになると思うよ」

「そうですか」

「むしろ、カインが大袈裟にしたせいで『怪我をさせた責任をとって嫁に貰う』とか言い出すかもしれないよ？」

「そんな！」

　カインは焦ってディスマイヤの肩を強くつかむ。その可能性を回避するにはどうしたらいいのか、考えようとして目が泳いでいる。

「カイン。私は、息子といえども法を犯せば罰する事に躊躇しない。ごまかしも庇いもしないよ。どうか、そんな悲しい事にならないようにしてほしい」

「お父様……」

「もう一度言うよ。カイン、上手くやりなさい」

　そう言うと、カインをソファーに下ろしてワシャワシャと頭をかき混ぜるように強くなでた。ぐちゃぐちゃになった頭を抱えて顔を上げたカインは、呆然と父の姿を見上げるしかなかった。

「王宮から沙汰があるまでは、カインは部屋で謹慎。家庭教師もお休みだし、ご飯も食堂へ来ないでひとりで部屋で食べること」

　ビシッと指をカインに突きつけて、そう言い放つとくるりと背を向けて廊下へと歩き出すディスマイヤ。エリゼを伴って部屋を出たところで、もう一度振り返った。

「あと、ディアーナとも面会謝絶だからね」

「お父様⁉」

　最後の最後で一番つらい罰を言いつけられてしまい、悲鳴を上げたカインだった。

「イアニス先生。せっかく来ていただいて申し訳ありませんが、本日カイン様は謹慎中でございまして、お勉強はお休みにさせていただきたく存じます」

イアニスがエルグランダーク公爵家を訪ねると、出迎えた執事にそう言われた。

はて？　そうであれば、前もって休みの連絡が来るのでは無かろうかとイアニスは不思議に思った。

顔に出たのであろう疑問に、執事が話を続ける。

「前もってお休みのご連絡をすべき所ではございましたが、旦那様がイアニス先生とお話がしたいと申しております。本日は執務室の方へご案内いたします」

「かしこまりました」

なんだろう。何かヘマしちゃったかな？　とイアニスは一瞬不安になるが、カインの勉強の進捗は順調過ぎるほどに順調だし、特に思い当たることはなかった。イアニスの方からも公爵家にお願いしたいことがあったので、ちょうど良いやと気楽にとらえることにした。元々は執事か侍女経由でお願いしようとしていたことだけど、直接説明できるならその方が良いだろうと考えた。

「お時間頂いて申し訳ないね。イアニス先生。どうぞおかけください」

「お久しぶりです、エルグランダーク公爵様。失礼いたします」

イアニスは、公爵という地位にありながら偉ぶったところがなくて人当たりの良いエルグランダーク公爵に好感を持っていた。

子爵家の次男だったイアニスは、結婚を機に家を出ているので身分としては現在平民である。魔脈の探索と人工魔石作製の研究で成果をあげており、叙爵の噂《うわさ》もある。カインの家庭教師の打診を受けた後にでてきた話である。貴族出身とはいえ、現在平民のイアニスを学力と人柄重視で取り立ててくれたことに感謝をしていた。なにせ、研究には金がかかる。

「エルグランダーク様、後ほど私からもお話ししたいことがございます。そちらのお話が済みました後、少しお時間頂いてもよろしいでしょうか？」

「おや。それでは先生のお話からお伺い致しましょう。私はカインの勉強の進捗を伺いたかっただけですので」

「それなら、お話の内容は同じです。カイン様の勉強の進度についてお願いしたいことがありましたので」

ふむ、と頷くとディスマイヤはソファーに深く座り直し、背もたれに背を預けた。視線で話を続けるよう促す。

「現在のカイン様は、アンリミテッド魔法学園の三年生修了程度のところまで勉強が済んでおります」

「……は？」

「ですので、科目によっては私では教えることが難しい物が出てきます。それぞれに専門家を雇っていただくのがよろしいでしょう」

「え？」

「自然科学と魔力概論、国内史、算術は引き続き私が担当させていただければと思いますが、外国語と詩作、法律や経済については別の先生を……エルグランダーク様？」

魔法学園入学は十二歳から。三年生といえば十四歳。今のカインは七歳だ。

頑張ってるなー、出来が良いって褒められるなーとは思っていたが、そこまでとは思っていなかったディスマイヤである。

貴族として表面上何てことない表情をしているが内心は動揺の嵐だった。そのため見てくれは繕えたが相づちも返事もうまく出来ずにイアニスから訝しがられてしまった。

「いや、失礼。そんなに進んでいたとは思わなかったもので……。ご申告ありがとう。外国語と詩作と法律に経済だね。わかりました、家庭教師を探したいと思います」

「ありがとうございます。カイン様はとても素直で良い子です。出来れば私が最後まで教えたかったんですが、それでは伸びしろがもったいないと思いまして」

「いやいや。引き続き自然科学や算術などはよろしくお願いします」

「はい。喜んで務めさせていただきます」

話が一段落したところで、ディスマイヤが身を乗り出して膝に腕を置いて上半身を支えるポーズを取る。少し砕けた態度になって、イアニスはまだ何か用があるのだなと察した。

「イアニス先生。カインの授業が半分になると時間が少し空きますね？　研究の方は忙しいでしょうか？」

「研究はいつも通りの忙しさですね。お恥ずかしい話ですが、実入りが減る分どうしようかなと思っている所です。他家で自然科学や算術だけの家庭教師などのあてがあれば紹介していただけるとありがたいのですが……授業を減らすのはこちらから申し出たことですし、そこまで図々しいことは申せません」

イアニスが授業の半分を他の先生へ、と願い出たのはイアニスの都合ではなくカインの為だ。黙っていれば引き続きカインの家庭教師として全教科を受け持ち続けられたのだから、人がいいとしかいえない。

ディスマイヤはにっこり笑うと「それなんですが」と一つの提案をした。それは、イアニスにとってもありがたい申し出だった。

当主の執務室を辞した後、イアニスはイルヴァレーノに案内されて廊下を歩いていた。やがてひとつの扉にたどり着き、イルヴァレーノがノックして戸をあける。

「やぁ、ディアーナ様。ご機嫌いかがですか？」

「イアニスせんせー？　こんにちわ！」

そこは、ディアーナの部屋だった。まだ両親と一緒に寝ているので、日中のわずかな時間を過ごすだけの部屋だったが、絵本の並んだ本棚や低い机と椅子などの調度品は一通り揃えられていた。

イアニスはディアーナの前まで進んで膝を突くと、目線を合わせてにっこりと微笑んだ。

「今日から、自然科学と歴史と算術を教えることになったイアニスです。一緒に楽しくお勉強しましょう」

そう言って右手を差し出せば、パアっと明るく笑顔を輝かせて両手でイアニスの手を握り返してきた。

「イアニスせんせーが、ディも教えてくれるのね！　おにいさまと一緒に勉強できるのね？」

「進み方が違うから、勉強は別々になります。でも、野外での観察なんかは一緒にやりましょうね」

「はい！」

ディアーナが元気よく右手を挙げる。

イアニスはその様子にニコニコしながら、後ろに立つイルヴァレーノにも声をかけた。

「カイン様はしばらく謹慎だそうだね。その間に追いつけてないところやわからないところがあれば聞いてくれて構わないよ。カイン様について行くのは大変だっただろう？」

「……良いのですか？」

「もちろん。算術なんかは途中から入ってもさっぱりだっただろう？」

四歳のディアーナの勉強を見る間なら、カインの勉強を見るよりは時間にも準備にも余裕が出来る。そもそも、孤児院から引き取られたばかりで侍従という立場のイルヴァレーノが、三歳から勉強を始めているカインについて来いというのが無茶な話だったのだ。一部教科についてはなんとかついて来られていたが、基礎から積み上げる系の教科は厳しかった。

「頑張ってお勉強しようね」

朗らかな笑顔で言うイアニスに、ディアーナとイルヴァレーノは大きく頷いたのだった。

ディスマイヤは、眉間を揉んで大きくため息をついた。

イアニスの後も、しつけ担当のサイラス、音楽担当のクライス、芸術担当のセルシス、魔法指導担当のティルノーア、ついでに剣術や体術を仕事の合間に教えているというアルノルディアとサラスィニアにも話を聞いた。

皆口をそろえて、七歳の子どもが身につける程度を大きく超えて成長していると答えた。

これは単純に、カインが前世でゲームをする時に「レベルを上げて物理で殴る」プレイスタイルが好きで、コツコツレベル上げをするのも苦にならないタイプの人間だったのが影響している。その上でカインの体と頭脳は攻略対象キャラクターというある意味神に祝福された存在なのだから、やればやるだけ能力が向上していくのだ。

ガッツリレベル上げした状態でイベント戦闘などに挑む方が、失敗も事故も少なくて済み、実況動画としても受けが良かったので、ますますそういったプレイスタイルにハマっていっていた。

カインとして生まれて、ゲーム世界で実際に生きている今、絶対に失敗できないという思いがますますカインを『地道なレベル上げ』に駆り立てていた。

その結果が、七歳にして魔法学園三年生レベルの学力、三属性の最大威力魔法までの習得である。

ただ、芸術関係については「技術、技巧はスゴイが情緒やセンスはちょっと……でも、貴族の嗜《たしな》みとしては十分ですよ」という事だった。

剣術は、体格と筋力が足りてないので押し負けるがセンスがあると言っていた。つばぜり合い等になれば当然力の差で大人に負けるが、打ち込みや受け流しなどの型からの応用はすでにほぼ出来ているんじゃないですかぁ？　とはアルノルディアの台詞である。騎士たちは教えていないのに体術を使って大人を転ばせたり後ろから首に取り付いて頸動脈を狙ってきたりという技まで使うそうだ。

当然、それを教えたのはイルヴァレーノである。カインが無理やり教えさせたのだった。その他、前世で体育の時間に習った柔道なんかも技をいくつかは覚えているので投げ技もイケるのだが、まだ誰かに披露したことはなかった。

そういった、各家庭教師の先生たちからのヒアリングを終えたディスマイヤは改めて自分の息子のバケモノっぷりに気がついたのである。手がかからない、良くできた子ですという言葉ばかりで具体的な進捗を聞かずにいた自分の態度を反省した。

おそらくゲームでは、この「良い子ですという報告を鵜呑《うの》みにしてカインは放置」という態度がカインの性格を歪めて親子仲が悪くなり、最後は両親に愛されて育ったディアーナを憎むようになったのだろう。中身がアラサーのカインは放置されても気にせず、親以上にディアーナを可愛がり、レベル上げと思えばつらくない勉強にのめり込むという事態になったわけだ。

ディスマイヤが各先生たちからのヒアリングをした際に、魔法担当のティルノーアからは将来魔導士団への就職を願われ、音楽担当のクライスからは楽団への所属を願われた。

おそらく、もう少し大きくなって正式に剣術指南の指導騎士を雇ったら、王国騎士団からも勧誘を受けるだろうと考えても親バカではないとディスマイヤは思っている。

カインはディアーナが王太子や王妃に見初められるのを懸念していたが、その目をそらすことにカインは成功していた。王妃の目の前で炎の魔法を使って見せたカイン。王妃の興味はディアーナではなくカインに向いたのだ。

ディスマイヤの手には王妃からの手紙が握られている。お咎め無しの代わりに仲直りの場を用意するので登城するようにと書いてある。仲直りするのは王太子とディアーナではなく、王太子とカインだとそこには書いてあるのだった。

「カインを王太子殿下の側近候補としてそばに置きたいのだろうな……」

手紙をもう一度読み直しながら、ため息をつくディスマイヤ。

おそらく、王妃は王妃でカインの周辺を探ったのだろう。教師達に口止めもしていなかったので、カインの出来を聞かれれば答えたはずだ。それは、教師の優秀さをアピールする事にもつながるからだ。あわよくば王太子の家庭教師に、なんて思いも抱いたかもしれない。

非常に優秀、その上王太子に対しても怯まず怒ることが出来る正義感（？）がある。それはディアーナが絡んでいたからこそではあるが、初対面でその場しか知らなければわからないことだ。

王太子の側に置きたいと思われても不思議はないのかもしれないとディスマイヤは考える。そんなディスマイヤの背を労るようになでるエリゼの手は優しい。

「そろそろ、子ども同士の顔合わせなんかに参加する年頃ですもの。ちょうど良いといえば、ちょうど良い頃合いなのでしょう。……カインは、ディアーナが絡まなければ穏やかで優しい、人に気を使える子ですから」

「ディアーナが絡まなければな……」

何故か、カインは王太子とディアーナが婚約者になると思っていて、それを阻止しようとしている。確かに年齢も家柄も丁度良く釣り合いが取れているので、いずれはそう言った話もでるかもしれないが、筆頭公爵家が力を付けすぎてバランスが崩れるのも良くないという考え方もあるため、あくまでも候補の一人に留まるだろうとディスマイヤは考えていた。

カインが「ゲームの王太子ルートでは子どもの頃からの許婚という設定だったから」という根拠で動いているなど、知る由もないのだから不思議に思うのは仕方がないことなのだが。

「ひとまず、仲直りの場にはカインとディアーナを連れてくるようにと記載されているが、ディアーナには留守番してもらうことにしよう」

「そうですわね。まだ、礼儀作法もままならない為とか言っておけば向こうも無理にとは言わないでしょう」

「そもそも、手紙の内容的にもディアーナよりはカインを呼びたい風に書かれているからねぇ」

ディアーナと一緒に行って、また王太子がディアーナにちょっかいかけてカインがキレたらせっかくの仲直りの場が台無しである。

王太子もまだ四歳の子どもである。親や乳母から言い聞かせられていても好奇心やら癇癪やらを我慢できるとは限らない。カインだってまだ七歳なのだが、ディアーナが絡まなければ大人な対応が出来るだろうという、根拠の無い信頼がディスマイヤとエリゼにはあったし、各家庭教師たちの言葉を聞いてその思いは深まった。

カイン花の花ことばはおにいさまだいすき

謹慎中のカインはほっておけと言われ、イルヴァレーノはディアーナと一緒に勉強、エリゼの侍女の手伝い、執事の手伝い等をしていた。侍従見習いなので、手伝いというよりは指導を受けているといった方が正しい状態ではある。お茶の淹れ方、アイロンのかけ方、スムーズな服の着せ方脱がせ方。ドアの開け方閉め方、咄嗟の染み抜き方法や簡単なケガに対する応急処置の仕方など。

お茶淹れも洗濯もその他の仕事もそれぞれ専門の使用人がいるが、主人がそれを必要とする場にいつでも専門家がいるとは限らない。いつ何時でもそれが必要になったときに、主人に不便をかけさせないために。侍従は何でもできなくてはならないのだと執事は言う。

「おや。イルヴァレーノは治癒魔法が使えるのですね」

書類の端で小さく指を切ってしまった執事が、丁度良いから覚えた応急処置の実践をしてみましょうとイルヴァレーノに指を差し出した時のこと。

渡された消毒薬とガーゼを置いて、イルヴァレーノは魔法でその傷を癒したのだ。それをみて、執事が驚いて訊いてきた台詞だったたが。

「すみません。実践での練習の機会でしたが……その、えっと、実際に怪我をしていて、それを治せるのなら治した方が良いと思って……」

と、イルヴァレーノは申しわけなさそうに言った。

「いいえ。治せるのなら治した方が良い。その通りです。どの程度まで治せるのですか?」

「小さな傷くらいしか治せませんし、調子が悪いと全然治せないときもあります。ですので、応急処置方法を教えてもらって助かってます」

「ふむ。なるほど」

大きな怪我まで治せていたら、カインに拾われることもなかった。孤児院でも、怪我した子の傷をすぐには治さず、昼寝や夜寝てる間に治して「いつの間にか治ってた」「幼い子は怪我の治りが早いねぇ」と周りに思われるように気を使っていた。

治癒魔法が使えるなんてバレたら、どこに売られてしまうかわからなかった。

「イルヴァレーノ。今、ディアーナ様と一緒に勉強しているのですよね?」

「はい。カイン様と一緒に教えていただいていましたが、なにぶん途中参加みたいなものでしたので、今の機会に基礎を教えていただいています」

「ふむ」

執事はなにやら思案顔でイルヴァレーノの顔を見下ろしている。何か用事を言いつかるのかと黙って見つめられるままに立ち尽くしているイルヴァレーノだった。何を思案していたのかは、後日カインの謹慎明けに判明することになる。

その日の夜、まもなく夕食の時間という頃合いに、イルヴァレーノは柱の陰に隠れているつもりで丸見えなディアーナから手招きをされた。何か用かと側へ近寄ると、耳を貸せというジェスチャーをしてきたので跪いて顔を寄せた。

「イル君あのね。ディはみたことのないお花をみつけたの」

こっそりと耳元でそう言うと、後ろ手に隠していた一輪の花を見せてきた。それは、イルヴァレーノからしたらどこにでも咲いている雑草の花で、孤児院の日当たりの悪い裏庭なんかではやたらと咲いている物だった。

「どこで見つけたの？」

イルヴァレーノがそう問いかければ、「ひみつ」と言ってニシシシシと笑った。令嬢の笑い方ではないが、年相応で可愛らしいといえるかもしれない。

ひみつと言いながら、すぐに裏門の柱の陰で見つけたと教えてくれた。本当は教えたくて仕方がなかったのだろう。

「これね、見たことないでしょう？　きっと新しいおはななのよ。だから、ディがおなまえ付けられるし、はなことばもつけられるのよ」

このどこにでも生えている雑草の花を、ディアーナは本当に見たことが無かったのだとイルヴァレーノは気がついた。この完璧に手入れされ、管理された庭しか知らないのだ。ディアーナは。

公爵家の庭は、きちんと手入れされており名のある美しい花ばかりが咲き乱れている。庭師や外回りの掃除を担当しているメイドなどがきちんと排除しているからもちろん雑草なんて生えていない。孤児院の園庭は、子どもたちが走り回るため土が踏み固められているのであまり雑草は生えていない。遊びに来たときは裏手に回ったりもしていないので、花は見かけなかったのだろう。

「なんて名前にして、どんな花言葉にするの」

「うふふふ」

少しもったいぶった後、すごいドヤ顔でディアーナは発表した。

「カイン花って名前にして、おにいさまだいすきって花ことばにするのよ」

兄も兄なら、妹も妹だな。と呆れるイルヴァレーノだった。その後、イルヴァレーノはディアーナからその『カイン花』を託された。

「きんしんちゅうで、ディはおにいさまにあっちゃだめっていわれてるの」

とのことで、この花をプレゼントしてカインを喜ばせたい、元気づけたいという事だった。

イルヴァレーノはカインの侍従なので、カインの部屋の隣に部屋を貰っている。側仕え用の小さな使用人部屋だが、いざという時のために隠し扉で繋がっている。

何故かそれを知っているディアーナが、イル君ならこっそり渡せるでしょう。お父様とお母様には内緒よ。と人差し指を口に当てて「シー」と大きな声で言ってから去っていった。

おそらく、少し離れて様子を見ていたエリゼの侍女から情報は筒抜けになっていると思われるが、それを言ってディアーナをしょげさせるほどイルヴァレーノは冷たくも無かった。

夕飯時は、カインが参加していないので公爵家の晩餐の場には侍らず、使用人たちの食堂で食事を取った。倉庫番に声をかけて一輪挿しを一つ貰うと、そこに水をいれ花を挿して自分の部屋へと戻った。

「カイン様」

隠し扉から部屋へ入り、すでに寝ていたカインに声をかけた。

生返事だが声が返ってきたので起きてはいるようだ。謹慎四日目だが、その間カインは何もしていなかった。ほっとけとは言われても、イルヴァレーノはカインの侍従なので時々様子を見ていた。

あんなにスケジュールを詰め詰めにして精力的に行動していたのが嘘のようだった。

「カイン様。ディアーナ様から贈り物を預かって参りました」

そう声をかければ、ガバリと飛び起きて肩をつかみ、どれだ早くとせっつかれると思っていたのに、のそのそと起きあがって眠そうな目でこちらを見てくるだけだった。

ディアーナからの贈り物と言ったのに。ディアーナと会えないから落ち込んでるものだとばかり思っていたイルヴァレーノは困惑した。

白くて小さな花が一輪だけ生けてある小さな花瓶をベッドサイドのボードに置き、よく見えるようにランタンに火をともした。

「雑草の花だね」

「ええ。屋敷の外に出れば、どこにでも咲いている花です」

「これを、ディアーナが？」

ぼんやりと花を見つめるカインに、イルヴァレーノはだんだんイライラしてきた。自信満々で、何でも知ってるぞという顔をして、イルヴァレーノをこの屋敷に引っ張り込んだのはお前だろう。なんでお前が腑抜けてるんだと文句をつけたくなった。

「ディアーナ様は、見たことのない新しい花を発見したと言っていました」

「どこにでもある花なのに？」

「この公爵家の庭園にはないんですよ。徹底的に手入れされて管理されていますからね」

「……そっか。まぁ、そうかもね」

「ディアーナ様は、新しい花なので自分で名前を付けて花ことばも付けると言っていましたよ」

「イアニス先生とそんな話したね……」

「ディアーナ様は、約束通りこの花を『カイン花』と名付けて『おにいさまだいすき』という花ことばにしたそうですよ」

「ディアーナ……」

カインの目が揺らぎ、目尻にうっすらと水の粒が浮かぶ。

嬉しさと、悲しさと、疲れや諦めなんかの感情が入り交じっていた。イルヴァレーノはそんな目をする大人は何人か見たことがあった。最後の最後、ソレこそが救いだと受け入れてしまう大人や自暴自棄に暴れた挙げ句に逃げられないと諦めた人などがよくこんな顔をしていた。

「ディアーナ様、裏門の陰で見つけたって言ってましたよ。普段そんなところ行かないのに。どうしても新発見の花が欲しかったんでしょうね。今日はずっと敷地内をうろうろ歩き回ってましたよ」

何故か小さなディアーナが一人で邸をウロウロしていたのを見つけて、イルヴァレーノはその後をこっそり付けて見守っていたのだ。

「『おにいさま早く元気になってね』って伝言だよ。いつまでダラダラしてんのさ。謹慎中だって出来ることはいくらでもあるでしょ」

イルヴァレーノはついに二人だけの時のくだけた口調で文句を付ける。こんなカインじゃ張り合いがない。里帰りから戻って言いたいこともあったのに、帰ってきた時にはこんな状態だったから言いそびれてしまっているのも気にくわない。

「それとも、ディアーナ様の幸せはもう良いの？　ここまで大切にしておいて、もう放り出すわけ？」

「そんな事はっ」

カインは一輪挿しの花を見つめる。見つめた後、手で顔を覆ってしくしくと泣き始めてしまった。

「ディアーナを守りたいだけなんだ。ディアーナを大切にしたいだけなんだ。でも、方法がわからない。今やってることがちゃんと未来に繋がっているのか解らないんだ……どっちに転んでも良いように仕掛けたはずなのに、それが間違っていたかもしれないんだ……」

「知らないけどさ。少なくとも今のディアーナ様は幸せなんじゃないの」

「怖いんだよ。一つフラグ間違えただけで全てが無駄になりそうで。ひとつも間違えられないんじゃないかって」

「……俺を拾ったのは間違いだったかもしれないか？」

「解らない。でも、ディアーナが不幸になる可能性のひとつはつぶせたはず……たぶん……自信がない」

「刺繍を必死に覚えて刺繍の会に行ったのは間違いだったかもしれないか？」

「間違いだったかもしれない……解らない……だってディアーナとアイツを会わせたくなかった」

「ディアーナ様をデロデロに甘やかしたのは間違いだったかもしれないか？」

「解らない。解んないよ。もう何をしたらいいか解んなくて怖いんだよ」

「全部まだ一個も結果は出てないんじゃないか。それってまだ一個も失敗してないって事だろ」

「失敗したら終わりなんだ……失敗出来ないんだよ」

「そんなわけあるか」

イルヴァレーノはベッドの縁に座ってカインの頭をぐしゃぐしゃと撫でた。孤児院で下の子たちを慰める時によくこうしてた。

「お前が俺を拾って、これでもかと恩を着せてきたんだ。俺はそれらをまだ返せてない。なぁ。お前のやろうとしてることの片棒を担がせてくれよ。お前の失敗は俺がフォローする。そのために勉強もさせてもらってる。俺だって懐いてくれてるディアーナ様のことは可愛いと思ってるんだ。むざむざ不幸になんてさせたくはないよ。お前の心配事はなんだ？　何にそんなに心折られたんだよ」

謹慎中のカインは食事を部屋で取っていた。厨房係がティーワゴンに載せて部屋の前まで持ってきて、ドアをノックしてそのまま置いて帰って行く。いつまでも廊下に置きっぱなしのワゴンを部屋に入れて声をかけるという行為をイルヴァレーノは何度かやっていた。

「なぁ、ちゃんとメシ食ってるか？」

ベッドの上からちらりと部屋の中程を見れば、布巾が被せられたままのワゴンが見える。

「食べてるよ……落ち込んでても、腹は減る」

そんな自分にもがっかりしているのか、ますます頭を垂れてしまうカイン。

一度立ち上がり、ワゴンの上の布巾をめくるとパンが半分ほど齧られていて、サラダからトマトだけなくなっている。イルヴァレーノは大きくため息をつき、ワゴンをベッドサイドまで押してきた。

「まずは、飯を食え。餌台の小鳥じゃあるまいし、こんなちょっとだけパンをつついたのは食べたとは言わない」

カインが庭に作った鳥の餌台は、パン粉を載せていたら小鳥が良くくるようになった。しかし、手のひらに乗るくらいの大きさの鳥しか来ないので、羽根ペンに出来るような羽は手には入らないままだった。その小鳥がパン粉を食べるのに例えて小食過ぎると揶揄をする。

食事の載ったワゴンをベッドのすぐ脇に持ってくると、イルヴァレーノは再びベッドの縁に腰をかけ、カインの顎を手でつかむと無理やり上を向かせた。

「口を開けろ。飯を食え」

そういって、ぼんやりとしていたカインの口に無理やりスープを載せたスプーンを突っ込んだ。

咳き込んで目を白黒させているカインの口にさらにサラダの豆を突っ込んでいく。

「独りでいることと腹が減ってることはいけないことなんだろ。サカエバァチャンとやらの言葉なんだろ」

具合が悪くて食べていなかった訳ではないので、カインは口に入れられたものはもぐもぐと咀嚼《そしゃく》していた。ゴクンと喉が動くのをみるとまたイルヴァレーノが食べ物を口に突っ込む。

「情けは人のためならずなんだろ」

「良く覚えていたな……」

それは、カインがイルヴァレーノを拾った直後に言った言葉だ。前世で大ヒットした映画の名台詞と、前世で二通りの意味が知られていたことわざだ。

あの時は怪我をした上にカインから追い討ちをかけられて意識が朦朧としていたようなのに、イルヴァレーノがちゃんと覚えていた事にカインは驚いた。

「あの時、お前は俺に情けを掛けた。だから俺はお前に情けを返す」

無理やり口に食べ物を突っ込むのをやめ、カインの手にスプーンを握らせる。肩を掴んで顔をのぞき込み、目をしっかりと合わせて睨みつける。

「飯を食え。独りでいて暗い考えばっかりするなら、側にいてやる。なんなら夜は添い寝だってしてやる。考え事をしないように本を読んでやってもいい」

「イルヴァレーノ……」

「弟妹達も、カイン様いつ来るのって楽しみにしてた。セレノスタはディアーナ様にあげる強い石を拾ってきて磨いてる。ものの数にはならないかもしれないが、孤児院の子どもたちはお前とディアーナ様の味方だ。お前が俺たちに情けをかけたからだ。これが、情けは人のためならずって事だろ。これは、失敗なのか?」

「……」

「力が足りないなら、鍛錬にだって付き合ってやる。手が足りないなら貸してやる。怖いなら一緒に立ち向かう。そんな情けない顔をするな!」

まだ七歳の、幼いイルヴァレーノの顔にひとりの青年のイメージがかぶる。

面影がしっかりと残っている、十七歳のイルヴァレーノだ。

『君の側にいるよ。君を脅かす全ての物から守ってみせる。君を蔑む者は排除する。君を悲しませる者は退ける。君を傷つける者には同じ傷を返す。そんな悲しい顔をしないで……』

それは、アンリミテッド魔法学園のイルヴァレーノルートの最後。皆殺しルートのラストシーンの画像だ。

周りは血の海で、他の攻略対象も悪役令嬢のディアーナもすでに死んでいる。心を病んだイルヴァレーノが主人公を助けようとして、寄り添おうとして告白するシーンだ。

そのシーンのイルヴァレーノと。

今、カインを励ましているイルヴァレーノと。

「何も変わらない……言い回しとか、同じなんだな」

心を病み、主人公を守る方法が敵の排除しかなかったイルヴァレーノ。

それが、どうだ。一緒にいるというそのあり方でもこんなに違う。一緒に戦おうとしてくれる。

皆殺しルートを回避したくて、イルヴァレーノが心に闇を抱えないように心を砕いた。拾い上げて、受け入れて、友達として扱った。

ディアーナと自分の命を救うための手段としての行動ではあったけれど、一緒に遊んで勉強してディアーナを可愛がった日々は確かに楽しかった。この後十年経ったとしても、このイルヴァレーノならカインとディアーナを殺すことは無いだろうと思うことが出来る。

それは。

「ちゃんと、俺のやったことが実を結んでる……。結果は、ちゃんと出てるんだな……」

それは、実感だった。

全てが無駄なんてことはない。失敗もあるかもしれないが、ちゃんと幸せな未来への道筋も、細いかもしれないが伸びつつあるという、実感。

目の前の、イルヴァレーノという成功例。

それに抱きついて、カインは声を上げて泣き出した。

「いいこと？　しばらくの間は、お兄様のお部屋に行ってはダメよ」

ソファーの隣に座る母エリゼが、ディアーナに言い聞かせる。ディアーナはコクコクと頷くと、

「しばらくって明日まで？」

と聞いた。早い。エリゼは困った顔をして、ディアーナの頭を撫でる。

「明日ではちょっと早いわね。もう少し先までよ」

「わかりました！」

刺繍の会でやらかしたカインが自室で謹慎中なので、ディアーナにも面会不可を言い聞かせている。

その間、ディアーナはイルヴァレーノと一緒にイアニス先生の授業を受けたり、母と刺繍の練習をしてみたり、イルヴァレーノに絵本を読んであげたりして過ごしていた。

しかし、授業の休み時間やお茶の時間、食事の時間にもカインに会えない寂しい気持ちが募っていった。

受けている授業も多く、自主的な鍛錬も積極的にやっていて、スケジュールいっぱいのカインだったが、隙間隙間にディアーナに会いに来ていたので、ディアーナは寂しいと思ったことはなかったのだ。


時間が半日ほど遡る。

昼食後のお茶を母と飲んでいたディアーナは、ここのところ毎日聞いている質問を、今日も母に問いかけた。

「お兄さまにはまだ会っちゃだめですか？」

「まだだめよ」

ディアーナは頬を膨らませて、上目遣いで母をにらむ。

「お兄さまにはいつまであえないの⁉」

「お父様が良いと言うまでよ」

期限が決まっているわけではないのでそのように言ったエリゼだが、ディアーナは別の意味に受け取った。ニカッと笑うと高らかに声を上げた。

「わかりました。お父さまに、お兄さまにお会いして良いかきいてきます！」

「ディアーナ!?」

エリゼが止める間もなく、ディアーナはソファーからピョンと飛び降りると、足取りも軽く居間から出て行った。エリゼは、頬に手を当てて困った顔をしてそれを見送った。

コンコンバタン！

ノックの音と同時にドアが開き、ディアーナが入ってきた。その勢いに驚いて目を丸くしていた父ディスマイヤは、視線を下げて小さな訪問者を見つけると、嬉しそうに顔を緩めた。

「ディアーナ。ノックすれば部屋に入って良いと言うわけではないよ。ノックしたら返事を待ちなさい」

「わかりました！」

ディアーナはいつも返事だけは良い。おそらく次回もノックと同時にドアを開くだろう。それでも、少し前はノックすらしないでいきなりドアを開けていたので、進歩はしているのだが。

「お父さま。お兄さまにお会いしてもいいですか？」

クリンと首を傾げて聞いてくるディアーナの愛らしさに、ディスマイヤは思わず頷きそうになるが、咳払いをして気を取り直す。

「お母様から、ダメだと言われなかったかい？」

「いわれました」

「なら、ダメだよ」

「お母さまは、お父さまが良いといったら会えるっていったもん」

「あー」

エリゼの言ったであろう言葉に思い当たり、困った顔をしてくしゃりと髪をつかむ仕草をした。立ち上がってディアーナを抱き上げると、同じ高さになった顔を覗き込む。

「カインは今、反省中なんだ。己と向き合い、今後やらねばならないことを考えている所だから、邪魔をしてはいけないよ」

「お兄さまは、はんせいちゅう」

「そうだよ。そっとしておいてあげようね」

「はい！」

ディアーナは返事だけは良い。

父ディスマイヤに別れを告げて書斎を出ると、カインの部屋の前までやってきた。洗濯物を集めて回っていたデリナが、カインの部屋の前に立っていたディアーナを見つけて声をかけた。

「ディアーナ様、カイン様のお部屋に入ってはいけませんよ」

「はい！」

ディアーナは返事だけは良い。

デリナにバイバイと手を振って、廊下を歩き出すディアーナ。カインの部屋のドアの前からディアーナがいなくなったので、ホッとして仕事を再開するために歩き出したデリナだが、ふと思い出したことがあって振り向いた。

「そうだ、ディアーナ様……」

デリナが振り向いた先には、もうディアーナはいなかった。無人の長い廊下が伸びている。

「……ディアーナ様は、足がお速いのね……？」

質素な壁紙の部屋に、置いてあるのはベッドと机と本棚だけ。手狭な部屋のベッドの上にイルヴァレーノは座っていた。本を読んでいたのだが、驚くべき事があったためにそちらに視線を取られていた。
「イル君、シー！」
主人の部屋の隣にある、使用人部屋である。ここには、邸の住人である公爵一家が来ることはない
……ハズである。
口の前に人差し指を立てて「ナイショ」のポーズを取っているディアーナが、ドアの前に立ってい
た。使用人の寮がある棟と違い、主人の私室の隣にある使用人部屋は、入り口が解らないようになっ
ている。来客や主人たちの目に触れないように、また安全の観点からも隠し扉にされているのだ。
「ディアーナ様……なんでこの部屋の入り方知っているの」
「ふっふっふ。ディはなんでもしっているのよ！」
なにやらポーズを決めてそんなことを言う。いったい誰の影響なんだろうとイルヴァレーノは思っ
て、そして眉をひそめた。ディアーナに変な影響を与える人物なんて一人しか思いつかなかったからだ。
「カイン様には会えないよ」
「うん」
頷いて、ベッドの傍らに立って壁を指差すディアーナ。顔だけイルヴァレーノの方に向けるとニッ
コリと笑った。
「あーけーて！」
「なんでそこが続き部屋への戸だって知ってるのさ……」
イルヴァレーノはため息をつくと、ディアーナの隣に立って、見えないように細工されているノブ
を引いて薄く戸を開く。この国の建築様式では珍しい引き戸になっている。

「こっそりのぞくだけだよ。謹慎中なんだからね」

「はんせいちゅうでしょ?」

「……まぁ、そうだね」

薄くあけた隙間から、二人でカインの部屋をのぞく。カーテンが閉まっていて薄暗い部屋の中で、カインは、ソファーに座ってうなだれていた。しばらく眺めていた二人だが、カインはピクリとも動かなかった。

「お兄さま元気ない」

「なんかやらかして怒られたらしいからね。奥様に凄いげんこつ貰ったらしいじゃん」

「怒られたから、はんせいちゅう?」

「そうだね」

「怒られたから、元気ない」

「そうだね」

なるほど、とディアーナは大きく頷いた。はんせいちゅうというのは、元気がないことなのだ!とディアーナの中で言葉が結びついた。はんせいが終われば、カインに遊んでもらえる。つまり、カインが元気になれば、カインと遊べるのだ。……と、ディアーナの中で結論付いた。

「ディが、お兄さまを元気にしてあげなくちゃ!」

「なんかする気?」

「おじゃましました!」

スタスタと使用人部屋の出口へ歩き出すディアーナを追いかけて、戸をあける前に外の様子を窺う。

この部屋に出入りするところを人に見られてはいけないのだ。

「イル君。ディがここに来たことはシーっね」

ディアーナが口の前に人差し指を立てる。そうは言うが、邸の中でディアーナがうろつくときは、大抵隠れてエリゼの侍女が付いてきているのだ。ディアーナの行動に、本当に内緒のことなど何もないのだ。

何もないはずなのだが。

「おかしいね……誰の気配もない」

「ディはひとりでここまできたもの」

そっと二人で廊下に出て、左右を見渡すが誰もいない。カインが謹慎中なのもあり、シーツや寝間着を回収するデリナが通り過ぎればもう食事を届けに厨房係が来る以外は誰も来ない。しかし、イルヴァレーノが気配を探ってもこっそりと付いてきているハズの侍女の気配がなかった。

「まさか、本当に一人できたの？　お守りの人撒いて来ちゃったの？」

「ディは、やればできる子なのよ」

バイバイ！　と元気良く手を振って歩いていくディアーナを見送りつつ、本当に誰もいないの？とさらに周りに気を配るが、矢張り本当に誰もいないようだった。

「あぁもう！」

頭をくしゃくしゃとかき回すと、イルヴァレーノは足音をたてないようにディアーナの後ろをついて行った。

「んしょ。うんしょ」

ディアーナが階段を降りていく。体に対して一段の段差が大きいので、体を横にして片足ずつ、一歩ずつ降りていく。

その様子を、廊下の角からこっそりとイルヴァレーノが見守っている。一歩ずつゆっくりと降りていくが、時折ぐらぐらと体が揺れるのでイルヴァレーノは気が気でない。手が出そうになったり引っ込めたりしながら「あぁもう」と小さな声でつぶやいている。

あと三段で踊場に着くというところで、ディアーナはスカートの裾を踏んづけて体のバランスを大きく崩してしまった。

「あぶない！」

イルヴァレーノはとっさに飛び出して階段の最上段をけり、空中でディアーナをキャッチして抱え込むとグルンと一回転して勢いを殺し、そのまま踊り場でもう一回転前転してディアーナを後ろ向きに立たせた。しゃがんでいた体勢から膝を伸ばして飛び上がると、手すりに一度足をつき、そのまま下の階へと音もなく飛び降りた。

「イル君？」

転びそうになってギュッと目をつむったら、クルクルっとして気が付いたらちゃんと立っていた。イルヴァレーノの声がしたと思って振り向いたけど誰もいなかった。

「うーん？」

ディアーナは首を傾げたけど、まぁいっかとまた歩き出した。片足ずつ一歩ずつ、カニ歩きで階段を降りていく。今度は、スカートの裾を踏まないようにスカートの裾を両手で持ち上げてから降りていく。

裾を持ち上げすぎて、ウサギさんの描かれたカボチャパンツが丸見えになってしまっているがディアーナは気にしない。

ひとつ下の階の廊下の角から、引き続きハラハラしながらイルヴァレーノが見守る中、ディアーナは時間をかけて一階まで降りていった。玄関を出て、前庭の花壇を覗き込んで歩いていくディアーナ。少し先に座り込んで作業している庭師の老人に気が付いた。

「にわしのおじーさま」

「おや、お嬢様お散歩ですか？」

老人は立ち上がり、帽子を脱いで会釈をする。人好きのする顔を向けてディアーナを見るが、その姿を見て目をまん丸くした。

「お嬢様、なぜスカートをめくっているのですか？」

「かいだんで転んだらあぶないからね！」

ディアーナは階段を下り終わってからも、なんとなくそのままスカートをめくったまま歩いていた。パンツはもちろん丸見えだった。

「庭には階段はありませんので、スカートはおろしても良いと思いますよ」

庭師の言葉に世紀の新発見を聞いたかのような顔で驚くと、ディアーナはスカートから手を離した。スカートの裾が重力に導かれて下がっていくが、ずっと握っていた両脇の裾はシワシワになっていた。

庭師の老人はスカートを整えてやろうかと手を伸ばしかけたが、自分の手が土で汚れていることに気が付いて引っ込めた。その後ディアーナの背後の方に視線を泳がせた。侍女が側にいるはずだと思ったのだ。

侍女の姿がみあたらず、一瞬訝しげな顔をしたが、垣根の隙間からイルヴァレーノが顔を出し、唇の前に人差し指を立てて「言うな」とジェスチャーをしているのを見つけると、ひとつ頷いてまたいつもの穏やかな表情に戻った。

「にわしのおじーさま。ここに、まだ名前のないおはなってある？」

「うーん？　ここには、名のある花しかありませんなぁ……」

「そうかぁ」

庭師の返事を聞いて、ディアーナはしょんぼりと肩を落とした。庭師は慌てて手前の花壇を手で指し示し、「こちらは大変珍しく、まだあまり知れ渡っていない花ですよ」と説明した。

「でも、もうお名前ついてるのでしょう？」

「ええ、ザボウトという名前です」

「ざぼうとでは、だめなのよ」

バイバイ！　と元気良く庭師に手を振ってディアーナはまた歩き出した。垣根を挟んで中腰になりながら、イルヴァレーノがすぐ後ろを歩いていく。その様子を後ろから眺めながら「いったい何をしているのだか……」と首を傾げた。

「おっと。お嬢様、門の外にはでられませんよ」

「お嬢様、おひとりでここまで来たんですかい？」

ディアーナは庭を抜けて表門まで来た。門は鉄柵扉が閉められていて、アルノルディアとサラスィニアが門の脇の詰め所から出てきた。アルノルディアはディアーナの前まで来ると膝を突いて目線を合わせた。サラスィニアはキョロキョロとディアーナの周りや後方に目をやって何かを探している。

「お嬢様。いったいここまで何用ですか？　おつかいなら、代わりに行きますよ」

「アルノルディアは、みたことない花がどこにあるかしってる？」

「見たこと無い花ですかー？　うーん。見たこと無い花ってことは、今まで見たことある花じゃダメなんですよねぇ。未来を予測するって事ですか？　お嬢様は難しいことをいいますね」

「アルノルディアの方がむずかしいこと言ってるよ」

サラスィニアは、後方の垣根の向こうに探し物を見つけたのかひとつ頷くとアルノルディアの隣に移動して同じようにしゃがみ込んだ。

「僕らは、不審な人がいないか、おっかない犬や狼がやってこないかを見張るのが仕事ですんでねぇ。あんまり花には詳しくないんですよ」

「そうですねー。見たことある花か、初めてみる花かなんて区別がそもそも付かないのでわかりませんや」

「そっかぁ……」

「お役に立てずにすんません」

サラスィニアが眉毛を下げて頭をポリポリと掻くと、ディアーナはブンブンと頭を横に振った。

「おしごとごくろうさまです！　バイバイ！」

手を振って歩き出すディアーナ。サラスィニアが垣根の方に目線をやると、垣根の向こうで赤い毛先が揺れながら移動していくのが見えた。アルノルディアはニコニコとディアーナに向けて手を振っている。

「坊ちゃんが謹慎中だから、イル坊がお目付役やってんですかね？」

「それなら、普通に一緒に歩いてくりゃよくね？」

「……なにやってんだかねぇ？」

邸の塀沿いにテクテクと歩いていくディアーナ。カァァ！　と大きな鳥の声が上から聞こえて、ビクリと肩を揺らして立ち止まった。見上げても、大きな木の枝が見えるばかりで鳥の姿はディアーナから見えない。春には白い小さな花が咲く大きな木も、今は葉がわさわさと繁っていて日の光を遮ってしまっている。時折、枝の中からバサバサっと大きな羽の音が聞こえてくるが、音ばかりで姿は見えない。

ディアーナの中でおっかない怪物のイメージがむくむくと出来上がっていく。半分涙目になっているディアーナをみて、もう出て行くかとイルヴァレーノが腰を浮かせたその時。

「お、おばけなんてなーいさ！　おばけなんてうーそさ！」

ディアーナがキリッと前を見て、おばけなんていないという歌を大きな声で歌い出した。ディアーナが震える足を一歩ずつ前に出して歌いながら歩いていく。それは、いつか夜にトイレに行くのが怖いと泣いていたディアーナのために、手をつないでトイレに一緒に向かうカインが歌っていた歌だ。孤児院の慰問にきた歌手からも、あちこちの家庭から集まった孤児たちそれぞれからも聞いたことのない、カインの歌だった。

少しずつ進んでいくディアーナの、髪飾りが木漏れ日に反射して光った。木の中にいた鳥が大きく羽ばたいてディアーナめがけて飛び出した。

イルヴァレーノが足元の小石を拾って投げつける。ピギャア！　と甲高い鳴き声をあげて鳥はまた木の中へ戻っていった。

やがてディアーナは大きな木の並ぶ区画を抜け、裏門までたどり着いた。裏門はしっかり閉められているが、使用人の出入りもあるため昼間は施錠はされていない。巡回でアルノルディアかサラスィニアが一定時間毎に見回りにくるが、いつもは門番も立っていない。イルヴァレーノはディアーナが外に出ようとしたら飛び出そうといつでも立ち上がれるような姿勢で潜んでいる。

裏門のそばでしゃがみこんでいたディアーナは、何かをつかむと急に立ち上がった。

「やったー！　なまえのないお花みーっけ！」

手に小さな白い花を持って、ぴょんぴょんと跳ねるディアーナ。何という事もない、雑草のような小さな花を持って何がそんなにうれしいのかイルヴァレーノには解らなかった。

ディアーナが飛び跳ねて喜んでいると、裏門が開き、買い物帰りのメイドが入ってきた。

「ディアーナ様⁉　こんな所で何をなさっておいでですか？」

メイドはディアーナの手を引くと、邸の中へと入っていった。

ディアーナの冒険は終わった。イルヴァレーノはホッとため息を吐いてその場に腰を下ろすと、ドッと疲れが押し寄せてきた。思ったより緊張していたようだ。カインの可愛がっている妹に、何かあってはならない。絶対に守らねばというプレッシャーがあったのかもしれなかった。

ディアーナが大冒険の末に手に入れたお宝がどういった物なのか、イルヴァレーノは夕方に再会したディアーナから聞かされたのだった。

イルヴァレーノは、カインの顔を大変麗しい顔だと思っている。口には出さないけれど。

もちろん容姿の似ているディアーナもだ。

七歳の今でコレなんだから、成長したらさぞかし女泣かせの男になるだろう……と思った事もあったが、ディアーナに夢中でそこらへんの令嬢になんか見向きもしないなと考え直していた。

その麗しい顔が、今朝は大変に残念なことになっていた。泣きはらした両目のまぶたは腫れ、目が開かなくなっている。涙を拭くのにこすったせいで赤く擦れてしまっているし、鼻をかみすぎて小鼻や鼻の下もガビガビだ。

「ひどい顔」

「……濡らしたタオルをくれないか」

声も酷かった。大声を出して泣いたわけではなかったが、鼻をすすり喉を通った事で少し腫れているのかもしれない。

イルヴァレーノは自分の手をカインの目に当てると、目をつむって集中した。

「そんな、手で隠すほど酷い？」

手を当てられた事を、腫れた目を隠されたのだと思ったカインがそう聞いてくるが、イルヴァレーノは無視して治癒魔法を施した。魔法が弱いので、完全に元通りとはいかないが爬虫類のようだった顔に人権は戻ってきた。

「酷い。目やにが酷く出てる。目を擦りすぎだ。今、タオルを持ってくる」

「ちょ、ちょっと待って」

ベッドから立ち上がってバスルームに向かおうとする腕をつかみ、イルヴァレーノを立ち止まらせる。

「お前、治癒魔法なんて使えたの？」

「使えると言うほど大したことは出来ないけどな。小さいすり傷ぐらいならなんとか出来る程度だ」

治癒魔法が使えるといっても、過度な期待をされても困るからあまり人前では使わないと、イルヴァレーノは説明した。

「それなら、俺にも黙っていれば良かったのに。泣きはらした目なんて、それこそ冷やしておけばそのうち治るものなんだから」

「良いんだ。昨日も言ったけど、俺はお前を支えてやるって決めたから」

ただし、あまり言いふらさないでくれと念を押した。

公爵家の人たちは、良い人たちばかりだ。この家の使用人の一部には上級貴族出身者もいる。執事やエリゼの侍女などがそうだ。執事の実家は侯爵家、侍女の実家は伯爵家だと聞いている。

そんな人たちが、孤児の自分を貶さず見下さずに、徒弟としてしっかり仕事を教えてくれている。心の中は解らないが、下に見ていたとしてもそれを表に出さずにいるだけの分別のある大人たちだ。

この家の中でなら、ささやかな力を隠さずに使っても良いかとイルヴァレーノは思ったのだ。

「ふぅむ」

カインは、何やら思案顔だ。執事と同じ顔をしている、と思った。

「それより、先日はありがとう。妹たちがとても喜んでいた」

「なんだっけ?」

濡れタオルをカインの目の上に乗せ、鼻に手を当てて荒れた鼻のまわりを魔法で癒しながら、イルヴァレーノはカインに礼を告げる。カインには思い当たることがなかった。

「刺繍の練習に使っていた余りの布と刺繍枠を寄付してくれただろう」

「あぁ。母から名入りの枠を貰ったし、練習用の枠はもう良いかと思って。シーツやテーブルクロスの端切れなら価値も無いからそうそう無くなったりもしないだろう」

刺繍の会にカインが参加した日、イルヴァレーノは休みを貰って孤児院へと里帰りしていた。公爵家には前もって許可を取っていた為、持ち帰る用の土産にと色々持たされていた。菓子やジャムなどの瓶詰めや、針や糸などの裁縫道具。それと、カインとイルヴァレーノがひたすら練習した布と、練習で使わなかった布。エリゼからは新品の木綿の無地のハンカチも何枚か持たされていた。

「お母さまからも新品のハンカチを……。イルヴァレーノ、端切れである程度腕を上げたら、新品のハンカチに花か動物を刺繍して街で売るといいよ」

「孤児が刺繍したハンカチなんて売れないだろう」

「そうかな？　……なんか考えてみるか」

カインはもう少し市井の事について知りたかったが、公爵家の子どもがホイホイと街に出て行くわけにも行かず、家庭教師から勉強の合間に話を聞く位の情報しか持っていなかった。

イルヴァレーノの事もあるので、護衛付きで孤児院まで行くことが数回だけあったが、真っ直ぐ行って真っ直ぐ帰ってくるだけなので、やはり一般市民の生活の様子は伺い知ることができなかった。

（前世記憶で無双するにも情報が足りなさすぎる……）

自分が子どもであることの無力さにカインはもどかしさを覚えていた。とはいえ、ゲーム開始時点から転生……突然前世の記憶を思い出すとかじゃなかっただけまだ取れる対策も多いのだから、生まれたときから前世の記憶があったのは幸いな事なのだと思い直す。

「よし、出来ることからコツコツやっていこう。イルヴァレーノ、頼みがあるんだけど」

パンパンっと、気合いを入れるように自分で自分の頬を叩くと、カインはニコリと笑ってイルヴァレーノへ声をかけた。

「頼まれ事は聞くけど。その前に朝飯だ。まず、飯を食え」

「なんか昨日から、やたらと食事を取らせようとするな？」

「飯を食わせて、添い寝してやったら元気が出たからな。サカエバァチャンとやらの言葉は真実なんだろうと思って、実践していくことに決めたんだよ」

廊下に出て朝食の載ったワゴンを部屋へと引き入れて戻ってきたイルヴァレーノの視界に、蕩《とろ》けるような顔でベッドサイドの花を眺めているカインが映った。

それは、お兄さま大好きという花言葉を持つ、カイン花だ。

もう大丈夫だなと、イルヴァレーノはそっと息を吐いた。


よく食べて、よく寝た事で元気がでたカインは、まず手紙を書いた。

刺繍の会に参加していた子どもたち宛に、怖い思いをさせてゴメンねという趣旨の謝罪の手紙を書いた。その手紙に刺繍したハンカチを添えることを思いつき、せっせと刺繍を施しているところだった。

「こういうのって、謝る本人が刺繍するから意味があるんじゃないのか」

「ワンポイントだし、どうせバレないって」

イルヴァレーノとカインの二人で刺繍をしていた。

母エリゼから贈られた青と赤の刺繍枠にハンカチをはめて、小花やりんごやさくらんぼ、クローバーや星などの小さなモチーフを入れていく。

「花は、何の花かわからないように一般的な『あ、お花ね』って感じにしろよ」

「わかってるよ。こんな小さいサイズで特定の花と解るようになんか出来るわけ無いだろ」

二人にとって、イアニス先生の花言葉の話は若干のトラウマになっているようだった。

ほんの小さなモチーフを隅に入れるだけなので、その日のお茶の時間には人数分のハンカチができあがった。七歳の男の子二人が、随分と刺繍の腕を上げてしまったものである。

女の子にはレースがあしらわれているもの、男の子には普通のハンカチを添えて、謝罪の手紙を各家に届けてもらうように執事に預けた。

子どもから子どもへの手紙と言えど、まださほど親しくもない間柄であるし、家同士の関係性なんかもあるため、どうせ出す前に親のチェックが入る。そう思ってカインは手紙に封をしないまま預けた。

その配慮のおかげで、名前から判断して性別を勘違いしていた子がいたのだが、エリゼにハンカチを入れ直されて事なきを得ていた。このときのカインには知る由もなかった事だが。

「これで、なんとかなるといいんだけどな」

フゥと息を吐き出して不安を口にしたカインは思ってもいないことだが、刺繍の会に参加していたご婦人方のカインに対する印象は決して悪くない。

両手の間から炎が飛び出してビックリはしたものの、その後のカインの演説……女性を大切にしなければならないという叫びに感動したのだ。女主人やら社交界の花やら女性を称える言葉はあるものの、実際には屋敷で夫や父や兄弟からは軽んじられていると感じることのある婦人たち。子を産み育てるのが当たり前と受け止められ、それに対して誉められることもなかった婦人たちの心に、カインの言葉は響いたのだ。

短い時間だったが、カインは皆が持ち寄った刺繍に対しても、見た目の美しさを誉めるだけではなく、その技術の複雑さや丁寧さ、掛かった時間に対しても関心を持って質問し、尊敬の瞳で的確に誉めてくれたのだ。

異性が同じ趣味に理解を示してくれるのが、こんなにも嬉しいのかと婦人たちは感動したのだ。

カインならば、娘や姪っ子を嫁がせても丁寧に扱ってくれるんではないかという期待を持った婦人たちは多い。身分だって王家に次ぐ公爵家である。

王太子との顔見せが目的の会ではあったが、むしろ乱暴な王太子より女性を尊敬し理解してくれているカインに嫁がせる方がよっぽど幸せではないかと囁かれていた。

エリゼだけは「あの台詞の全ての女性という言葉に、ディアーナというフリガナが振ってあった気がしてならないわ」と思っていた。

思うだけで言わなかったが。息子の評価が上がってるのをわざわざ下げる必要もないので。

「貴族の子たちはこれで一旦良いとして、問題は王子様だよな」

「殺しかけたらしいな」

「人聞きが悪いことを言うな。ちょっと火傷させようとしただけだよ」

しれっとした顔でそう嘯《うそぶ》くカイン。

さて、王太子ルートをどう潰すべきか。それを考えなくてはいけない。

ディアーナが王太子と婚約し、二人が相思相愛になって幸せになるのなら百歩譲ってそれでも良いとは思っているのだが、主人公《ヒロイン》という不確定要素が怖すぎる。

主人公が王太子以外の攻略対象に行ってくれれば何の問題も無いのだが、人の心ばかりは操作のしようがない。

王太子とは一応知り合いになれたので、誘導したりディアーナから引き離したりする事も出来るかもしれないが、主人公とは未だに面識はない。面識もないし、どこにいるのかもわからない人間にはちょっかいをかけることも出来ない。

イルヴァレーノを拾ったのは本当に幸運だったのだ。主人公をどうこう出来ないなら、王太子をどうにかするしかない。

「なんとか、王太子殿下と仲直りしないとなぁ……」

「……仲直りする気はあるのか。てっきりボコボコにするのかと思ってたのに」

「ディアーナを突き飛ばして怪我させたことは許せないが、ディアーナをさらに悲しませることはもっと出来ないからな……」

どうしたものかとカインは思案していたが、状況は部屋の外で勝手に進んでいた。大人同士の間ではすでに仲直りの場としてのお茶会が設定されており、それに向けてのスケジュール調整をしている段階なのだが、カインがごねると思っている両親がまだ伝えていないだけであった。


朝目が覚めると、イルヴァレーノではなく執事が立っていてカインは驚いた。執事に謹慎は終わりですよと告げられたかと思ったら、あれよあれよと言う間によそ行きの服を着せられた。

王太子殿下との仲直りの場としてセッティングされたお茶会。ついにエリゼとディスマイヤは当日の朝までカインにそれを伝えなかった。

「お茶会⁉　しかも今日⁉　まだ何も作戦を考えてない！」

「それが狙いでございましょう」

カインはカインで、手紙か贈り物を贈って謝罪をするか、王太子が参加する催しに自分も参加して機会を得て謝罪をするか、親に頼んで場をセッティングしてもらうか。その場合の自分の立ち回りなどを色々と考えてはいたのだ。

イルヴァレーノに王太子の好みを探らせたり、今後の王族のスケジュールなんかを探らせたりもして準備を進めていたのに。

「お茶会とはいえ、昼食会を兼ねているそうですので朝食後すぐに出立いたします。さぁ、食堂へ移動しましょう」

カインが「知ってたのか？」という視線を投げると、イルヴァレーノが知るわけ無いだろうという渋い顔をして首を横に振った。

「イルヴァレーノ。そういうときは表情を変えずに、主人にだけ解る程度に首を振るのですよ」

執事が、イルヴァレーノに向かってにこやかに注意を促す。そしてカインに向き直りやはりにこやかな顔のまま注意する。

「カイン様も。そう言った事実確認はその場に居合わせた者に解らないようになさいませ。侮《あなど》られます」

執事に促されて部屋を出る。カインが先に歩き、執事とイルヴァレーノが後に続く。

「カイン様は、どのような作戦をお考えでしたか？」

執事の問いかけは、とても穏やかな声で発せられた。特に侮っているとか、作戦を潰してやったぜ！　といった感情は見られない。それでも、カインは顔が渋くなるのを止められなかった。中身はアラサーだし、ある程度は出し抜けると思っていたのを覆されたのだ。

「間もなく開催される『王妃様主催の詩集の会』に王太子殿下が参加するらしいので、謹慎を解いてもらって僕も参加させてもらおうと思ってた」

刺繍の会もそうだったが、そこに王太子が参加するというのは一般には伏せられており、既存の参加メンバーにのみ告げられた情報である。刺繍の会の時と同じで、侯爵家以上ばっかりずるい！　と伯爵家以下から反発があると面倒くさいというのが主な理由だと言われている。

おそらく、それだけでは無いのだろうけど、カインには知ったことではなかった。

「部屋からお出にならなかったのに良くご存じでしたね」

執事は、イルヴァレーノを視線だけ動かして覗き見る。執事の隣を歩くイルヴァレーノは無表情だ。

カインは、詩集の会に参加するために謹慎中の時間を使って詩の本を読み、いくつか作詩もしていた。全てディアーナを称える内容だった。そして当然のようにイルヴァレーノも巻き込まれていたが、作った詩はカイン以外の者の目に触れる前に処分されていた。

「後は、明後日の昼に陛下の騎士団訓練場の視察があるって話もあったから、偶然を装って馬車の前に飛び出して轢かれそうになることでお互い様って事にしようと思ってた」

王族の視察や慰問などのスケジュールは公開されており、誰でも知ることが出来る情報だが、そこへ向かうルートは極秘事項である。もちろん、王族の安全の為、警備のしやすさの為だ。

「今回は、この邸の裏の二本向こうの道を通るようだったからね」

カインは、極秘であるはずの移動ルートを把握している……と言っている。執事は顔はあいかわらずにこやかに微笑んでいたが、心の内で驚いていた。

この一週間、部屋から出ずに過ごしていたのにどうやってその情報を掴んだのか。そもそも、本当に明後日の視察へ向かうルートが邸の側を通るのか執事には判断出来ないので、カインが適当なことを言ってる可能性はある。今日のお茶会を今日告げられた意趣返しに適当なことを言ってる可能性も無いわけではないのだ。カインは普段、手の掛からない良い子だが、ディアーナが絡んだ時と計画通りに事が運ばなかった時にはひどく手の込んだ事をする事があるのを執事は承知していたのだ。

「やはり、前もってお知らせしなくてようございました。旦那様と奥様はやはりカイン様のご両親ですね。カイン様を良くわかっていらっしゃる」

「どうだろうね。僕の勉強の進捗にもあまり興味なかったみたいだけどね」

「カイン様のことを信頼しておいでだからこそですよ。順調だという報告を信じておられたのです。そして、それは間違いではございませんでしょう？」

順調すぎただけ、といえばソレはそう。けして間違いではないが、カインはわざと親から適度に距離を取っていたので、良くわかってると言われるのは複雑だった。あまり干渉されて、やり過ぎだと勉強や鍛錬の時間を減らされるのは避けたいとカインは思っている。

やればやるほど身に付いていく、この『攻略対象者』の体を追い込んで、どんな事があってもディアーナを守れる力を手に入れたいからだ。

「それにしても、家の中の事が全く掴めていないのは我ながら腑甲斐ないよ」

詩集の会での「王太子のお友達候補集合再び」についてだとか、極秘の王様視察ルートだとかは掴めたのに。よそ行きの服を用意されていたことを考えれば、今日お茶会があることは使用人たちも知っていたに違いない。

「イルヴァレーノの主人はカイン様ですが、私どもの主人は旦那様と奥様だということですよ」

ただ、それだけのことです。と執事が事も無げに言う。

口が堅く、結束力が強いのは公爵家の息子としてはとても心強い事であるが、両親を敵に回せば味方は一人しかいないと言うことだ。

「さ、今朝はクロックムッシュですよ」

そう言って執事が食堂のドアを開けた。すでに家族は揃っていて、ディアーナはエプロンを着けられていた。せめてもの抗議として、カインはブスッとした顔で父と母に朝の挨拶をするのであった。


朝食後、歯を磨いたらガツっと父に抱えられて門前に待機していた馬車に放り込まれたカイン。母エリゼがディスマイヤのエスコートで乗り込み、ディアーナを渡され、最後にディスマイヤが乗り込んでくる。コンコンとディスマイヤが御者席側の小窓を叩いて「出してくれ」と言うと、馬車はゆっくりと動き出した。

ディスマイヤはお茶会には招待されていないと言う。

「家同士の問題にしないため」という配慮らしい。あくまで子どものケンカとその仲直りであり、夫人同士が子ども連れでお茶会をするだけの社交の場である……と言うことにするらしい。当初はディアーナはマナーを理由に留守番させる予定だったが、王太子もまだマナーが不完全だから構わないと言われ、王妃から是非ディアーナも、と重ねて誘われてしまったので連れて来ざるをえなかった。カインが暴走しないのを祈るしかない。

「では、お茶会楽しんできて。カインはうまくやりなさいね」

そういって、父ディスマイヤは法務棟の前で馬車を降りていった。馬車はそのまま三人を乗せて王宮の王妃棟まで進み、それでは終わるまで待機しておりますと、馬車溜まりまで去っていった。

案内係の従僕に連れて行かれたのはルーフバルコニーに作られた庭園だった。

「いらっしゃい、エリゼ。良く来てくれたわ」

「お招きありがとうございます、王妃殿下。気持ちの良い天気ですわね」

「ええ、本当に。風が気持ちよいので外でお迎えすることにしたのよ」

「素敵なお心遣い、感謝いたします」

母たちの社交辞令が一通り済むと、では改めましてと母たちが子どもたちを前へと押しやる。

「まずはあなたからよ、アルンディラーノ」

王太子が、バシンと王妃に背中を強く叩かれて勢いで二歩三歩と前によろけ出てくる。

そのままもう三歩前へ歩いてディアーナの前に立つと、もじもじとしながら「えーと」とか「うーんと」とか言っている。

カインは若干イラッとしたが、コレは待つ所なんだろうなぁと思ってディアーナのすぐ後ろに立って様子見している。

「おなか痛いの？」

あまりに言葉が出てこないアルンディラーノに、ディアーナが心配げに声をかけた。四歳でまだ男女で身長差もない二人。コテンと首を倒して顔を覗き込む姿はとてもとても可愛らしくて、後ろからみていたカインはうっとりとした顔でその仕草を見つめていた。

「カイン、顔！」

母エリゼから注意され、カインは背筋を伸ばしてまじめな顔を作る。

だって、腰を少し曲げて頭の位置を低くしつつ、顔を傾けて覗き込み、その時の手はペンギンの様にぴょこんと後ろに伸ばしているその姿たるや！　可愛さの極み。

王太子に対して取っているポーズというのが気にくわないが、後ろからという視点ならではの「パニエたっぷりでふわふわのスカートの裾がプリンっと持ち上がる」というディアーナの可愛さを彩る動きが見られたのだ。動画で残したい。俺のかわいい妹を見てくれというタイトルで動画配信サイトへアップして自慢したい。全世界で十億再生間違い無しだよやったぜ！

と言うことを頭の中で考えつつ、真顔でアルンディラーノの言葉を待っていた。

一度は顔を崩したものの、しつけ担当のサイラス先生の教えの賜である。

「この間は、突き飛ばしてごめんなさい」

ようやく、アルンディラーノからディアーナへ謝罪の言葉が出てきた。もはやそんな事があったのもすっかり忘れていたディアーナは良くわからないけど「どういたしまして！」とにっこり微笑んだ。アルンディラーノの頬が淡くピンク色に染まるのをカインは見逃さなかった。舌打ちしなかった事を自分でえらいと心の中でほめたたえた。

「手、痛かったよね？　もう大丈夫？」

と言いながらディアーナの手を取ろうとするのを、ペイっと後ろから手刀ではねつけ、カインは一歩前に出てディアーナとアルンディラーノの間に立った。

「今度は僕の番ですね。王太子殿下、先日は怖い思いをさせてしまい申し訳ございませんでした」

そう言って、深々と頭を下げるカイン。視線の先に、アルンディラーノの靴が見える。なかなか、謝罪を受けるとの言葉が出てこないため、カインは顔を上げられない。

（そろそろ頭に血が上ってきてツラいんだけどなぁ）

アルンディラーノのそばに人が来て、ボソボソと何か言っている気配がある。まだかなぁとカインが思っているとようやく声が掛かった。

「許す。顔を上げよ」

言葉を受けてカインが顔を上げると、アルンディラーノのすぐ後ろに王妃様が立っていた。

（あぁ、これ。謝罪を受けたときの言葉を知らなかったか、聞いてたけど忘れてたやつだ）

恐らく、許すと言いなさいとか王妃様が助言したんだろう。アルンディラーノは一生懸命威厳のある顔を作ろうと口をギュッと引き締めて眉間に皺を寄せていた。

その表情が、父ディスマイヤがカインを叱る時に横に立って真似して叱ろうとするディアーナの顔にそっくりだった。

「ぷっ」

思わず吹き出してしまうカインに、アルンディラーノは怪訝そうな顔をする。

「謝罪を受けてくださり、感謝いたします」

にこりと笑顔を作って見つめると、アルンディラーノの頬がまたピンク色に染まった。

（綺麗な顔が好きなのかもしれない。ディアーナも俺も綺麗な顔してるからな……）

アラサーサラリーマンだった前世の自分の顔を覚えているので、カインは自分の容姿を自画自賛するのに躊躇しない。「※ただしイケメンに限る」という注意書きがありとあらゆる所に適用されていた世界を知っているので、ディアーナを守るために自分の容姿を利用することにも戸惑いはない。

「是非、これから仲良くしていただけると嬉しいです」

「あ、えっと、うん。よろしくおねがいします……」

花が開くような優しい微笑みを顔に張り付けながら、アルンディラーノに声をかけるカイン。アルンディラーノは顔を真っ赤にして、声を詰まらせながらやっと返事をするので精一杯だった。

「さ、仲直り出来たところでお茶を頂きましょう」

王妃様の合図を受けて、用意されているガーデンテーブルへと移動する。ガーデンテーブルの席順は、王妃様・エリゼ・ディアーナ・カイン・アルンディラーノとなった。

母親二人は同じ歳のディアーナとアルンディラーノを隣同士にしたかったようだが、カインがそれを阻止した。

そして、意外にも両隣の四歳児を甲斐甲斐しく面倒を見るカインに母親二人は驚いたのだった。

「ディアーナ、飲み物は両手で持って。お菓子は一度置いて。そう、お菓子と飲み物を両手に持つのははしたないよ？」

ビスケットを持ったまま、反対の手でコップを取ろうとするディアーナに注意するカイン。

「殿下、口元にクリームがついています。……反対側です。……もう少し上です……。お顔をこちらに寄せてください」

顔を突き出してきたアルンディラーノの口元をナプキンで拭いてやるカイン。

「ディアーナ、手の届かない物は取ってあげるから無理しないで。お皿をひっくり返してしまうよ。どれが欲しいの？」

テーブルの中程にあるマカロンを取ってディアーナの皿に載せてやるカイン。

「良いですか、ビスケットにクリームを載せるときは欲張ってはいけません。一口分だけ載せるとこぼさずに食べられます。次の一口を食べるときに、またクリームを改めて載せれば良いのです」

また口の周りにクリームをつけたアルンディラーノの口元を拭いながら注意するカイン。

「あらあら。甲斐甲斐しいこと。下の兄弟がいると上の子はしっかりするのかしら？」

「カインはディアーナにベッタリで、乳母や私にディアーナの世話をさせてくれないんですよ。もう少しディアーナを譲ってくれても良いのに……」

「まぁ。ディアーナが大好きなのね。アルンディラーノにも良くしてくれて……アルンディラーノのお兄ちゃんになってくれないかしら？」

「兄になる手段によってはお断りいたします」

突然振られた話にも、きっぱりと断りの返事を返すカイン。

ディアーナとアルンディラーノが結婚することでカインを義理の兄とするのであれば、それは受け入れられない相談である。本来王家からの要請ならそうそう断ることなんか出来ないものだが、プライベートなお茶会での話ならさほど気にする事でもないだろう。しかもまだ学校にも行っていない子どもの言うことである。

「手段によって？」

「カインは、ディアーナをお嫁に出す気が無いんですの」

王妃が不思議そうな顔をしてエリゼに視線を向け、ため息をつきながらエリゼが答えている。本当は、『王太子妃にしたくない』なのだがそんな事はさすがに王妃相手に言えないので、嫁にやりたくないということにしたエリゼだが、わざわざそれを訂正するほどカインも愚かではなかった。

「ほほほ。なるほどね。カインはディアーナが可愛くて仕方がないのね」

王妃は朗らかにうんうんと頷いてなにやら納得したようだ。何を納得したのかはカインには解らなかった。

その後、話は逸れて刺繍の会の夫人達がエリゼともっと話がしたいと言っていたので刺繍の会お茶会をしましょうよという話をしたり、子育ては大変よねという話をしたり、詩作に興味はないかと誘われたりと色々な話題で母親二人は話が弾んでいた。

「王妃殿下、お母様。ディアーナと王太子殿下と三人でお庭を散策してもよろしいでしょうか？」

ディアーナがマカロンを割ったり戻したりするばかりで食べなくなっているのに気がついたカインは、お茶会を中座する許可を申し出た。解らない話で盛り上がる女性二人にも、お菓子にもディアーナが飽きてしまっているので、歩いて気を紛らわそうと考えたのだ。

チラリと見れば、アルンディラーノも手の中でコップをくるくると弄んでいたので、やっぱり退屈しているのだろう。

「そうね。少し動かないと昼食が入らなくなってしまうかもしれないわ。カイン、アルンディラーノをよろしくね」

「ありがとうございます」

椅子をおりて一礼すると、ディアーナを抱いて椅子から下ろす。振り向けばアルンディラーノは自分で椅子から飛び降りていた。

「さ、ディアーナ。花を見せていただこう」

そう言って右手を差し出せば、ディアーナは当然のように手を握ってくる。一緒に歩くときは手をつなぐ、と言うことをディアーナが歩き出した時からずっとやってきた成果が現れている。

「王太子殿下も行きましょう。……手をつなぎますか？」

なんとなく聞いただけで、つながないと断られると思っていたカインだが、予想に反してアルンディラーノは手を握ってきた。驚いて目を見張ったが、気を取り直して左手も握り返せばアルンディラーノは嬉しそうに笑った。

「殿下は僕が怖くないのですか？　炎で頭を燃やそうとしたんですよ」

「謝ってもらったからそれはもういいんだ。目の前ででっかい炎が出てきたのはびっくりしたけどきれいだった。また、魔法みせてほしい」

「お兄さまの魔法はもっといっぱいあるのよ！　お兄さまはすごいのよ！」

「王族は代々魔力が多いと聞いております。殿下も沢山練習すれば自分で出来るようになりますよ」

「ディもね、まほーの練習はじめたのよ。いつかお兄さまぐらいすごいのだすの！」

「できるようになるかな……」

「殿下次第ですね」

花壇に向かって歩きながら、そんな会話をしていた。ルーフバルコニーに作られた庭園なので、花壇はプランターのような箱に土を入れたもので栽培されていた。しばらくは、花を眺めて花の名前を教え合い、花言葉クイズなどをやりながら歩いていく。

次の花壇へ行こうと足を進めたときに、カインは左手を引かれた。見やればアルンディラーノが立ち止まっていた。

「殿下？」

「あの日のことを言い訳したい。聞いてほしい」

ディアーナに怪我をさせたからブチ切れて頭を掴んだ訳だが、何故そうなったのかをカインは知らない。積み木が崩れた音を聞いて振り向いたら、ディアーナの腕が引っ張られている場面だったのでブチ切れたわけで、何故積み木が崩れたのかとかディアーナとアルンディラーノが直前に何をしていたのかは見ていない。

直後に謹慎を命じられてディアーナとも会えなくなっていたのでディアーナから話を聞くことは出来なかったし、そもそもディアーナの腕を引っ張り突き飛ばした時点でカインにとってはギルティなので、経緯や理由に興味はなかった。

しかし、ディアーナを素直で素敵なレディに育て上げて悪役令嬢化させないという使命もあるため、もしディアーナの側にアルンディラーノを害するような発言や行動があったのだとしたらそこは修正しなければならないと思い直した。

「お伺いします」

とアルンディラーノに頷いて見せた後、ディアーナに向き直り、

「ディアーナ、一緒に聞いて、お話が違うなと思ったら殿下の後でディアーナもお話を聞かせてね」

と話しかける。ディアーナはハイ！　と元気良く返事をして、カインと手をつないだままアルンディラーノの顔が見える位置に移動した。

「あの日、積み木でお城を作ったんだ。とても高く積んでカッコよく出来たから完成した！　って言ったらみんながこっちを見てすごいすごいってほめてくれたんだ。でも、お話にむちゅうでこっちを見てない女の子のグループがいて、こんなにすごいのを見ないなんてもったいないって思って、こっち見て！　って言ったのにこっちみないから、つみきのそばまでつれてきてあげようとしたんだ」

「ちがうよ。うさぎの耳はなんでながいのかってなぞなぞをしてて、まだケーちゃんが答えをかんがえてるところだったから、あとでっていったのにいまみて！　ってひっぱったんだよ」

「あとでって言ってなかったよ！」

「いったもん！　でんか自分の声おっきーからきこえなかったんだよ！」

「おっきくない！　そっちの声がちいさすぎたんだ！」

だんだんと二人の声が大きくなってくる。カインとつないでない方の手でお互いにつかみ掛かりそうだ。カインは両腕を持ち上げてつないだままの二人を半分ぶら下がったような状態で引き離すと、空を見上げて二人に聞こえないようにそっとため息をついた。

「二人とも落ち着いて」

足はついているけどかかとが少し浮くぐらいに持ち上げられた四歳児二人は、カインを挟んで両側に離された。七歳と四歳の三歳差があるとはいえ、カインも精一杯手を上にのばさないと二人の体を引き上げるのは難しい身長差なので、まるで万歳しているような格好になっている。そのまま、腕を前後に大きく振ってぶら下がっている二人がつられてあわあわと足を動かすのを見て手を下げて一歩下がった。

手はつないだまま、カインはしゃがみ込むと二人の顔を交互に見つめる。

「落ち着いた？」

「うん」

「はい」

「良かった」

にっこり笑うと、二人ともホッとしたような顔をした。

カインはまずディアーナの顔を見つめて困ったような顔を作った。

「ディアーナ。声をかけられて、お返事するときはちゃんと顔をみてしなくてはダメだよ。大勢いるところなら、誰に対する返事なのか解らなくなってしまうからね」

「でもお兄さま。見てっていわれたすぐ後にあとでっていったもん」

だから、見てという言葉に対する返事だとわかるでしょ？　とディアーナは言いたいのだろう。

カインはゆっくりと顔を横に振ると、

「ディアーナその時、別の子とお話していたのでしょう？　ケーちゃん？」

「うん。ケーちゃんがなぞなぞの答え考えてて、ヒント言ったりしてた」

「そうしたら、殿下にはディアーナとケーちゃんのお話の続きに聞こえたかもしれないよ？」

「えー」

「だって、もしかしたらケーちゃんにもっとヒントちょうだいっていわれて、次のヒントはあとでって言ったかもしれないって思うかもよ？　だって、ディアーナはそのときケーちゃんのお顔を見ていたんだから」

ディアーナは返事をしなかったが、バツが悪そうな顔をしている。それをみてカインは笑顔を深めた。きちんと説明すれば理解できる賢い子だ。やっぱりディアーナは世界一の妹だ。

家の中では皆がディアーナを優先してくれるので、ディアーナが投げやりな返事をする事がそもそもない。あったとしても、カインの視界の範囲で事が起これば、優しく誘導するようなやり方で注意を促すので、ディアーナが悪いよと注意されるのは初めてだった。

「偉いね。ディアーナは賢いね。もう、次はちゃんと相手のお顔をみてお返事できるね？」

「うん」

素直に頷くディアーナの頭を撫でたかったが、両手が塞がっていることに気がついたカインは、つないだままの手を持ち上げて手の甲で優しく頭をなでた。

そして、ディアーナがエヘへと笑ったのを見ると、今度は振り返ってアルンディラーノと視線を合わせた。

「殿下。殿下も、声をかけるときは相手の顔を見てください。王族ですから、一度に沢山の人へ声をかける事ももちろんあるかと思います。でも、この前はディアーナとケーちゃんに振り向いてほしかったのでしょう？　だったら、ディアーナとケーちゃんの前まで行って、顔を見てから『お城を見て』って言えば良かったんです」

「でも、最初に見て！　って言ったときに他のみんなは見てくれた……」

「遠くにいたり、他のことに夢中になっていたら意外と他の声は聞こえなくなるものなのです。後ろから声をかけるときは、名前を呼びましょう。そうしないと、後ろから聞こえた声は、自分に対しての呼びかけなのかどうか解らないのです」

「でも、あのときはまだ名前知らなかったもん……」

「そうですね。だから、前まで行って話しかけなければいけなかったんですよ」

そこまで優しく語りかけていたカインだが、顔を厳しく引き締める。視線を強くしてアルンディラーノを睨みつけた。

「声を無視されたとしても、後回しにされたとしても、女の子の腕を引っ張って良い理由にはなりません。先ほど謝罪されたのでこのことについてもう責めませんが、今後は決して女の子に乱暴な事をしてはいけません」

コレだけは絶対に言い聞かせなければならない。万が一王太子ルートへの道を回避できなかったとしても、王太子そのものが女の子につらく当たることに罪悪感を持つ人間になってくれれば、おっさんへの下賜などという扱いだけは避けられるかもしれない。

ディアーナの悪役令嬢化を回避し、王太子との婚約を阻止する。それがカインの自分に課した使命だが、保険はいくら掛けておいたって足りないなんて事はないのだ。

「意地悪な女の子が相手でも？」

「意地悪な女の子が相手でもです。意地悪に意地悪で返してはだめです。出来る男は意地悪を華麗に回避するのです」

「女の子が先にぶってきても？」

「そもそも、女の子にぶたれないように行動するんですよ。とても難しい事ですが、殿下は王子なのだから出来るようにならなければなりませんよ」

アルンディラーノは、カインに言われたことを一生懸命考えている。拳を口に当ててうーんうーんと唸っている。

「わかった。僕は王子だから、僕が我慢すれば良いんだね」

わかってない。

「ちがうよ。お兄さまは、ちゃんと顔を見てお話ししましょうねって言ったでしょ」

そばで聞いていたディアーナが話に割り込んでくる。

「あとでって顔見ないでお返事したのがいじわるだとするとね、王子さまがディアーナこっちみて！ってていってたら、ディは振り向いてからあとでっていったとおもうの」

「ディアーナは賢いね！　そうだよ。そう言うことだよ！」

カインはついにつないでいた手を離してディアーナの頭をしっかりなで始めた。

「殿下。最初から意地悪な女の子なんていないんです。意地悪したくなる何かがあるんですよ。だから、殿下が先にその何かを取り除いてあげるんです」

最初から意地悪な女の子なんていない。それはディアーナの事だ。ディアーナだって産まれたときから悪役令嬢なのではないし、カインが大切に育てているから今のところは可愛くて素直で良い子でめっちゃ可愛い女の子だ。

カインは、前世のアラサーサラリーマン（外回り営業職）の記憶から、最初から意地悪な人間も存在することを知っている。原因などなくとにかく周りに悪意を振りまくのが楽しいという人間がいることを知っている。でも、それをここで言っても仕方がないし、王子という立場ならそう言う悪意のある人に当たることもそうそうはないだろう。

「誰だって、優しくされたら、優しく返します。どうか、優しい王子様で、あろうとしてください」

カインが言葉を小さく区切りながら話す。どうかこの幼い王子に伝わりますように。けして、我慢してほしい訳ではないことが、伝わりますように。

「良くわからないけど、わかった。我慢するんじゃなくて、優しくする。わかった」

コクコクと頷くアルンディラーノの頭を、えらいですねーと言いながらディアーナが撫でる。遠慮なくなでるので髪の毛が乱れていく。

「えらいですね、殿下」

カインも、アルンディラーノとつないでいた手を離して頭を撫でる。カインの手とディアーナの手で左右から頭をなでられて、アルンディラーノの首はグルングルン回っているが、その顔は嬉しそうだった。カインとディアーナによる王子様の頭ナデナデまつりは、侍女から食堂に移動しますよと声を掛けられるまで続いた。

その後、長い廊下を皆でぞろぞろと食堂に向かって歩いていく。

「お城の中は広いでしょう？　廊下を馬車で移動出来たら良いのにっていつも思っているのよ」

「馬車を通すには廊下を広げなければなりませんね」

「今の広さでも小型の馬車なら通りそうだけれども、一方通行になるわよね。部屋によってはぐるっと回らなくてはならなくなってかえって時間が掛かってしまうかもしれないわね」

「そうですね。ソレよりも何よりも、やはり屋内で馬車を走らせたとすると一番の問題は……」

「「馬糞ね！」」

ふふふふふ。ほほほほほ。

王妃様と公爵夫人が馬糞とか言いながら朗らかに談笑している後ろを、子ども三人が歩いていく。

「カインのこと、カイン兄さまと呼んでも良いか？」

「ダメです」

「少しぐらい考えてくれても……」

「ディをお姉さんって呼んでも良いよ？」

「えっ。なんで……」

「僕のことは、カインと呼び捨てでお呼びください。殿下」

「……わかった。カイン」

「ダメ。ちゃんとディアーナと呼んでください。愛称で呼ぶことなど許しません」

「ディのことは、ディって呼んでも良いよ？」

「……カイン、ディアーナ。今日が終わってもまた一緒に遊んでくれるだろうか」

「殿下が刺繍を頑張れば、刺繍の会でお会いできますよ」

お茶会の折り、カインは王妃様から改めて刺繍の会に参加するようにと言われていた。問題を起こしたので除名だろうと思っていたのだが、どうも他の参加者のご夫人方がすっかりカインのファンになっているらしい。

社交の場では女性をエスコートし、紳士であれと言われて節制を強いられ、ダンス相手を選ぶ権利は女性側にあるなど、常に女性を立てる立場にある男性だが、家庭に戻ればまた話は違ってくるのだ。

亭主関白な家庭が多く、跡継ぎさえ出来れば外に愛人を作り妻を省みない夫も多いらしい。爵位や家格の釣り合いや、所属する派閥のしがらみ等から政略結婚した後、愛を育めなかった夫婦も少なからずいるのだろう。そう言った「外では優しいけど家庭に戻れば家のことも子どものことも任せっぱなしの旦那に不満がある」夫人たちの前に、颯爽と現れたのがカインなのだ。

カインの語った女性礼讃は、通り一遍の見た目の美しさを褒め称えるものではなく、子を産み育てる事への讃美、尊敬、感謝があったのだ。

その上、カインはちゃんと刺繍を練習してきた。課題をこなして、見られるレベルの物を提出したのだ。刺繍なんて女のやるものだと見下し、それなのに必要なときにはやっておけと命令口調で指示してくる。そんな夫にうんざりしていた夫人たちには、光輝いて見えたのだ。

自分たちが情熱を燃やし、熱意を持って取り組んでいる趣味を理解し、自ら乗り込んできたカインは彼女たちの希望の星だった。

「皆が、カインを引き続き参加させてほしいと言うのですよ」

とは、王妃殿下の言葉だ。ソレもあってカインの王太子に対する暴力は言葉の謝罪で済ますという破格の待遇で許された。もちろん、未遂で無傷で済んだことも大きいが。

会話をしているとやがて食堂にたどり着き、各々席へと座った。今度はカインが何をするでもなく、ディアーナ・カイン・アルンディラーノという並びになった。

そこでもカインは四歳児二人の面倒を甲斐甲斐しくみてやり、最後のデザートは四分の三をディアーナに、四分の一をアルンディラーノに譲ってやっていた。

カインが子どもの面倒をよく見るので、母達はずっと二人で楽しそうにおしゃべりをしていた。最後のお茶も終わると、そろそろお開きである。

「あぁ、楽しかった。何の裏も意図もなく単純におしゃべりするのはやっぱり楽しいわね」

「今度はぜひ我が家にもいらしてください。王太子殿下と一緒なら、王妃殿下が公爵家へ訪問ではなくて、友人宅に遊びに来た息子の付き添いの母親として来ていただけますものね」

カインは後で知ったのだが、王妃殿下とエリゼは魔法学園時代からの友人なのだそうだ。どちらも侯爵家の長女で、とても仲が良かったのだとか。それぞれ結婚して立場が出来てしまって以降は、なかなか単純な友人としての親睦を深めることは難しかったようだ。

今後は、子どもたちを遊ばせることがメインであくまで自分たちは付き添い。子どもたちが遊んでる間の暇つぶしにおしゃべりを楽しむだけなのよおほほほ。という体で、友情を深めたいらしい。

「カイン、ディアーナ。今日は楽しかった。また遊びに来て。おもちゃもたくさんあるんだよ！」

馬車に乗り込み、ドアを閉める前に挨拶をしようと身を伸ばしたら、アルンディラーノが一生懸命に話しかけてきた。正直なことを言えば、カインはあまり王宮には近寄りたくなかった。王太子と親密になっても良いことが無いと考えているからだ。遊びに来るとなれば絶対にディアーナもセットで連れてこられるのだ。顔を合わせる回数が増えればそれだけ婚約者になる確率が増えそうで怖い。

「さようなら王太子殿下。機会があればまたお会いしましょう」

「ばいばい！　またね！」

ドアが閉じられて、馬車が動き出す。しばらく外をみていたエリゼが、見送りが見えなくなったのか、深く座り直して視線も馬車の中に戻した。

「お母様。僕の謹慎は今日を以って解かれたと思っていいのでしょうか？」

「そうね。家に帰って、お父様の判断を待つことにはなるけれど、おそらく明日からは部屋を出ていつも通りに過ごしても良くなるのではないかしらね」

「それでは、イアニス先生に連絡してまた勉強を再開してもらわないと。サイラス先生やティルノーア先生にも連絡を……」

「お父様に正式に許可を頂いてからよ」

「イアニス先生は明日くるよ。ディのお勉強の日だからね！」

ニコニコと明日のイアニス情報を教えてくれるディアーナ。こんなに気の利く素敵なレディが他にいる？　ね、ディアーナが素敵なんですよ！　という顔で母親の顔を見るカインだが、ジトッとした視線が返されるだけだった。

「とにかく、無事に仲直り出来て良かったわ。カインがもっと殿下とぶつかるかと思っていたから驚いたけれど安心したわ」

「僕自身もビックリですよ……」

馬車に揺られると眠くなってしまう体質のディアーナが、コックリコックリと船を漕ぎ出したので、そっと横たえてカインの膝の上に頭を乗せる。優しく髪を手櫛ですいてやりながら、蕩けるような顔でディアーナの寝顔を見つめる。

「私は本当にアナタの将来が心配よ。カイン」

エリゼは大きくため息を吐いた。


家に帰るなり、カインは布団に倒れ込んでふて腐れていた。

「なんですか､帰るなり。ディアーナ様をお部屋までお運びできなかった事にふて腐れてるんですか？」

馬車の中で寝てしまい、ぐでんぐでんになっているディアーナは、さすがに七歳のカインでは抱いて寝室まで運ぶには体格が足りない。毎朝毎夕のランニングのお蔭で体力はあるが腕力がまだまだ足りない。母エリゼが抱いて馬車からおろし、待ちかまえていた執事が部屋まで運んで行った。

「はぁ～～」

イルヴァレーノの問いかけに、大きなため息で答えたカインは今日の反省をする。

「ボコボコにしてやる予定だったんだよ」

「あぁ、王太子殿下ですね。出来なかったんですか？」

「出来なかった」

「なぜです？　王妃様と奥様の目があったからですか？」

「違う……」

ゴロリと寝返りを打って、イルヴァレーノに背中を向けた。

「十七歳と二十歳とか、十二歳と十五歳では、そんなに圧倒的な差は付けられないかもしれないけど、七歳と四歳なら圧倒的な力の差ってのを見せつけられると思ってたんだ」

「まぁ、そうかもしれませんね？」

「今の内にボコボコにして、俺には絶対に勝てないって印象づけしておこうと思ってたんだけどさぁ」

「そう言うのを、トラウマって言うんですよ」

だって可愛かったんだもん。とカインは口の中でつぶやいた。

カインは前世で、知育玩具メーカーの外回り営業をやっていた。営業先には保育園や幼稚園もあり、小さな子どもたちと触れ合う機会は多かった。試作品の遊び方を説明したり、試作品の反応や意見を聞き取るために子どもたちに交じって一緒に遊んだりしていた。とにかく、子どもに交じって遊ぶのが仕事みたいな所があった。

「ディアーナを守るために、排除しようと思ったんだよ」

子どもたちは、可能性のかたまりだ。提供したおもちゃを思っても見なかった遊び方で遊んでいたり、狙った以上の効果を発揮したりするのをたびたび目にしていた。

「最初から意地悪な女の子なんていません……か」

「女の子にいじめられたんですか？」

　昼間に自分でいった言葉だ。ディアーナの事を考えていった言葉だが、それはアルンディラーノに対してもいえることだ。ついでにいえば、イルヴァレーノだってそうだ。最初から無慈悲で心を病んだ暗殺者なんていないのだ。

「意地悪に意地悪で返してはいけません」

「きれいごとですね」

　これも、昼間に自分でいった言葉。そもそも、ディアーナの腕を引いたアルンディラーノに仕返しをしようとしたカインが言えた話ではなかった。カッとして。咄嗟に。魔が差して。自制していても抑えられない時というのはあるものだ。

「アルンディラーノ王太子殿下はさぁ」

「王子様はそんな名前だったんですね、舌を噛みそうですね」

「キラキラ光る明るい金髪の髪の毛でさぁ」

「カイン様とディアーナ様と同じ色ですね」

「手入れが良いのか、ふわふわしててさぁ」

「カイン様とディアーナ様はしっとり艶やかで美しいですよ」

「日に透かした若葉みたいな緑色の瞳でさぁ」

「カイン様とディアーナ様の夏の空のような深く青い瞳は吸い込まれそうで魅惑的ですよ」

「頬を染めて照れ笑いする顔は愛らしかったんだよなぁ」

「ディアーナ様を見つめるカイン様の、蕩けるような微笑みは傾国の危険すらある魅力ですよ」

ゴロンと寝返りを打って、カインは体をイルヴァレーノに向けた。頬が赤くなっている。

「なんなの。今日はなんでそんなに褒め殺ししてくるんだよ」

ようやく見えたカインの顔に、もう拗ねた表情がのってないのを見てイルヴァレーノはニヤリと口角をあげた。

「カイン様がわかりやすく落ち込んでたから、励ましてやってるんですよ」

刺繍の会からわかりやすく落ち込んで意気消沈し、ようやく浮いてきたと思ったら不意打ちで王宮に連れて行かれ、帰ってきたら即ふて寝を決め込んだカイン。また寝込んでグダグダされたらイルヴァレーノとしてはやりがいがない。カインが元気がない間のディアーナのつまらなそうな顔も見たくない。

ほめ言葉だって、全く思っていない事でもない。元気になってまた一緒にランニングしたり、鍛錬したりしたいとイルヴァレーノは思っている。

「それはありがとう。気恥ずかしいからもうやめてくれると嬉しい……」

「元気になりましたか？」

「なった。なったから」

「それはようございました」

カインは肘を立てて頭を支えるように体勢を変えて、イルヴァレーノをじっとみる。視線に気が付いたイルヴァレーノはベッドの側へと近寄っていく。

「何かご用ですか？　着替えますか？　お茶でも淹れますか？」

「いや……さっきからその言葉遣いはなんなの？　二人きりの時は素《す》だったじゃん」

カインがそう言うと、イルヴァレーノは困った様な顔をして首を傾げた。そっと頭を寄せて耳元で小さくしゃべる。

「執事のウェインズさんに、周りに誰もいないと思っても油断するな。身につくまでは節度を持った態度を貫けって言われたんだよ」

言い終わると、身を起こして一歩さがる。な？　と視線で問いかけてくるイルヴァレーノに、瞠目するカイン。

私室に二人でいるとき、朝と夕のランニング、孤児院に慰問に行っている時。どこだ？　どの時に執事に見られていたのか？　二人で悪巧みしている所を知られているかもしれない。両親にまで伝わっているのかいないのか……。いろいろと、解らないのが怖い。

前世のアラサー記憶があるからと油断したら、今世の大人に手のひらの上で転がされかねない。

「もっと精進しないとならないな……」

貴族の大人は怖い。カインは自分の身を抱くとぶるりと身震いしたのだった。

剣術指南

カインは、げんなりした顔をして王城内にある騎士団訓練場の前に立っていた。

同じく王城内にある法務棟に向かう父と同じ馬車に乗って来て、途中で降ろされたのだ。今日はここで、剣術を習うことになっている。

アルノルディアとサラスィニアから隙間時間に剣術を習っていると言ったら、じゃあ本格的に剣術を始めるか？　と父に言われ、講師を雇ってくれるのかと思って頷いたところ、近衛騎士団の訓練に放り込まれる羽目になってしまった。どうしてこうなった。

「カイン・エルグランダーク様ですね？　お待ちしておりました。さぁ、こちらへどうぞ」

訓練場の中からひとりの騎士が小走りにやってきて、カインに一礼する。子どもであるカインを様付けして呼び丁寧にお辞儀をするあたり、爵位があまり高くない家の出身なのかもしれなかった。

「教えを請う身です。どうか、カインとお呼びください。敬語も結構です」

そういって見上げれば、「そうかい？　助かるよ」と軽い口調が返ってきた。カインとしてもその方が気安い。なにせこちらは子どもなんだから。

「今日はよろしくお願いします」

ぺこりと頭を下げれば、騎士はこちらこそと返して先を歩き出した。

行く道すがら、ここは近衛騎士の日常の訓練場であること、騎士団全体の訓練場は王都の郊外に大きなものがあることなどの話を聞いた。

そうして訓練のメイン会場であろう広場にくると、視界に見覚えのあるモノが入ってきた。

その見覚えのあるモノが手を振りながらこちらに向かって走ってくるのを見て、父の思惑を理解したのだった。

「カイン！　一緒に訓練するの楽しみだったよ！」

金色の髪の毛をふわふわと浮かせながら、アルンディラーノ王太子殿下が満面の笑顔で駆け寄ってきたのだった。

（なるほどね！　王太子殿下と接点を持たせようとしたわけね！　大人って汚い！）

「王太子殿下とご一緒できるなんて、光栄です」

しつけ担当の家庭教師サイラス先生の教えの賜物。心の中が荒れていても、にこやか貴族スマイルで挨拶をこなせる自分に拍手喝采をするカインであった。

騎士団といえどもその訓練内容は意外とシンプルで、まずは走り込みから始まった。

毎朝毎夕の約十キロずつのランニングを日課にしているカインは難なく付いていくことが出来たが、アルンディラーノは無理だった。

騎士達も王太子に無理をさせるわけには行かないのか、「初日ですし」といって一周目でへばったアルンディラーノを木陰で休ませていた。

その後は刃をつぶした模擬刀での素振り。カインとアルンディラーノは体格に合ったサイズの木刀を持たされて、頭上に持ち上げて振り下ろすという動作を繰り返した。

カインは前世の学校で少しだけ習った剣道を思い出したが、ステップを踏みながら打ち出す文化はこちらでは無いようだった。素振りに関しても、アルンディラーノは五分ほどでもう手が上がらないよぅと泣き言を言い出し、また木陰で休んでいた。

「おや。カインは誰かに剣を習ってるのかい？」

「家の警護に当たっている騎士に、少しだけ見てもらっています」

騎士達が実戦形式の打ち合いを始めるに当たって、カインを入り口まで迎えに来てくれた騎士がカイン達に基本の型を教えてくれることになった。そこで、カインが木刀を振る様をみていた騎士が剣の扱い方にクセがあることに気が付いたのだ。

「あぁ、エルグランダーク公爵はネルグランディ辺境伯だったね。では、その騎士もネルグランディの騎士だね」

「はい。領地の騎士団から警護の人員をお借りしていますので」

「あちらは国境警備の意味合いも強いし、熊や猪などの害獣駆除や、魔獣討伐なんかも仕事のウチらしいね」

田舎剣法だと馬鹿にされるのだろうか？　とカインは続く言葉に少し警戒した。騎士は、少し硬くなったカインの気配に苦笑すると手を横に振っていやいや、と言葉を続けた。

「実戦に近い所で戦うもの達は『次につながる』動きをするんだ。振り下ろして、また持ち上げて振り下ろす。ではなくて、振り下ろしたらその勢いのまま後方に横薙ぎして刀をまた頭上まで持ってくる……みたいな。型と型が繋がるように作られていると言うか……」

「はい」

「対して、我々近衛騎士の主な仕事は要人警護だし、王都の騎士団も街の治安維持が主な仕事だから、都市型の戦闘を想定しているんだよね。なので型はコンパクトで直線的になる。どちらが良いとか優れているという話ではないんだよ」

「なるほど。剣術といってもすべて同じでは無いのですね」

「そうそう。それで、カインの剣筋にそういうクセが見えたんで聞いてみただけだよ」

無理に矯正する必要は無いけれど、都市型の方がクセが少なくスタンダードなので近衛騎士団に交じって訓練するときは近衛騎士団のやり方で練習していこう。と言うことになった。

型を意識した素振りをしばらくしていると、それじゃあ打ち込んでみるか！　と言われて、騎士が構える模擬刀に向かって木刀を振る訓練に移った。

右に、左にと構える場所を次々に変えていく騎士に対して、カツンカツンと木刀を振りかぶる。

流石に腕がしびれてきた頃に「止め」の号令が掛かった。

「午前の訓練を終了する！　各自昼食後は持ち場につくように！」

「はっ！」

流石、栄光の近衛騎士団である。号令に対する返事がきっちり揃っていてカインも思わず一緒に敬礼してしまった。

「じゃあ、カイン。次に来た時はいきなりこの広場まで来て、俺の名前を告げると良い。陛下より話は通っているので、いつでも練習に参加してくれて構わないから」

ずっと訓練につきあってくれていた騎士が、ニコニコと頭を乱暴に撫でながらそう言ってくれた。

「お名前を伺っていませんでした。なんとお呼びしたらよろしいでしょうか？」

「ああ、俺はファビアン・ヴェルファディアだ。近衛騎士団の副団長をしている。ヴェルファディアは言いにくいだろ？　ファビアン副団長って呼んで良いぞ！」

「ファビアン副団長ですね。副団長に剣を教われて光栄です」

（近衛騎士団副団長のヴェルファディアって、聖騎士ルートの攻略対象、騎士見習いのクリス・ヴェルファディアの父ちゃんじゃんか！）

ゲームのド魔学での聖騎士ルートは、皆殺しルートに次いで最悪のルートなのだ。なにせ、ディアーナが死ぬ。その他のルートでは、ディアーナは不幸になるものの死んだりはしない。

学生であり、騎士見習いであるクリスはヒロインに相応しい人間となるために聖騎士になりたかった。聖騎士と認められるためには功績が必要で、そのために魔の森に赴き魔獣を倒そうと考えていた。しかし、魔の森で出会ったのは魔獣ではなく魔王の魂で、クリスとヒロインの仲を邪魔するために付いてきていたディアーナはその魔王の魂に取り憑かれ、体を乗っ取られてしまう。魔王となったディアーナからヒロインを守るため、クリスは魔王となったディアーナを倒し、その功績で聖騎士となり、無事にヒロインと両思いになりハッピーエンドとなる。

その、ディアーナの仇とも言えるクリスの父親が目の前に立っているのだ。

カインは、礼儀正しくお辞儀をしながら内心で動揺していたのだった。

騎士団に交じっての剣術訓練が終わったらさっさと帰りたかったカインだが、アルンディラーノがどうしてもと袖をつかんで離さなかったので昼食を一緒に取ることになった。

以前、仲直りのお茶会で案内された食堂に通されて、二人で並んで座る。給仕係りがやってきて食事をテーブルに並べて去っていった。

なんで並んで座るのかとカインが聞けば、向かい合わせでは遠くてお話が出来ないから、とアルンディラーノは答えた。

王太子殿下との昼食なので、国王陛下か王妃殿下と同席するのかと緊張していたのだが、どうやらこのまま二人きりで食事をするようだった。

「今日の糧を神に感謝いたします」

「今日の糧を神に感謝いたします」

この世界での『いただきます』を言って、パンを手に取る。特にふわふわでも焼きたてでもなかったが、ドライフルーツが入っていた。

「カインお兄様。たくさん走れてすごいね」

「カインで結構です。お兄様はやめてください。殿下」

「そうしたら、カインも僕のことアルって呼んでくれる？」

「……アル殿下」

「カインはなんであんなにたくさん走れるの」

「毎朝と、毎夕に邸の周りを走ってるからですよ。いつもやっていることだから、今日も出来た。それだけのことです」

「僕も、毎日走ったらたくさん走れるようになるかな」

「そうですね。きっと出来るようになりますよ」

野菜のたくさん入ったぬるいスープを飲んで、ちぎった葉野菜を盛りつけたものをフォークで刺して口に運ぶ。

「今日は、お一人で昼食の予定だったのですか？」

「お昼ご飯はいつも一人だよ。父上も母上もお忙しいのでご一緒できるのはたまになんだよ」

「そうですか……」

「こないだの、カインとディアーナと一緒に食べたときは楽しかったね！　お客様がいる時は母上とも一緒にご飯が食べられるからうれしいな」

また遊びに来てね、とニコニコした顔でアルンディラーノは言う。

エルグランダーク家では、母と三人で昼食をとる。ディアーナが離乳食の頃は乳母も一緒に食卓に着いていた（それでもカインが離乳食を食べさせていたけど）。

母が不在の時は、執事がイルヴァレーノも一緒に食べても良いと許可を出して三人で食べたりもしていた。まだ四歳のアルンディラーノがひとりで食事をするのを想像すると、とても寂しい気持ちになった。

一生懸命、ご飯を食べていけと言った気持ちが少しわかった気がする。

「カインは次はいつくる？　明日？　毎日くる？」

「明日は来ませんよ。他の勉強もありますし、ファビアン副団長のご都合も有ります」

毎日王城まで剣術訓練を受けにきて毎日昼食につき合っていたら、ディアーナ分が足りなくなってしまう。アルンディラーノの境遇に同情もするし、ディアーナやイルヴァレーノのように悪役令嬢化ルートから外れるように矯正したい気持ちもあるが、とにかくディアーナとの時間が減るのがカインにはたまらなくツラいのだ。

「アル殿下も、剣術以外の勉強があるでしょう。きちんと満遍なく学ばないといけませんよ」

「うん。他のお勉強もがんばるからまた遊びに来て」

「はい。また、来ます」

なんでこんなに素直な子が、ウチの可愛いディアーナをおっさんに下賜するなんてゲスなことする人間になってしまったんだろうかと、カインは不思議でたまらなかった。同じ四歳でも、言葉や話し方はディアーナよりもしっかりしているし聞き分けも良い。賢い子なのだろう。

イルヴァレーノがたった一つの優しい思い出をよすがに殺し屋稼業を続けて心を闇に染めたように、アルンディラーノにも語られていない過去があったのかもしれない。心がねじくれるような何かが。婚約者がいながらも、天真爛漫な女の子に心引かれるような、何かが。

食事も終わり、寂しそうな顔をするアルンディラーノに別れを告げて帰路を歩くカイン。何とかしてやりたい気はするが、相手が王族の跡取り息子とあってはなかなかに手が出せるものでもないのはわかっている。

「坊ちゃん、歩いて帰ってきたんですか!?」

「お城で馬車呼んでもらってくださいよ！　バッティが今か今かとスタンバってたのに！」

アルノルディアとサラスィニアに声をかけられて、カインは初めて家まで帰ってきていた事に気が付いた。

その日の夕飯での出来事。定時で帰宅したディスマイヤも揃っての食卓は和やかで楽しい時間だった。ディスマイヤからカインに向けた言葉が出るまでは。

「明日から、午前中は毎日王城に行って剣術訓練に交ざりなさい」

「出来ません。他の勉強が滞ってしまうではありませんか」

「そもそも、学園三年生修了程度まで進んでると聞いているぞ。三年生って十四歳だぞ。ペースを落としても良いだろう」

「何を言うのですか。学びは深遠です。やってもやっても満足だという事などありませんよ。人は生涯学習し続けるべきです」

「今はそういう話をしているのではないよ」

近衛騎士から、しかも副団長から直接剣術を習えるのは魅力のある話だ。戦う力はいくらあってもありすぎるということはない。

皆殺しルートと先輩ルート（つまり、カインルート）はもはや潰したと言って良い状態だが、まだ油断できない。聖騎士ルートが残っている。聖騎士ルートはディアーナが魔王の魂に乗っ取られて魔王化し、ヒロインと騎士見習いに倒されるというシナリオだ。それっぽい話がでたときに付いていって魔王を倒す力があればディアーナを救える可能性があるので、戦う力は喉から手がでるほど欲しい。家庭教師に魔導師をお願いして魔法を習っているのもそのためだ。

集中的に騎士団副団長から剣を習えるのは、この上ないチャンスなのは解っている。カインはちゃんと解っているのだが。

「ディアーナと一緒にお昼ご飯食べられないじゃないですか！　家で勉強していれば休憩時間にもディアーナに会えるのに王城の訓練では休憩時間があってもディアーナに会えないじゃないですか！　顔を見ることも後ろ姿を見ることとも出来ないじゃないですか！　ディアーナが僕のことを忘れたりしたらどうしてくれるんですか！　僕とディアーナの時間を奪ってどうするつもりなんですか！　僕が剣術を磨いてる間に僕に奪われた親子の絆を取り戻すおつもりですか！　僕からディアーナを奪ってどうしようと言うのですか！　僕に剣術を極めさせて領地の国境警備に飛ばすおつもりですか！　そうやって僕とディアーナの仲を裂くつもりですね！　そうはさせませんよ！」

当主には、未成年の嫡子がいくら吠えてもかなわないのが世の常である。カインの訴えもむなしく、しばらくの間は朝から王城に通う事が決定したのだった。

【本日のディアーナ様】

今日はイアニス先生の授業の日でした。

前回から引き続き加算と減算を習いました。ディアーナ様は指を使わずに十までの計算が出来るようになりました。

イアニス先生に褒められてとてもうれしそうでしたが、頭を撫でるよう強要してイアニス先生を困らせていました。

お昼ご飯は奥様とご一緒にとられたようです。僕は使用人部屋で食べたので昼食時の様子はわかりません。

イルヴァレーノ

自室の机の上に置いてあった手紙を読んで、カインは身もだえていた。

午前中騎士団に訓練を付けてもらってる間のディアーナの様子を報告するようにとイルヴァレーノに厳命しておいたのだ。イルヴァレーノは面倒くさそうな顔をしていたが、大好物の皿をひっくり返してしまった時のディアーナのような悲しい顔をカインがしていたので、簡単で良いのならと引き受けたのだった。

「あぁぁあぁぁ！　ディアーナをほめたい！　おてて使わずに計算できるようになって偉いねって頭撫でたい！　まだ四歳だよ⁉　ディアーナはまだ四歳なのに足し算出来るとかマジすごくない⁉　ねぇ。これ本当にほめすぎってこともなくほめるべき案件でしょうに何でその場に俺はいなかったのかなぁぁぁ⁉　その時俺は一体何をやってたんだって話だよ！　アル殿下をほめてたんだよ！　なんでよその子ほめてるんだよその分ディアーナをほめたいよおおお！　計算できた時のディアーナのドヤ顔が見たかったよおおお」

「カイン様、顔」

「うははは。カイン様のディアーナ様ラブっぷりは相変わらずッスね。ほら、ディアーナ様に『おにいさますごーい！』って言われるためにも魔法頑張りましょう～」

ディアーナ不足を嘆くカイン、その崩れた顔を注意するイルヴァレーノ。

そこに、魔法を教えているティルノーアが部屋に入ってきた。

「ティルノーア先生。部屋に入る前にノックをしてください」

「ボクとカイン様の仲だもの。さて、今日から君も魔法やるんだよね。張り切ってやってこーね！」

イルヴァレーノの注意を受け流して、ティルノーアはグッと握り拳を突き出してきた。どういうことだという顔でイルヴァレーノはカインを見るが、カインも首を傾げている。

「あっれぇ？　なんか、カイン様と執事さんからイルビーノ君にも魔法習わせたいって言われたよ～んって公爵様が言ってたよ」

「よ～んとは言わないですよね。お父様は……」

「まぁ、そんなわけで今日からイルビーノ君も魔法やってこ！　ゆくゆくは魔導士団はいろ！」

「イルヴァレーノです」

「そうか！　魔法使う上で名前は大事だもんね！　でも言いにくいねぇ。イル君でいい？」

「……好きにしてください」

「そしたら、カイン様は魔術理論ね～。火と風と水を一応極めてるから～。次は土とか行っとく？　火と風の複合魔法の爆裂系か、風と水の複合魔法で氷結系とか行っちゃう～？」

ドサドサと魔術理論の本をローテーブルの上に載せていくティルノーア。それぞれ属性ごとの分厚い理論書だ。

カインはもう魔法の基礎が出来ているので、新しい魔法を覚えるときは理論書を読んで魔法の理屈を理解すればある程度使えるようになる。使えるようになれば、後は反復練習で威力向上を目指す事になる。

「好きなの始めちゃって！　解らないところが出てきたら質問してね！　お勧めは土！　土魔法使えるようになると、風との複合魔法で転移魔法にチャレンジできるからね！」

そこまで一気にしゃべると、ティルノーアはくるりと体を回転させる。藍色のローブの裾がひらりと花のように広がった。

「イル君！　イル君！　イル君は初期の初期からね！　ボクねぇ～、このねぇ～、魔法出来ない子が出来るようになる瞬間！　ってのを見るのが大好きでねぇ～。魔法の家庭教師もっとやりたいんだけどねぇ～。面接で落ちちゃうんだよねぇ～。また新しい子教えられるの嬉しいなぁ～。カイン様は優秀過ぎてもうつまんないんだよねぇ～。カイン様もねぇ、最初に魔法使えた瞬間はねぇ、飛び跳ねて喜んで可愛かったんだけどねぇ。もう、勝手に本読んで勝手に使えるようになっちゃうしねぇ。つまんないねぇ。さっ！　じゃあまずは自分の魔力を感じるところから始めよっか！　手ぇ握ろっ！　ね！」

一気にしゃべって一気に距離を縮めてくるティルノーアにたじろいでいるイルヴァレーノを横目に、カインはテーブルに積まれた本を一冊ずつ手にとってパラパラと中を流し読みする。

力を得るためには複合魔法を始めた方がより強力な攻撃手段を手に入れられるが、土魔法と風魔法で転移魔法が使えるとかティルノーアが言っていたのが気になっていた。

転移魔法は、ゲームのド魔学には出てこなかった魔法なのだ。もちろん、ゲームではカインの得意魔法は氷魔法だった。シナリオ内では水も風も使っていなかったし、二属性の複合魔法という情報は特に出てこなかった。

魔法を使うための呪文はゲームと一緒なんだけどなぁと、カインは頭を掻いた。

ゲームでは、レベルをあげてスキルアップすれば魔法は勝手に覚えられた。主人公《ヒロイン》は、珍しい聖属性が得意で治癒と魔物の浄化に関する魔法とバフ系の魔法を覚える。

……覚えるが、乙女ゲームなのであまり披露する場面はなかった。

聖騎士ルートと皆殺しルートぐらいしか使いどころがない。同級生魔導師ルートでは、全く魔法を使う場面がないものの魔法スキルを上げておかないと好感度が上がらないという仕様だった。カインが前世で『無駄な作り込み』と実況していた部分だ。

なんにしても、転移魔法が使えればいざという時にディアーナの下に駆けつけられる。どこにいてもディアーナのそばに帰ってこられる。

ならば、次に修得するのは土魔法しかない。カインは土魔法の理論書を手にとって、学習机に向かったのだった。

王城に出向き、近衛騎士団の訓練場で剣術指南をうけるカイン。

地方癖は付いていたものの、基本は出来ている状態だったので時折本職の騎士に打ち合いをしてもらったりしていた。体格差があるため、ほとんどはアルンディラーノとカインで打ち合っていた。

副団長がいない日は、交代で誰かがそばで見ていて、問題があればその都度指導してくれる。

「やぁぁー！」

アルンディラーノが声を張り上げて、カインの構えた木刀めがけて打ち込んでくる。それはガツッと良い手応えで、カインの手のひらが少ししびれるぐらいだった。

カインは、アルンディラーノが時々いやに大きな声を出し、振りが大きくなる瞬間があることに気が付いていた。アルンディラーノは、午前中いっぱいの訓練をちゃんとこなすために体力を配分する事を覚えていた。打ち込みも型を体に覚えさせるための反復練習であることを意識して、ある程度肩の力を抜いてやっていた。

それなのに時々、突然大きな声を出すことがある。何だろうとカインは思っていたが、その理由が今日わかった。訓練場近くの回廊を、特定の女性が通りかかった時に声がでかくなるのだ。なんだよ思春期かよはえーよ。とカインは思った。

「アル殿下。それは男らしくありません」

「え！　何。カイン突然なにを言い出すの」

構えていた木刀を下ろし、杖のように突いてやれやれと首を横に振るカイン。突然何を言い出すのかと慌てて目を丸くし、周りをキョロキョロと窺うアルンディラーノ。

カインはちょいちょいと小さく手招きし、打ち合い用に取っていた間合いを詰めさせた。

「大きな声をだして注目を集め、視線が来たときだけカッコつけて、あわよくば向こうから声をかけてもらおうというのは、あまりにも情けないですよ、殿下」

コソッと耳元でカインがそうささやくと、アルンディラーノの顔は真っ赤になった。半分涙目になって必死に何か言い訳をしようとするが、うまく言葉が出てこないようだ。

「空色のドレスの方ですか？　若草色の方ですか？　どちら？」

チラリと回廊に視線をやり、そこを歩いていく二人組の女性の特徴を告げて問う。アルンディラーノはうつむいて、もじもじしたままごにょごにょと何かを言っていたがカインには聞こえなかった。さらに聞き出そうとしたところで、様子を見にきた騎士にサボるなと叱られたので仕方なく訓練を再開した。せっかく良いところを見せようと思っていたのに、逆に騎士に叱られているところを見られてしまったアルンディラーノはばつが悪そうな、それでいてふてくされたような顔をして素振りをしていた。

その後、時間終了まで黙って訓練をこなし、昼食の時間になった。

汗を拭いて上着だけ着替えると、食堂に案内されてアルンディラーノと二人で食事をとる。

騎士団訓練場に通い始めてから数日経つが、国王陛下や王妃殿下が昼食の席に来たことはなかった。

「さ、では恋バナをしましょうか。アル殿下」

「こ、コイバナってなんだ」

「恋の話。略して恋バナですよ。訓練場側の回廊を歩いていた女性二人、どちらが殿下の好きな人ですか？」

「すっ！　ススス、好きとか嫌いとか！　そういうお話じゃないよ！」

相変わらず、ぬるくて野菜に火が通りすぎているスープと焼きたてでもふわふわでもないパンと、ちぎった野菜を盛っただけのサラダがテーブルに並んでいる。

カインはパンを手でちぎって中をみる。今日は刻んだりんごが入っていた。リンゴパンを口に入れてスープで流し込む。

食堂の壁際にメイドが二人立っているが、マナーが悪いともなんとも声をかけては来ない。ただ、立っているだけだった。

「でも、気を引きたかったんでしょう？　昨日もその前も、あの二人が通りかかる時ばっかり声を張り上げていましたからね」

「シー！　シー！　カイン、シー！」

アルンディラーノがカインの口を小さな両手で一生懸命塞いでくる。見た目は小さい幼児の手なのに、剣術訓練のせいで少し皮膚が硬くなっていた。

壁際のメイドをチラリと見ると、上目遣いの困った表情でカインを見上げてくる。

「内緒だよ。若草色のドレスの人、デディニィさんていうんだ」

「若草色のドレスの人ですね」

カインは心の中でデディニィさんと三回唱えた。人の名前を覚える為の前世からのカインなりの儀式である。

アルンディラーノの初恋がディアーナより先にあるのなら、そこをくっつけてしまえばよいのだ。そうすれば、デディニィさんには悪いが、王太子ルート通りシナリオが進んでしまっても、おっさん貴族の後妻に下賜されるのはディアーナじゃなくてデディニィさんになるわけだ。デディニィさんには申し訳ないが。本当に申し訳ないが、カインはディアーナが不幸にならなければ知らない人がどうなろうが知ったことではなかった。デディニィさんが枯れ専の可能性だってあるではないか。

ただ、どう見ても王宮の誰かの侍女か王城で働く女性文官といった感じだった。みた目通りなら二十代半ばぐらい。貴族であればすでに結婚してるか婚約してる年齢だし、そもそも四歳のアルンディラーノとは二十歳ちかい年齢差になる。

「デディニィさんのどこが好きなんですか？」

「……あのね、先月転んだ時に褒めてくれたのがデディニィさんだったの……」

食堂のテーブルに二人並んで座っている。

転んだのを褒められたとはどう言うことかと問いつめれば、先月あの回廊で転んだ時に泣かずにひとりで立ち上がったところを見ていたデディニィさんが、殿下はお小さいのに偉いですねと褒めてくれたのだそうだ。

なんだそれ？　とカインは思った。それだけ？　と思ったが、口には出さなかった。

コソコソと、顔を寄せて小さい声で喋っていると、心なしか壁際に立っていたメイドが近くなっている気がする。

ゴホンとカインは咳払いして背筋を伸ばし、アルンディラーノと顔の距離を離した。

「アル殿下。良ければ今度僕の家にも遊びに来てください。僕の家には僕と同じ歳の侍従がいます。もし気に入れば、そちらのことは兄と呼んでも構いませんよ」

父上と母上にお願いしてみる！　とアルンディラーノは嬉しそうに笑った。

公爵家では、イルヴァレーノが盛大にくしゃみをして執事に注意されていた。


【本日のディアーナ様】

今日はディアーナ様は奥様と一緒に刺繍の練習をしておりました。奥様はカイン様のやり方をまねて、練習用の基本の図案ではなくディアーナ様に好きなように刺繍をさせているとの事です。楽しそうに刺繍しておりました。

僕のお茶淹れの練習に奥様とディアーナ様が協力してくださり、奥様からは厳しい意見を頂きました。精進しなければなりません。ディアーナ様は、おいしいよ！　と言ってくださいました。刺繍の最中に指に針を刺してしまっておりましたので、治癒魔法で治させていただきました。ディアーナ様は目をまん丸くしてイル君すごいね！　とほめてくださいました。

昼食は奥様と一緒にお庭で取られた様です。僕は使用人部屋で食事をとったので昼食時の様子はわかりません。

イルヴァレーノ

カインは手の中の紙をくしゃりと握りつぶすと、暗い視線をイルヴァレーノに投げつけた。

「……………」

「そんな憧れの舞台女優が結婚引退を発表したパトロンファンみたいな顔で僕をみないでください、カイン様」

「イルヴァレーノばっかりディアーナから褒められてズルい！　俺もディアーナに褒められたい！　『おにいさますごーい！　おにいさまかっこいい！　おにいさますてきー！』って言われたい！　ディアーナの怪我だって本当は俺が治したい！　治癒魔法は努力でどうにもならないのが本当にツライ！　お庭で昼食とか絶対楽しいじゃん！　ディアーナお花好きだもの！　お花見ながらご飯食べたら凄い可愛い顔するに決まってるじゃん！　なんでその場に俺はいなかったんだよ！　そんな素敵時間に俺はいったい何してたんだよ！　アル殿下とご飯食べてたんだよ！　アイツトマト食わねえんだよ！　トマト食わせるのに手を焼いてたんだよ！　あぁぁあああぁぁ！　ディアーナ分が足りないよお

おお！」

「カイン様、顔を整えてください。アイツという言い方は不敬ですよ。今日はこれから音楽の授業ですから、音楽室に移動しますよ」

イルヴァレーノに促されて、とぼとぼと廊下を歩いていく。

今日はピアノの日だっけ？　バイオリンの日だっけ？　なんかどっちもキリの良いところまで曲を弾いたような気がする。新しい楽譜を持ってくるとか言っていたような気もする。教養として習っているが、カインはあまり音楽に興味がなかった。

ディアーナにも家庭教師が付くようになると、授業に乱入してきてカインの演奏に合わせて踊るということもなくなってしまった。

「乱入……？」

突然立ち止まり、考え込んでしまったカインを不審な顔で振り返るイルヴァレーノ。

「カイン様？」

と声をかけるが返事がない。

「良いこと考えひらめいたー！」

「ひぇっ」

肩を叩こうと近寄って来ていたイルヴァレーノは、突然の大きな声で叫んだカインにびっくりして変な声が出てしまった。ゴホンと咳払いをして気を取り直すと、困った顔をして向き直る。

「何をひらめいたんですか」

どうせろくでもない事だと解っている。聞いたところで八割方ディアーナと過ごすための屁理屈を聞かされるのだと解っていても、侍従として質問しないわけには行かなかった。

主人の話し相手になる事も仕事の内である。

「芸術系の勉強は僕とディアーナで合同でやればいいんだよ！　因数分解と足し算引き算は一緒に教えられないけど、楽器の弾き方は三歳差があったって一緒に教えられるんじゃないか？　絵の描き方だって字の書き方だって、一緒に出来るだろ！　出来るよな？」

「え⁉　えぇー？　どうでしょうか……先生にお伺いしないといけませんね……」

「早く音楽室行ってクライス先生に相談しよう！」

言い終わる前からカインは廊下を駆けだした。

廊下は走ってはいけませんよと声をかけるべきか迷ったが、イルヴァレーノはどうせ言っても聞かないだろうと思い直し、早足でカインの跡を追ったのだった。

イルヴァレーノが音楽室に入ると、もうカインは音楽担当のクライスに詰め寄っていた。クライスは子爵家の三男で、王宮楽団に所属しているヴィオラ弾きである。王宮主催の夜会や茶会、園遊会があればそこで演奏する。

個人的に依頼すれば個人宅のサロンや庭園でも演奏してくれるらしいし、先日は大衆演劇場の歌劇に助っ人で参加してきたとも話していた。

専門はヴィオラだが、弦楽器は一通り演奏できるらしい器用な人である。

「ディアーナと僕が一緒に音楽の授業を受けることで、先生は授業時間の短縮をする事ができます。そうすれば、先生はその空いた時間を自分の練習時間に当てることが出来るのです。もちろん、二人一緒に音楽を教えるという契約は変わりませんから、お支払いする給金は変わらないはずです！　二人一緒に授業を受けることで、デュオ曲にチャレンジする事も出来ます。先生を交えてトリオ曲の演奏だって出来ます。なんならそこにいるイルヴァレーノを巻き込んで弦楽四重奏をやったって良いんですよ」

「巻き込まないでください！」

「使用人に教えるのに許可が必要でしたら僕が父から許可を取ってきますので、四重奏はそれからになりますが、まずはディアーナと僕の授業を一緒にしましょう！　音楽は楽しいのが一番とクライス先生も仰っていたではありませんか」

「えぇー……」

まくし立てるようにカインがクライスに迫る。クライスは手で壁を作りつつズリズリと後ろに下がっていき、ついに背がグランドピアノについてしまった。もう下がれない。

「僕の演奏に合わせてディアーナが踊るところを見たくありませんか？」

「あれは確かに可愛かったね……だけど……」

「なんなら、ディアーナの演奏で僕が踊っても良いですよ」

「えぇー……」

「きっと可愛いですよ？」

「自分で言っちゃうのかよ……」

「イルヴァレーノも踊って良いんだぞ？　きっと可愛いぞ」

「遠慮します」

途中からカインとイルヴァレーノで会話が始まってしまっている。

「楽器は確かに、算術と違って弾き方さえ覚えたら全然違うことをやるわけではないから、出来ないことは無いかも知れないけれど……。どうしたって練習曲が簡単なものになってしまうよ？　それはもったいない気がするんだよ……」

「じゃあ、僕が改めて違う楽器を始めます。それならどうですか？」

「それはやっぱり、別々の楽器を教えるのなら別々の授業の方が効率が良いんじゃないかなぁ」

「全く別じゃなければ良いんですよね？　では、ヴィオラは？」

カインの言葉に、クライスは真顔になった。バイオリンの練習をやめ、ヴィオラに乗り換える。それは、端から見れば大きさの違う同じ楽器に乗り換えるように見えるかもしれない。しかし、クライスにとっては大きな意味があった。

「僕も体が少し大きくなりました。今までは、ヴィオラには子ども用サイズが有りませんでしたが、そろそろ弾けるのではないでしょうか」

クライスは黙りこんでいる。

「クライス先生を尊敬してるので、ヴィオラってかっこいいなぁって前から思っていたんですよね。渋く響く音が凄いかっこいいですし。僕、コレを機にヴィオラを始めたいな先生」

クライスは目をつむり眉間に皺を寄せている。

「ヴィオラを弾けるようになれば、我が家での茶会や、学園に入った後の生徒発表会でも僕はヴィオラを弾きますよ？　筆頭公爵家の嫡男が魔法学園の発表会で弾くのがヴィオラ。かっこいいと思いませんか？」

「わかりました。公爵様のご許可があれば、次回からディアーナ様と一緒に授業をいたしましょう。でも、他の先生と時間の調整が必要ですからね？」

ついに、クライス先生が折れた。

ヴィオラ弾きはヴィオラを褒められると弱いことを、カインは知っていたのだ。

色々な許可をエルグランダーク公爵家当主から得るのは、実は簡単な事だった。

ディスマイヤは法務省の仕事を家に持ち込む事をしない為、彼の書斎に積まれている決裁待ちの書類は主に領地に関することか、家の中に関することと言うことになる。

領地に関することは、現地で領主代行をしている弟に一任しているため殆ど流し見だけして判子を押してしまう。判断を仰ぐような事態になれば、まずは書類ではなく相談の手紙が来る事になっているので、書類で来るような事柄は些事なのだ。

家の中に関する事は、邸内の修繕や備品の買い足し、使用人の休暇の申請や特別手当の申請等が殆どで、それらは執事が目を通して問題なしと判断されたものがディスマイヤの下までやってくる。執事も、判断を仰ぐような案件の時には直接相談をしにくるので、書類だけが積まれている物は流し見で判子を押しても問題ないものばかりなのだ。

カインは、芸術系授業をディアーナと合同にする事とイルヴァレーノにも楽器を習わせる事の申請書、そして友人を家に招きたい旨をしたためた嘆願書を自分で作成し、執事を通さずにディスマイヤの書斎の決裁待ちの書類の束にそっと差し込んだ。

後日、執事が渋い顔をしながら許可の判子が押された申請書を持ってやってきた。

「あんまり無茶をなさいますな」

と、小言と一緒に書類を置いていったのだった。

おそらく、ゲームでのカインの家族嫌いとディアーナの我が儘という性格付けはこの辺にも原因があるだろうとカインは考えていた。

ディアーナが生まれた直後の「親を取られて淋しい」という気持ちと「お兄ちゃんなんだから我慢しなさい」という言葉に対する理不尽さについては、カインの中身がアラサーだったことにより無かったことになっている。

その後の家庭教師たちの「順調です」の一言に信頼を置いてカインの実際の出来を確認しない放置っぷりについても、カインとしてはむしろやり過ぎていることを見逃されている恩恵がデカいとありがたがっていた節すらある。

恐らく、放置する親に対していつか見返すための下準備をしているゲーム版カインの思惑や、甘やかされて好き放題するディアーナの我が儘な無駄遣いの温床となるのが、このディスマイヤの書類決裁の甘さなのだ。

いくら、邸内での強い権限をもち、主人やその家族であろうとも間違った時には苦言を呈する権利を持つ執事であろうとも、一旦処理待ちに追加された書類を弾く権利はないのだ。

現在四歳のディアーナはこの裏技に気が付いていないし、何かねだるときは親ではなくカインにねだる。

カインも、どちらかというと筋を通す方なのでめったにこの裏技は使わない。実際、イルヴァレーノを引き入れるときには正面から直接ディスマイヤに訴えている。（すでに母が味方に付いていたと言うのもあるが）

何はともあれ、無事当主の許可を得たカインは各家庭教師達と日程の調整をし、午後の音楽と芸術、魔法の授業をディアーナと合同で出来るようにしたのだった。

学問のイアニス先生と、しつけ担当のサイラス先生には流石に進捗が違いすぎる二人を一度に見ることは出来ないと断られた。カインもこの二つはダメもとで言ってみただけなのであっさりと引き下がったのであった。

「ディアーナ～！　一緒に音楽出来るよ～！　僕と一緒に演奏頑張ろうねぇ！」

「……」

「ディ、ディアーナ？」

色々な障害を乗り越えて迎えた、合同音楽授業の記念すべき一回目に、ディアーナはあまり乗り気ではないようだった。プクーとほっぺたを膨らませて、小さなバイオリンを片手にぶら下げている。カインとは目も合わせようとしない。

「どうしたのディアーナ……。何にそんなに怒っているの？」

ディアーナの前に膝をつき、目線の高さを合わせながらも視線が合わない事にオロオロと両手を泳がせるカインはディアーナに構おうとするが、ディアーナはプイッと顔を背けてしまった。

「お兄さまと一緒にするとディはヘタクソって言われるから一緒にするのヤダ！」

その言葉にカインの涙腺が決壊した。「お兄様と一緒にするのヤダ！」という言葉がぐるぐると脳内でエコーがかかって繰り返され、青い瞳から大粒の涙がボロボロとこぼれ落ちていく。呆然とした表情のまま、涙だけがどんどんと溢れていく。ボロボロと涙が流れ出す瞳をクライスに向けると、

「ディアーナにヘタクソなんて言ったんですか？」

と震える声で問いかける。

クライスはブンブンと頭を横に振って、

「言ってない！　言ってないよ！」

と否定した。

カインが泣き出したのを目の当たりにしたディアーナは驚いて目を丸くした。いつでも優しくて何を置いてもディアーナを優先してくれて、何か叱るときに困った顔はしてもすぐ笑顔で頭を撫でて褒めてくれるカインが、泣き出したのだ。カインの泣いた顔を見たディアーナは混乱し、そして泣き出した。

「うぁーん！」

「ディアーナ泣かないで……なんで……どうして……やっぱり毎日お城になんて通ったから……」

とにかくわんわんと声を上げて泣くディアーナと、ディアーナを抱きしめながらボロボロと涙をこぼしてブツブツとつぶやき続けるカイン。

途方にくれて二人を眺めることしかできないクライスとイルヴァレーノ。

執事やエリゼも騒ぎを聞いて駆けつけてきたが、やはりその珍しい状況をみてしばらく立ち尽くしたのだった。

授業が中止になり、目に濡れタオルを乗せて部屋のベッドに横になっているカイン。

「で？」とそのままの体勢でベッドの脇に立つイルヴァレーノに発言を促す。

「ディアーナ様に『下手くそ』とは言っていないようですね。ですが、カイン様と比べるような発言は度々あったみたいです」

「そうか」

「そういえば、という後出しになって申し訳ないんですがイアニス先生も『ディアーナ様とカイン様はちがいますもんね。ディアーナ様はディアーナ様のペースで勉強していきましょう』という発言をなさることがありました。その時は、そりゃそうだとしか思わなかったんですが……」

「セルシス先生やティルノーア先生は？」

「カイン様と違って色彩センスがありますねとディアーナ様を褒めていた。とハウスメイドが言っていました。ティルノーア先生は『カイン様と違って初々《ういうい》しくてすばらしい！　そうやってちょっとずつできるようになっていくのが見たかった！』と叫んでいたのをやっぱりハウスメイドが……」

「そうか」

おそらく全員、悪気があっての発言ではないのだろう。セルシスに関しては完全にディアーナを褒めているだけだ。むしろ、カインの色彩センスを貶《けな》しているとすら受け取れる。

しかし、カインと比べるような発言も積み重なっていけば「カインより劣る」と言われているように感じても仕方がないのだろう。

おそらく、誰もディアーナが出来の悪い子だなんて思ってはいない。ただ、ずっとカインの教師をしてきた後にディアーナを教えることになったせいで「普通の子ってこんなだったねそういえば」と思い出してしまったのだ。

結果的に、「カインより劣る」という発言になってしまう。決して、ディアーナを貶している気持ちはないのだろうが、それがディアーナを傷つけたのだ。

アラサー記憶を持ってスタートしている幼児期のカインが出来すぎなのであってディアーナは何にも悪くない。

「大人ってしょうもないな……」

カインはぼそりとつぶやいた。

そういえばそうだよな、とカインは思考する。

乙女ゲームであるド魔学は「心に隙間や闇のある男の子が心優しい主人公と知り合い、心を癒されることで惹かれていく」というストーリーなのだ。攻略対象者は心に闇を持っていなければならないのだ。

そんな彼らの生活環境や家庭環境がまっとうなわけないのだ。

会えば可愛い可愛いと抱き上げ頭を撫でるカインとディアーナの両親も、実際の教育の進捗には興味が薄かったり、食事はなるべく一緒に取ろうとしてくれているが行楽に行ったり馬に乗せてくれたりといった遊びを一緒にしてくれることはなかった。

母エリゼは、刺繍や押し花などの淑女のたしなみを教えるためにディアーナと一緒にいる事は多かったが、カインの様に本を読んでやったりなぞなぞやしりとりで遊んだりしているところは見たことがなかった。

愛されていない訳ではないんだろうが、片手間に愛されている感じはある。

おそらく、アルンディラーノとその両親も似たようなものなのかもしれない。いつも昼食を一人で食べている姿を思い出す。

まだ出会えていない他の攻略対象者たちも、今まさに心に闇の種を植えつつあるのかもしれない。

そのすべてを救うなんていうのは烏滸《おこ》がましい願いかもしれないが、皆が心健やかに育てばディアーナと決別したところで酷い目に遭わせようなんて思わないかもしれない。

ディアーナより主人公《ヒロイン》を選んだとしても、穏やかなフリ方をしてくれるかもしれない。

「あー……。どうすっかなぁ」

濡れタオルで視界をふさがれているカインのつぶやきを、イルヴァレーノが難しい顔で聞いていた。

我慢をするなと言っただろう

カインに、王城での剣術訓練が休みになるとの通達が届いた。

それと同時に、アルンディラーノが公爵家に遊びに来るとの連絡も届いた。

最初にカインが遊びに来てくださいと言ってから二週間も経っていた。

時間がかかったのは、アルンディラーノの都合がつかなかったからではなく王妃殿下の都合がつかなかったせいだという。

別にアルンディラーノが遊びに来てくれれば、王妃殿下は来なくていいのにとカインは思ったが、当初の予定通りアルンディラーノとカインの友情をダシにして王妃殿下がエリゼと遊びたかっただけらしい。

一度でも王子だけで遊びに出かける前例を作ってしまえば、もう忙しい王妃殿下がわざわざ付いていく必要ないじゃんって話になってしまうのが、嫌だったんだそうな。勝手な話である。

最初はみんなでお茶でも飲みながらカルタでも、と言われていたが「男同士の話があるから」とカインはアルンディラーノを連れて自室へと引っ込んだ。

だったら女子会ね、と王妃殿下とエリゼとディアーナはサロンに残っていた。ディアーナはカインについていきたがったが、王妃殿下がディアーナと遊びたがったので許されなかった。

「ようこそアル殿下。そしてヴェルファディア副団長」

「お招きありがとう、カイン」

「私は本日は護衛任務なので、案山子《かかし》だとでも思って結構。いないものとして扱ってほしい」

部屋に入ると、カインはアルンディラーノと副団長に席を勧めたが、副団長は固辞《こじ》した。二人掛けのソファーに、カインとアルンディラーノで並んで座る。カインは振り向いて後ろに立っている副団長を見上げた。

「案山子さん。今日は内緒の話をするので、聞いた話は他言無用におねがいします」

「最近、訓練に身が入っていないと思っていたんだ。国家転覆をはかるような話でなければ、口外しないと誓おう。憂いを除き、明日からの訓練に備えてほしいと願うよ」

副団長はニヤリと笑ってそう言うと、真顔に戻ってまっすぐ前を向いた。

子ども二人にはもう興味ありませんよというアピールだろう。

カインは改めて隣に座るアルンディラーノに向き直り、いきなり本題をぶつけることにした。

「それで、デディニィさんとはどこで知り合ったの。詳しく」

「え……えっと……」

しどろもどろと話すアルンディラーノの話は主観的で、思い出した順に話すものだから時間軸が行ったり来たりしてわかりにくかった。

まとめると、国王陛下の公務が早めに終わって帰城したと聞いたので、父親に会おうと回廊を走っていた時に転んだアルンディラーノは、王子のくせにと叱られないようにと泣くのを我慢して立ち上がったところ、デディニィさんに見られてしまっていたのだそうだ。

走ってはいけませんとか、走るから転ぶんですよとか、親子と言えど会うならば予約を取りなさいとか、叱られると思ったアルンディラーノは怖くなって立ち尽くしてしまったのだが、デディニィさんは「ひとりで立ててえらいですね、転んでも泣かないなんて強いですね」と褒めてくれたのだそうだ。

剣術を頑張っている姿をみてもらえたら、また褒めてもらえるかもしれない。そう思って、デディニィさんの姿を見かけると頑張ってしまい、気が付いてもらいたくて声が大きくなってしまっていたのかもしれない。と、アルンディラーノは語った。

それを聞いて、カインは頭を抱えた。

アルンディラーノの初恋を成就《じょうじゅ》させて、ディアーナと婚約するのを防ごうと考えていたカインだが、話を聞いて確信した。これは恋心ではない。

(アルンディラーノが求めてんのは母ちゃんじゃねぇかよ)

やっぱり、親の愛が足りてない。もしくは、親の愛の方向と子どもが欲しい愛の方向がズレている。

「アル殿下。やはり、サロンに戻って王妃殿下とカルタ遊びを一緒にしますか?」

母親と一緒にいたいのであれば、引き離さず一緒にいればよかったとカインは反省した。表向きは自分と王太子が遊ぶ約束をした事になっているが、王妃殿下も一緒に来たのだから親に甘えるチャンスなのだ。

「いや……。おか……母上は公爵夫人とのおしゃべりを楽しみにしておられました。それを邪魔するのは申し訳ないよ……。僕はカインと遊びたいし」

健気《けなげ》である。というか、こんなに子どもに気を遣わせる親ってどうなんだとカインはふつふつと怒りを感じ始めていた。そして、まだ四歳なのに親に対して遠慮し、親に甘えたいという当たり前の自分の欲望を我慢するアルンディラーノに対しても腹が立っていた。

「前にも言いましたが、我慢をしてはいけません。自分が我慢をすればみんなうまくいくなんて考え方は捨てるんですよ」

「カイン、でも」

ガツッとアルンディラーノのほっぺたを挟み込み、顔をのぞき込む。一瞬アルンディラーノがビクリと肩を揺らした。頭を挟んで炎の魔法を使われそうになったのを思い出したのかもしれない。

カインは、両手をムニムニと動かしてアルンディラーノの柔らかいほっぺを揉みしだいた。

「デモもストもないっ。我慢しなくてよい工夫をしろよ。親が仕事で忙しいっつうんなら、仕事についていけないかを考えろ。お前は王子なんだから、仕事によっては連れて行ってもらえるかもしれないだろ。イルヴァレーノ！」

カインは、アルンディラーノのほっぺたを揉みながら、副団長のさらに後ろに控えていたイルヴァレーノに声をかけた。

「なんでしょう、カイン様」

「王族のスケジュール表を執事から貰ってきてくれ」

イルヴァレーノは静かに部屋を出ていくと、一枚の紙を持ってすぐに戻って来た。

王族は、スケジュールをある程度公開している。外交や領地への視察、福祉関係の施設への慰問などの主に王宮を離れるスケジュールは明かされていて、王族への謁見を望む貴族はそのスケジュールを参考に外出の予定を避けて謁見希望を申し込んだりする。

もちろん、掲示板などを使って庶民にも広く公開されているので、外出スケジュールに住んでいる地域の名前があると、一目国王陛下や王妃殿下を見てみたい地域の住民が集まってきたりするらしい。

イルヴァレーノから王族のスケジュール表を受け取って上から眺めていくカイン。極秘の仕事や個人的な謁見についてはいちいち書いていないが、かなりスケジュールは埋まっていた。

こんなに忙しければ、子どもに構う暇なんか確かにないだろう。

「これだな。アル殿下。今日の帰りの馬車でこの予定についていきたいと王妃殿下にお願いしてみてください」

カインが指をさしているのは、孤児院への慰問と庶民向けの民間学習施設の視察だった。

サロンへ合流しないのであれば、アルンディラーノが母親に願いを伝えるのはもう帰りの馬車の中ぐらいしかない。おそらく、城に戻ったらすぐわかれてしまうだろう。

「お願いして、おか……母上は困らないだろうか」

「仕事をしたいというんですから、問題ありません。デディニィさんじゃなくて、ちゃんと王妃殿下に褒めてもらいましょう」

「お母さまが、褒めてくれる？」

期待に満ちた目で、カインを見てくる。

もちろん、仕事についていっただけで褒めてくれるような親なら通りすがりのお姉さんに褒めてもらおうなんていう寂しい子どもになっていなかったに違いない。

カインには、この仕事について行った先でアルンディラーノを見直させる作戦があった。今思いついた。

「大丈夫です。アル殿下次第ではありますが、褒めてもらえるようお手伝いいたします」

ちらりとイルヴァレーノを見て、そして副団長を盗み見る。

相変わらず、まっすぐ先を見つめていて足元にいるカインとアルンディラーノは視界に入れていない。最初に言った通りに案山子に徹しているらしい。

が、耳はふさがれていない。カインの作戦は、ここで話すわけにはいかない内容だった。副団長の言う『国家転覆を狙う』と思われかねない内容が含まれているからだ。

アルンディラーノが「母上にお願いしてみる」とうなずいた時、コンコンとノックの音と同時に扉が開いてディアーナが部屋に入って来た。

「あっちつまんない！　お兄さま遊んでくださいませ！」

小さな侵入者に、さすがの副団長も体勢を崩して視線を動かした。イルヴァレーノも思わずドアの方に顔を向けている。

ほっぺたを挟まれて顔が動かせなかったアルンディラーノだけが、とろけるような笑顔を浮かべたカインの顔を見ていた。

秘密の花園からの脱出

王城の近衛騎士団訓練場で、今日も剣術の訓練をしているカインとアルンディラーノ。

打ち合いをするときに顔を寄せ、こっそりと会話をしていた。

「公務について行くというお話を、王妃殿下はうけてくださいましたか？」

「渋いお顔をなさいましたが、カインの言う通りに話したら連れて行ってくださるとおっしゃられた」

カインは、渋るようなら「同じ年頃の庶民の暮らしを見てみたい」「親のない子から直接話を聞き、自分にできることを考えたい」「同じ年頃だからこそ話してもらえる事もある」「自分の年齢の頃から国民の生活に関心があるとなれば、王家の人心掌握の一助となるだろう」などと訴えてみろと助言していた。

カインは「幼いのに感心ね！　作戦」と言っていた。作戦名のセンスはいまいちだなぁとアルンディラーノに笑われていた。

「許可を貰えたのですね。よく説得しました。えらいですよ、アル殿下」

「えへへ。カインのおかげだよ」

背の高さがディアーナと同じぐらいのせいか、ついディアーナと同じように褒めてしまう。褒められてエヘヘと笑うアルンディラーノを見てカインは渋い顔をした。本来、王子殿下を褒めるのはカインの役目ではない。

「では、次の作戦を実行しましょう。今日は王城を抜け出しますよ」

「えぇぇ！」

「声が大きい！」

ドガッ。

ごまかすように、カインは打ち合っていたアルンディラーノをはじき飛ばし、しりもちをついた相手に手を差し出して引き起こすそぶりを見せる。

通常の訓練中にやりすぎてしまった風にまわりには見えるように。アルンディラーノは強く打たれて大きな声を出したように周りから見えるように。

いつも通りに訓練が終わり、食堂へ移動して昼食をとる。

カインを出口まで見送るとメイドに言って二人で食堂を出ると、メイドが一人だけついてきた。

食堂から出口へ向かう途中、中庭に面した回廊を歩くことになる。カインが、中庭の花に気を取られたふりをして、アルンディラーノへ向き直った。

「アル殿下。中庭の花をすこし見てもよいでしょうか？　妹の好きな花が咲いているようなのです」

「うん。よければ一輪持っていくといいよ……二人で庭の花を見てくるから、そこで待っていて」

アルンディラーノが、メイドに待機を伝えて二人で中庭へ入っていく。

中庭には小さな四阿が一つあるが樹木は無く、花ばかりが咲いているので見通しがよい。メイドも廊下から見守っていても王太子を見失うことはないと判断したのだろう、アルンディラーノに言われた通り中庭の入り口から二人の行動を見つめていた。

「四阿のベンチの下に、一枚だけ色の違うタイルがある。それを外すと取っ手が現れるので引き出せば下り階段があるはず」

「カインはなんでそんなこと知っているの……」

花を見るふりをしながら、コソコソと話す。

カインが秘密の通路を知っているのは、もちろん前世の記憶があるから。ド魔学の王太子ルートでアルンディラーノと主人公《ヒロイン》が夜のお忍びデートをするのに使うのである。

ゲームで出てこないので中の通路がどうなっているのかは知らないが、出口の位置は知っている。

「わぁ！　本当に外につながっているんですね！　アル！」とかヒロインが感激する場面がゲームにあるのだ。

花ばかりで見晴らしがいいとはいえ、コスモスや女郎花《おみなえし》みたいな見た目の花がもさもさ咲いている区画では、子ども二人がしゃがんでしまえば見えなくなる。

「この花だったかな。一番きれいに咲いているのをもらいたいんですが」

「こっちは？　あ、こっちのほうが色が綺麗かな」

と、わざとらしく声を出して会話して存在をアピールしつつ花の向こうにしゃがみ込み、四阿の隠し通路の入り口を開ける。アルンディラーノを先に下ろし、カインは蓋を閉めながら「どれも美しくて、迷ってしまうなぁ～。じっくり選ばせてください」と大きめの声で言ってから蓋を閉めた。

「スパーク」

真っ暗な通路にカインの声が響くと、パリパリと音を立てながらカインの手のひらの上に火花が現れてあたりを照らした。

「本当は、光魔法とかでライトとか使えたら良かったんですが、あれは上位魔法なのでまだ使えないんです」

「すごい。カインはもう複合魔法がつかえるんだね！」

スパークは、火と風の複合魔法である爆裂系の中で一番弱い魔法である。こめる魔力を調整することで線香花火ほどの火花を出したり、手持ち花火程度の火花を出したりできる。

「スパークが複合魔法だと知っているなんて、勉強熱心ですね。アル殿下。えらいですよ」

「でもぼく、まだ全然魔法使えないから」

全然だめなんだよ……と、褒められたのにしょんぼりするアルンディラーノ。それを見て、カインは心の中で舌打ちをした。

王太子という立場にある子どものくせに、褒められ慣れていない。もしくは、以前に魔法ができないことを叱られるかなんかした事があるに違いない。

前世のサラリーマン時代、幼稚園や保育園の園児たちと向き合う事が多かったカインは「他人の子だから」という無責任さでとにかく会う子ども会う子どもを褒めていた。

褒められて照れる幼児たちはとにかく可愛かったし、褒めてくれる前世のカインにとても懐いてくれたのだ。

子どもたちが気を許し、懐いているとわかるとその親も気を許す傾向があって営業活動がしやすかったというのもある。

自分の子どもであれば、叱ることも必要だったとは思うが他人の子だからと気軽に気安く褒めていた。そんな中で、褒めても可愛くない……言い換えれば自信のない子がたまにいたが、そういう子を見るたびに前世のカインは悲しくなっていた。

幼児と老人は、年齢を正しく言えるだけで褒められる生き物なのに。

「さあ、行きましょう。出口で僕の侍従が待っているハズです」

カインはアルンディラーノのふわふわの頭をひと撫でしてからはぐれないように手をつなぎ、小さな火花の明かりを頼りに隠し通路を進んで行った。

隠し通路の突き当り、階段を上ったところにあるドアを開けると目の前には蔦植物がびっしり生えていた。手で触れば半分は造花の蔦で、隠し通路の出口を隠すために植えられている様だった。

隙間から誰もいないことを確認してそっと表に出る。振り返れば、もう蔦が生えた壁があるだけでそこにドアが隠されているとは分からなくなっていた。

「なんのためにあるのか、なんで建て直さないんだろうって思ってた小屋だ……」

振り向いて目を丸くしているアルンディラーノの肩を押し、カインは使用人用の小さな門に向かった。

「これから向かうのは、僕がたまに行く孤児院です。王妃殿下と慰問で訪れる孤児院とは別のところですが予習にはなるでしょう」

「孤児か……。大丈夫かな」

「同じ年頃の、同じ人間です。何の心配もいりません」

「同じ人間……」

使用人用の門は馬車の出入りができない小さなもので、人間一人が出られる程度の大きさしかない。カインはそっと門扉を押し開けて首を出すと、きょろきょろと左右を見渡した。

「あれ。イルヴァレーノいねぇじゃん……」

「誰が、いないって？」

カインの独り言に、背後から問いかける声がかかった。背後にはアルンディラーノしかいないはずだったが、聞き覚えのあるその低い声はアルンディラーノの声ではなかった。

「か、カイン……」

後ろから小さく袖を引きつつカインを呼ぶ、小さくつぶやくような声は今度こそアルンディラーノの声だった。

カインが恐る恐る振り向くと、そこには小脇にイルヴァレーノを抱えたファビアン・ヴェルファディア近衛騎士団副団長が立っていたのだった。

「さて、王太子殿下誘拐の現行犯ということで間違いないか？　カイン・エルグランダーク」

カインとアルンディラーノの後ろに立つ、ファビアン・ヴェルファディア副団長は厳しい顔をしてそう問いかけた。

脇に抱えられたイルヴァレーノは腕から抜け出そうともがいていたが、ファビアンはビクともしなかった。流石は近衛騎士団の副団長である。

「副団長……。なんでここに」

ここには隠し通路を使って来ているし、隠し通路に入るところも見られてはいないはず。中庭に二人がいないことにメイドが気付いたとしても、そこからメイド長などの上司、衛兵、騎士団、と連絡が伝達されるのにはもっと時間が掛かっても良さそうなものだ。何せ城は馬車で移動したいと王妃殿下がこぼす程に広い。

「訓練中になんだかそわそわしていただろう。仕事柄、悪巧みしてるヤツってのは何となく解るんだよ」

「場所がわかる説明になってない……ですよ」

カインはファビアンとアルンディラーノの間に立つ。

ファビアンも、本気でカインがアルンディラーノを誘拐しようとしたなんて思ってはいないだろう。だが、抜け出そうとしたことで叱られるのは確定だ。

アルンディラーノが母親に良いところを見せて認めてもらう為の作戦を遂行しようとして、いたずらを叱られるだけに終わるという結果だけは避けたかった。

なんとか、アルンディラーノを逃がして「カインが許可なく城内をうろついた」という罪だけで済ませられないかと頭をグルグル回転させるが、焦ってなかなか良いアイデアは出てこなかった。

とりあえず、アルンディラーノだけでも逃がさねばと少しずつ後ずさるカイン。

「なんかやらかすんじゃないか、と思って巡回してたら見覚えのある少年がいたんで、話しかけようとしたら逃げ出すから。とっつかまえてここで待ってたんだよ」

「カイン様……すみません……」

イルヴァレーノがファビアンに抱えられた状態で情けない顔をして謝っている。

カインはイルヴァレーノに向かってひとつ頷くと、ファビアンに改めて顔を向けた。

「イルヴァレーノを返してください。彼は僕を迎えに来ただけです。城の通用口前を歩くことは罪ではないはずです」

「誘拐しようとしたんじゃなければ、何をしようとしていたのか。それを説明してくれたら返してやろう。コイツは人質だ」

「人質って」

まるで、ファビアンの方が悪役である。

カインは俯いてため息を飲み込んだ。どうやら隠し通路がバレた訳ではなさそうなので、まだやり直しの機会はあるかもしれない。

なんとか、都合の良い説明をしてこの場を見逃してもらうしかない。今日孤児院に行くのは諦めるとして、アルンディラーノが両親から叱られない方向へと話を持って行かなければならない。カインは自分は叱られても良いと思っている。

ディアーナと引き離されさえしなければそのほかの事は全て些事である。

「アルンディラーノ王太子殿下に、同じ年頃の子と遊ぶ機会を作ろうと思ったんです。王妃殿下の用意した場を僕が壊してしまいましたので」

「城の外でか？」

「僕が潰した機会の時と同じ人たち、同じ規模で集まろうとするといつ機会を作れるかわかりません し、僕の力ではとても無理ですから。僕の友人たちを紹介したかったんです」

「カインの友人……ねぇ」

「デディニィさんは……その、殿下とは歳が離れすぎていますし。同じ年頃だと感性や趣味が近くて楽しいと言うことをまずは感じてほしいなぁと、愚考《ぐこう》しました」

「あぁ。なるほど」

終始難しい顔をしていたファビアンだが、デディニィさんの名前を出したら急に納得したような顔をした。

そうして、イルヴァレーノを地面に下ろして二歩で近づくと、カインを押しのけてアルンディラーノの前に跪いた。

「王太子殿下。あの後お調べしたのですが、デディニィ夫人は既婚でございました。三人のお子がおるそうです。お諦めください」

ファビアンは真面目な顔をして、アルンディラーノの目をじっと見ながら諭すようにそう語った。

アルンディラーノは顔を真っ赤にし、カインは「あー」と言いながら同情するような顔をした。

「違うってば！　そんなんじゃないってば！　なんでそんなこと調べてるの！」

「お子さんがいらっしゃるから、転んだ殿下にああいった声を掛けてくださったんですね……」

「バカ！　バカ！　カインも副団長もなんだよ！　違うったら！」

顔を真っ赤にして怒っているアルンディラーノの頭を撫でつつ、見た目二十代半ばっぽかったのに三人の子持ちなのかーと全然関係のないことに思いを馳せるカイン。

解放されたイルヴァレーノが駆け足でカインの側にくるとグッと足に力を込めて踏ん張りファビアンに力のこもった視線を向けた。

ファビアンはやれやれといった感じでため息を吐き、三人の子どもに順番に視線を向けていく。最後にカインへ視線を戻した。

「王太子殿下を連れて遊びに行きたかったのなら、勝手に連れ出すようなことはせずにちゃんと許可を取れば良かっただろ？　護衛や馬車の都合が付けば許可が下りないという事もないと思うぞ。なぜそうしなかったんだ？」

カインがそれをしなかった理由は色々ある。正直に言える理由と言えない理由が。

「以前、エルグランダーク家へご招待申し上げた際に、実際に足を運んでいただけるまで二週間かかりました。理由あって王太子殿下を連れて行きたい所があったと言うことか？」

「急いで王太子殿下を連れて二週間後では遅いのです」

「ええ」

王妃殿下と一緒に孤児院へ慰問にいく前に、孤児院がどんなところなのかを知ってもらう事。孤児院の子ども達と遊んで仲良くなることで偏見を無くす事をアルンディラーノに体験させたかった。

それで、初めての孤児院慰問なのに物怖じしない、偏見を持たずに接する事のできる優秀な王子っぷりを王妃殿下にアピールする作戦だった。

つまり、王妃殿下に内緒で予習がしたかったのだ。慰問より後に遊びに出かける許可が出ても意味がないのだ。

「では、許可を取りに行こう。付いてきなさい」

「へ？」

「俺だけでも許可は取りにいけるが、君たちを置いていったら逃げるだろう。付いてきなさい」

そう言って、またイルヴァレーノを捕まえて小脇に抱えるとファビアンはスタスタと歩き出した。

イルヴァレーノがなんでだ！　はなせ！　と暴れているがファビアンは高笑いしてその訴えを無視した。

実際のところ、王妃殿下付き侍女頭にファビアンが申し出ると、アルンディラーノの予定を確認しただけで許可が出た。

警備体制と行き先、同行者と帰城予定日時間を伝えて問題がなければ外出は可能なようだった。警備として近衛騎士が二名以上付くことが条件だったようで、ファビアンともう一人近衛騎士団から連れて行くことで許可が出たのだった。

「こんなあっさり……」

カインは頭を抱えたくなった。隠し通路まで使って立てた計画は一体何だったのか。

もちろん、もともとカインは近衛騎士団から人を借りる伝《つて》も権限も無かったし、王妃殿下の侍女頭とも面識がなかったので許可を取るのは難しい事ではあったのだが。

「馬車を用意するから、それに乗って出かける事になる。さすがに王太子殿下を馬に相乗りさせてお連れするわけには行かないからな」

　王族が乗ってると判らないように無印の騎士団の馬車に乗って出発した。カインとイルヴァレーノとアルンディラーノ、それにファビアンが乗り込み、もう一人の騎士は御者台に乗っている。

「それはそうとして、カイン。黙って王太子殿下を連れ出そうとしたのはいけないことだ」

　そう言ってファビアンからげんこつをもらったカインは、孤児院に着くまでずっと説教をされていたのだった。


　馬車で移動すること三十分程で、孤児院併設の神殿へとたどり着いた。馬車を降りるとカインはみんなを引き連れて裏へと回った。

　神殿の裏には孤児院がある。

　カインは、孤児院の中庭に通じる木戸の前に立つが戸を開けずに振り向いた。

「アル殿下。服を脱いでください」

「なんで？」

「どうせ、ステテコとランニング着てるんでしょう？　そのお坊ちゃんお坊ちゃんしたフリフリのシャツとズボンを脱いでください」

「ステ？　なに？」

　ズボンの下に履く薄手の半ズボンの名前を、カインは知らなかったので前世の知識で一致するステテコの名前を出したが、通じなかったようだ。

　カインは自分の服を脱いでひざ下の長さの薄いパンツと下着として着ているTシャツの様なシャツ

だけになると、脱いだ服をくるくると丸めてイルヴァレーノが背負っていたナップザックに突っ込んだ。

ちなみに、このナップザックはカインが作ったものだ。小学生の時に家庭科で作ったのを思い出しながらチクチクと手縫いで作製した。公爵家にある鞄という鞄は、みな豪華で重くてかさばるものばかりだったので、使い勝手が悪かったのだ。

カインが率先して脱ぐので、アルンディラーノもおずおずと服を脱いでいく。ファビアンは目を剥いて怒ったような顔をしているが、グッとこぶしを握って黙っている。一応、顛末《てんまつ》を見届けようという気があるようだった。

アルンディラーノが服を脱ぎ終わると、カインはその服もくるくると丸めるとイルヴァレーノのナップザックに突っ込んでしまう。

「殿下、失礼」

そう言ってアルンディラーノの手首をつかむと、足払いを仕掛けて転ばせる。手首をつかんでいるので、そのまま倒れてしまうことは無かったが、つかんでいる手首もゆっくり降ろしていったのでアルンディラーノは地面に横向きに倒れてしまった。

地面に転がっているアルンディラーノをカインはごろごろと転がしていく。

「カ、カイン!?　何？　何？　目が回るよー」

アルンディラーノを転がすのをやめたと思ったら、その横に自分も寝転がって逆方向に転がっていくカイン。

二人の服はあっという間に土埃だらけになってしまった。

一部始終を見ていたファビアンは、怒るのも忘れて唖然としてしまっている。

そんな副団長の様子をちらりとみて、カインは口を出される前にさっさと中に入ることにした。アルンディラーノの手を握って立たせると、そのまま手を引いて木戸の中に入って行った。

「こんにちわー！　みんな元気だったー？」

「カイン様だ！」

「カイン様～！　遊びに来たの～」

「遊ぼ～！　今日は外で遊ぶの⁉」

「イル兄ちゃんだ～！　後ろの人だれ～？」

挨拶をしながらカインが孤児院の庭に入っていくと、孤児たちはいっせいに返事をしながら集まってくる。イルヴァレーノとアルンディラーノもいるのを見て、好奇心にみちた顔をしている。

「みんな、こちらの男の子はアル様だ。俺より偉い人だから、ちゃんと『アル様』って呼ぶんだぞ」

「はぁい。　アル様！　こんにちわ！」

「アル様！　初めまして！」

アルンディラーノは、近寄ってくる子たちをみて一歩後ろに下がった。人見知りもせず近寄ってくる事に驚いているのと、孤児たちのみすぼらしい恰好に嫌悪感を持ったからだった。

孤児たちの髪の毛は皮脂で油っこくべたべたしてぺったんこになっていて、服はほつれなどを補修されていて継ぎはぎになっているし、いつ洗濯したかわからない程度に汚れていた。

さらに孤児たちが興味深々で近寄ってくるが、カインが手をつないでいるのでそれ以上アルンディラーノは後ろに下がれなかった。

つないだ手をグッと引き寄せて、カインはアルンディラーノの耳元でささやいた。

「良かっただろ？　入る前に汚しておいたから浮いてないぞ。仲間外れにされずに一緒に遊べるぞ」

カインの言葉に、ハッとして自分の体を見たアルンディラーノ。土埃で汚れた薄い七分ズボンと薄い頭からかぶるだけのシャツという心もとない服を着ているだけの姿。

そして、周りを見ると生地はもう少し厚手ではあるものの似たような恰好をしている子どもたちだ。

自分は、服を脱いで下着になっている状態だが周りの子どもたちはコレが外にでて遊ぶ洋服なのだということに気が付いた。

少し青い顔をしているアルンディラーノに気が付いているが、あえて無視したカインはそのまま繋いだ手を引っ張って庭の真ん中まで歩いていく。

今日は何をして遊ぼうかと孤児たちとタメ口で話している。アルンディラーノが聞いたこともない遊びばかりが挙げられていて、どんな遊びなんだろうという事が気になりだしたら、もう孤児たちが不潔そうである事はあまり気にならなくなっていた。

石はじきやかごめかごめ、手つなぎ鬼やハンカチ落としなどの体は使うけど道具は使わない遊びを一緒に遊んで一人一人の名前を覚えていくと、アルンディラーノは孤児たちの不潔さも全く気にならなくなっていった。体を動かして汗をかいてくると自分もすっかり汗臭くなっていたからというのもある。

体を動かす遊びを一通り遊んだあと、休憩しようということになって孤児院の食堂へと移動する。

そこでただの水を出されてまた目を丸くするアルンディラーノだが、周りの子どもたちが美味しそうに水を飲む様子をみておずおずとカップに口を付けた。

体を動かして汗をかいた後の水は、とても美味しかった。孤児たちと打ち解けて、石はじきの強い石について熱く語っているアルンディラーノを見て、カインはホッとした。

連れてきても、なじめず嫌悪感を払拭《ふっしょく》できない可能性も考えていたのだ。

食堂の様子をぐるりと見渡したカインは、端の方で刺繍をしているセレノスタがいるのに気が付いた。

「イルヴァレーノ。セレノスタは隣町の鍛冶屋に奉公に出たんじゃなかったか？」

セレノスタは少し前に七歳になったので孤児院から出て奉公に出ていたはずだった。ディアーナに渡してくれと、殿堂入りした「最強に強い石」を預かったのは記憶に新しかった。いつか勇者の剣を打つんだと張り切って出ていったとイルヴァレーノから聞いていた。

しかも、体を動かすのが好きで雨でも降らない限りは室内遊びをしなかったようなセレノスタが、刺繍をしているのだ。一体何があったのかとカインはいぶかしむ。

「セレノスタは、奉公先で足をダメにしてしまったんで帰されたんだ。怪我をしてしばらくは手先が器用だからと細工物をやっていたらしいんだが……」

「足を……」

説明するイルヴァレーノの顔は鉛を飲み込んだような苦い顔をしている。体を動かすのが好きだったセレノスタが仕事が続けられないような怪我を足にしたという、その事実にカインも渋い顔をした。

イルヴァレーノは、スっとカインのすぐ隣に立つと顔を近づけた。

「邸に帰ったら話がある。夕飯の後でいいから少し時間が欲しい」

耳元でそっと言われた言葉に、カインは静かにうなずいた。

子どもの身では出来ることは少ないが、孤児院については何とかしたいとカインはずっと考えていた。異世界転生した身であればこその、何か方法があるんじゃないかとずっと考えていた。

カインとセレノスタで刺繍談義をしたり、アルンディラーノが本の読み聞かせをして「小さいのにすごいな！」と褒められて照れていたり、カインの歌で椅子取りゲームをしたりして過ごした後、時間が来たので帰城する馬車に乗り込んで孤児院を後にした。

アルンディラーノは、見送りに来た孤児たちが見えなくなるまで身を乗り出して手を振っていた。

帰りの馬車の中で、カインは以前ディアーナにしたのと同じ説明をアルンディラーノにした。

「貴族や王族は庶民の税金で生活している。その代わりに、貴族や王族は庶民の生活を守らなくてはならない。親がいないというだけで食べる物にも着る服にも不自由する子どもがいるのは、貴族と王族の力が足りていないせいに他ならない」

「カイン。それは言い過ぎだ。孤児院があり、屋根のあるところで生活し飢えていないのは王の威光が届いているおかげだ」

ディアーナより難しい言い方で直接的に説明したが、反応して反論してきたのはファビアンの方だった。

雨風をしのげて飢えることがない生活をしているのだから貴族の義務は果たされていると、ファビアンは言う。アルンディラーノを慮っての事かもしれないが。

「健康で文化的な最低限度の生活の定義に関する認識の相違ですね」

カインは強く反論はせず、認識の相違だとして議論するのを避けた。どこまですれば十分なのかは、おそらく何時間議論をしても結論が出ない議題だとカインは認識していた。

「アルンディラーノ王太子殿下。今日は楽しかったですか？」

にこりと笑いかけながら、カインはアルンディラーノに問いかけた。沢山体を動かして、頬が赤くなっているアルンディラーノもにこにこしながら頷いた。

「楽しかった。椅子取りゲームで勝てなくて悔しかったから、もっと体を鍛えて勝てるようになりたい！　強い石が欲しい！」

「それは良かった。今度、エルグランダーク家に遊びに来た時にはディアーナも入れて四人で椅子取りゲームしましょうか。練習をして強くなって再挑戦しましょう」

「うん！」

椅子取りゲームで、アルンディラーノは何度か椅子に座れそうだったのに体の大きな子に弾き飛ばされて座れなかった回があった。四歳と六歳の年の差があるので仕方がないことだったが、アルンディラーノは悔しかったようだ。

「再来週、王妃殿下と行くのは別の孤児院ですが、今日遊んだ彼らと同じように仲良く遊んであげてください。是非アル殿下が椅子取りゲームやハンカチ落としなどの遊びを教えてあげてください。きっと喜びますよ」

「僕が教えるの？」

「あれらは、庶民の子が良くする遊びではないのか？」

「石はじきはもともと彼らがやっていた遊びですが、椅子取りゲームとハンカチ落とし、かごめかごめは僕が教えた遊びですから、他の孤児院の子は知らないと思いますよ。大勢でいっぺんに遊べるので仲良くなるのに便利ですよ」

ファビアンとアルンディラーノの質問に、カインが答える。アルンディラーノは尊敬するような顔をして、ファビアンは胡散臭そうな顔をした。

カインとイルヴァレーノを家まで送ってから、ファビアンとアルンディラーノは王宮へ帰って行った。アルンディラーノは、孤児院の子どもたちの生活や運営について慰問までに勉強しておくんだとやる気になっていた。

帰宅したのは、お茶の時間が終わった頃合いだった。

ディアーナとイルヴァレーノとカインで魔法の授業を受けた後、日課のランニングをするカインとイルヴァレーノ。二人きりで内緒話をする為の時間だ。

「セレノスタは、手先が器用です。奉公先の鍛冶屋でも雑用の傍ら、柄や鞘の彫刻や房飾りや根付なんかの細工物を教わっていたようです」

「今日も刺繍していたな」

「鍛冶屋に、鍵をなくして開かない先々代が使っていた道具箱というのがあったらしいんですが、それをセレノスタが開けて見せたんですよ」

「すごいな」

「それが評判になったようで、鍛冶屋に『鍵を失くして開かなくなった金庫や道具箱』が持ち込まれることが何度かあって、セレノスタはその全部を開けてしまったんですよ」

「あ、もうなんか嫌な予感しかしないんだけど」

「セレノスタは、馬車に足を轢かれて真っ当に歩けなくなりました。雑用をこなせなくなったので孤児院に戻されました」

「……」

「セレノスタに、新しい奉公先からスカウトが来ました。もう七歳のセレノスタは奉公先を選べません。しかも普通に歩けなくなったセレノスタに、今後別の所から声が掛かるとは誰も思いません」

つまり、もう断れないということだ。奉公先で手先の器用さという才能が開花し、鍵開けの技術があるということが知れてしまったセレノスタ。

「新しい奉公先には、僕が連れて行くことになっています」

イルヴァレーノは、どこが、ともどこに、とも言わない。しかし、カインはギリギリと奥歯を強く噛み締めている。どこがスカウトして、どこに連れていかれるのかもわかってしまった。きっと、セレノスタが馬車に轢かれてしまったのも偶然の事故ではないのだろう。

「大人は子どもを侮ります。相手が子どもだと思えばスキもできるし油断もする。……しつけた子どもは使い勝手が良いとアイツらは知ってしまったんだ……俺のせいで」

イルヴァレーノは、カインに助けを求めている。イルヴァレーノ自身がカインに救われたからだ。自分のせいで、そして自分の代わりに闇に沈もうとしているセレノスタを助けたいと思っているのだ。

イルヴァレーノは、エルグランダーク家で住み込みで働くようになってからしばらくの間、休みも取らずにカインに尽くすように働いていた。カインが家を出ないので、イルヴァレーノも家から出なかった。

カインが毎日午前中に王城へと剣術訓練に行くようになったすぐの頃に、イルヴァレーノは一度孤児院へ里帰りをした。それからは、たまに休みを取るようになったのでカインも「エルグランダーク家はブラック企業じゃないからな」と安心したように笑っていたのだが、休みに何していたのかという質問に答えられなかったり、はぐらかしたりとどうもイルヴァレーノの様子がおかしい。どうやら単純に休みを取っているわけではなく、裏の仕事が再開しているようだとカインは気がついた。

その頻度は孤児院にいたときよりも格段に減っているらしかったが、それは筆頭公爵家に入り込んだ事で情報源としての価値の方が高くなったからなのか、頻繁に抜けだして怪しまれるのを避けるためなのかはカインは知らない。仕事をあまり振られなくなっていたがそれだけだ。足を洗えてはいなかった。

「僕の権限でもう一人雇ってほしいというのは難しい。イルヴァレーノの時は運も良かったんだ。お母様に気に入られたというのがでかい。お前は最初から礼儀作法がある程度できていたのもある」

イルヴァレーノは見た目も良い。攻略対象だから当たり前だが、綺麗な顔をしているのだ。それはディスマイヤにとってもエリゼにとっても印象が良く、身近に置く許可を得るのに有利だった。

しかし、セレノスタはごく普通の子どもといった容姿で、ガキ大将といった感じの性格だった。手先が器用な割には性格が大雑把で声がでかかった。あまり、貴族の大人に好かれるタイプの子どもではないのだ。

「そうか……」

気落ちした声でイルヴァレーノが返事をした。正門の前を通り抜けるので、会話は一度中断して騎士たちとハイタッチしながら走り抜ける。

「いや、いいんだ。……今後はもっとお前の世話に専念できるようになる。お前への感謝の気持ちはかわらない。大丈夫だ。変なことを言ってわるかったな」

今後はもっとカインの世話に専念できる。それは、セレノスタが入ればイルヴァレーノが抜けられるということなのではないか。抜けるなら代わりを入れろと言われたということなのではないのか？

父と執事の言動から、イルヴァレーノの裏の仕事については父が手を回していたようだとカインは認識していた。実際に、イルヴァレーノも父から「今後はやらなくても良い」と言われたとカインに言っていたのだ。

渡した金が足りなかったのか、公爵家の権力というものを侮られているのか、それとも頻度を落とせば約束を反故にしていることがバレないとでも思われているのか。イルヴァレーノはまだ時々一人でいなくなる。公爵家と取引をした上で、さらにイルヴァレーノには代わりを連れてこいと強要しているのだとしたら。

「俺、イルヴァレーノをいつまでも他人に使われているのは気にくわないと思っていたんだよね」

「は？」

「イルヴァレーノのせっかくの休みを、副業に潰されているのも気にくわない。休みはきちんと休むべきだ」

「何をいっているんだ」

「続けても良いと言ったのは俺だけど、やっぱり気にくわない。……そろそろ、返してもらう事にしようか。イルヴァレーノは僕のものだ。」

おそらく、放置していてもこの状況が進めば父か執事がもうひと押し対処してくれる可能性はある。しかし、セレノスタを連れて行くことでイルヴァレーノが解放されるのだとしたら、それで問題は解決したとして、父や執事はもう動かなくなるだろう。

セレノスタだって、カインの顔見知りだ。ガサツでガキ大将で生意気なヤツだが、殿堂入りした最強の石をディアーナに譲ってくれた。孤児院の年長者として良く年少組をまとめていたし、アルンディラーノと一緒に遊びに行ったときには率先して石はじきの遊び方を教えてあげていた。面倒見が良いのだ。そこそこ気に入っている知人を闇落ちさせるのを見過ごすのも胸糞がわるい。何より、ディアーナがセレノスタを石はじきの師匠として慕っているのだ。

「話はとっくに付いているはずなんだ、代わりをよこせなんて我儘を言わせたくはないな」

ランニングしながら、隣で走るイルヴァレーノの顔をみてにやりと笑う。

「イルヴァレーノ、俺をセレノスタだと言って連れていけ」

「はあ？」

「よし、じゃあラストラン！　ダッシュ‼」

カインは、イルヴァレーノを置いて全力疾走で最後の一周を走り抜けた。

次の日、カインはいつも通りに朝から父と一緒に馬車に乗り、午前中は騎士団訓練場で剣術の訓練をこなした。アルンディラーノと道具を使わずに一度に沢山の人数で遊べる遊びについて話しながら昼食を食べ、帰宅するために王城を出た。

いつもなら、アルノルディィアかサラスィニアが迎えにくるのだが、今日はイルヴァレーノが待っていた。

カインが夕方まで城に残って父と一緒に帰ると伝えていたためだ。アルンディラーノに城の図書館を見せてもらう事になっていると嘘をついた。王太子殿下と順調に仲良くなっている（ように見える）カインに、両親は疑いもせずに承諾したのだった。

「循環馬車に乗りましょう。まもなく、北区方面行きが巡ってくる時間です」

「わかった。行こう」

二人連れ立って大通りに向かって歩いていく。

今日の午前中のディアーナの様子をイルヴァレーノから聞きつつ、カインはやってきた馬車に乗り込む。

循環馬車は王都内を決まったルートでグルグル回る馬車で、王都内均一料金となっている。乗車賃は降りるときに払う。

ロングシートのベンチを背中合わせに並べた様な形で、乗客は並んで馬車の外側を向いて座る形だ。乗り降りに時間を掛けない為の合理的な形だった。

イルヴァレーノとカインで並んで座ると、他に数人の乗客を乗せて馬車は動き出した。馬車がいくつかの曲がり角を曲がり、王都の真ん中をまっすぐ抜ける一番の大通りを走り始めた頃に、イルヴァレーノが口を開いた。

「ところでカイン様。城から尾行されていた事には気が付いていましたか？」

「へ？」

カインは目を丸くしてイルヴァレーノの顔を凝視する。

イルヴァレーノは表情を変える事なく、カインを挟んで反対側に座る乗客を視線で示す。

「隣に座っています」

「へ？」

カインがグリンと首を回すと、頭からすっぽりとフード付きのマントを被った小さな子どもが座っていた。

「あんまりにも気配も足音も気を付けてない尾行だったので、わかってて放置しているのかと思っていたんですが……」

「イルヴァレーノがいるのに気を張るわけないじゃん……」

そういいながらカインが隣の子どものフードをめくると、そこにはいたずらがバレて気まずいというアルンディラーノの顔があった。

「ア、アルでっ……アルデンテ！」

「パスタの茹で具合ですか」

「えへへへへ」

アル殿下と言いそうになって、ごまかすカイン。殿下なんて言ったらどうなるかわからない。突っ込むイルヴァレーノ。ごまかし笑いをするアルンディラーノ。

「言えよ！　気づいてたんなら言えよ！　もうこんなところまで来て一人で追い返せないじゃないか」

「戻っても良いんですよ。僕はカイン様だって連れて行きたくないんです」

「助けてー！　って言ったくせに何を言っているんだ」

「助けてー！　なんて言ってません。ただ、話を聞いてほしかっただけで」

「ふふふふっ。仲良しだね！」

眉間を右手の親指と人差し指で揉むカイン。目をつむってムーンとうなっている。一応、フードをかぶり直したアルンディラーノは二人にだけ聞こえる程度の小声で話しかけてきた。

「どこかに遊びに行くんでしょう？　今日の午後はお勉強の予定がないから抜けてきちゃった。一緒につれていってよ」

「どうやって抜けて来たんですか？」

「カインに教えてもらった抜け道だよ？」

「アー！」

カインはついに頭を抱えて額を膝につけてしまった。

完全に自業自得である。先日使った抜け道は結局使う必要がなかったことが分かり、そして使ってしまったことでアルンディラーノが城を抜け出してしまった。

こんなことを大人の誰かに知られたら、ゲンコツでは済まされないだろう。

大きくため息をついて、髪の毛をガッシャガッシャとかき混ぜたカインは、ヨシッと気合を入れて背筋を伸ばした。

「正体がバレちゃまずいんで、これからは『アル』って呼びます。タメ口をききます。不敬とかいわないでくださいね」

「うん。カインと、イルヴァレーノはそのままでいいの？」

「カイとイルと呼んでください」

「分かったよ！　カイ！　イル！」

イルヴァレーノは、カインに助けてもらいたかった。自分が助けられたように、弟分のセレノスタが闇の組織に引き込まれるのを助けてほしかった。

でも、カインにケガをしたりつらい目に遭ってほしいわけではなかった。万が一、何か良い方法があればいいなと思って話してみただけなのだ。

まさか、直接乗り込むなんて言い出すとは思わなかった。しかも、カインは乗り込んで何をするつもりなのかはイルヴァレーノに言わないのだ。セレノスタのフリをして、違法な鍵開けの命令を受けてそれを証拠に警邏隊に訴えでるつもりなのか。協力する事はないか、と聞いても任せておけとしか言わない。イルヴァレーノはカインが何をするつもりなのかわからなくて怖かった。万が一の事があって、カインを失うのが怖いのだ。

アルンディラーノを巻き込むことで、やっぱり戻ろうということになるんではないかと期待して引き返せなくなるまで黙っていた。

カインは、やめなかった。

カインは王太子が嫌いなので、これを機に始末する気かもしれないとイルヴァレーノは思った。そうであれば、イルヴァレーノの作戦は失敗だったということだ。

馬車は王都の北区に入り、三人は目的地で降りた。アルンディラーノは馬車代を持っていなかったのでカインが立て替えた。アルンディラーノは、コインを払って馬車に乗るということに驚いていた。

細い道を何度か曲がり、放棄された朽ちた物置小屋の中の空き樽に飛び込むと地下通路につながっていて、そこをグネグネと歩いて行った所に組織の根城があった。

カーブや曲がり角が何度もあり、地下通路で光もなかったのでここがどの辺にあるのか分からなかった。

組織の見張りが一人多いことをいぶかしんだが、孤児院の小さい子が付いてきてしまって追い返すと泣くのでこっそり出てくるために連れてこざるを得なかったと説明したら通してくれた。ガバガバである。大丈夫なのかこの闇の組織は。イルヴァレーノが言っていた、子どもが相手だとスキが出来るし油断するというのを、それを利用しようとしている組織が体現してしまっているのだ。皮肉な話である。

「組織の隠れ家は他にもあるのか？」

「僕が知っているのはここだけ。上位組織があるみたいな話をしているのを聞いたことはあるけど、そこから来たという人も行ったという人も見たことはないよ」

「じゃあ、ここをつぶしておけばお前の顔を知っているやつはいなくなるってことだな？」

イルヴァレーノが静かに頷く。

カインは、少し考えるような仕草をしてからイルヴァレーノの顔を覗き込んだ。

「この組織で、世話になった人とか親切にしてくれた人なんかはいるか？」

カインの質問にイルヴァレーノは間を開けずに首を横に振った。悩むそぶりもない。もともと親が組織に所属しているとか、育ての親がいるとかそういった事が有るわけではなさそうだった。そうかとカインも頷くと、今度はアルンディラーノの方を向いた。

「アル。何か使える魔法はあるか？」

「風魔法を習ってるところだよ。風の刃と、守りの風ができるよ！」

胸を張るアルンディラーノのふわふわの髪の毛を撫でながら、えらいなとカインが褒めた。

「上出来だ。後で魔法を頼むから心の準備をしておいて」

「うん！」

「イルヴァレーノ。この後、顔見せなんだろ？　組織の人間が集まってそうな部屋はどこだ？」

「ちょうどこの真上だよ。二つ先の部屋の階段から上がって行くことになる。そろそろ行かないと、遅刻で罰を受ける」

「そりゃちょうどいいや」

カインは、一つ先の部屋まで歩いていくとイルヴァレーノとアルンディラーノを抱え込んだ。

「イルヴァレーノはアルを腕の中に抱え込め。なるべく俺たちがコンパクトになる様にギュッとな」

アルンディラーノを抱え込んだイルヴァレーノをカインが肩を抱くようにくっついてくる。

ドア越しに先ほどいた部屋……組織の人間が集まっている部屋の真下の部屋に向けて右手を伸ばした。

「極滅《ごくめつ》の業火《ごうか》」

カインが魔法を唱えると、右手の先から圧縮された熱の塊が飛び出し隣の部屋で広がった。部屋の中は一気に炎に包まれ、その高熱で石でできた壁や床が溶け始めた。

真上の部屋から、床が熱を持つという異常に気が付いた怒声が聞こえてきた。

「アル。俺が次の魔法を放ったらすかさず守りの風を使って俺たちを守ってくれ。なるべく小さく厚くだ。できるね？」

「やる。できる」

「上出来。良い子だね」

カインはふわふわのアルンディラーノの頭を撫でると、もう一度隣の燃える部屋に向かって右手を伸ばす。

「汎濫《はんらん》の激流《げきりゅう》」

カインの右手の先から水が流れ出し、隣の部屋へと飛び込んでいく。着地を見る前に右手を引っ込め、さらに呪文を唱える。

「堅牢《けんろう》なる風壁《ふうへき》」

「守りの風！」

アルンディラーノの小さな風の壁と、その壁ごと覆うように厚い風の壁が現れる。放たれた水流が灼熱《しゃくねつ》に溶けている石床や壁に着地した時、ドっという大きな音とも振動ともわからない衝撃が三人を襲ったのだった。

風の壁が熱も爆風も大多数は防いでくれたが、防ぎきれなかった熱やビリビリとした振動が三人の肌に伝わってきた。

カインはアルンディラーノを抱えるイルヴァレーノの上からかぶさり、衝撃が去るのをじっと待った。気が付けば、子ども三人の足元の床が丸く残されてその周りは土がむき出しになっていた。小屋は跡形もなくなっており、石壁のがれきや瓦のかけらなどがかなり遠くまで飛んでいき、散らばっているのが見える。上の部屋にいただろう人たちの姿は見えなかった。おそらく、視界に入らないところまで飛んでいったのだろうが、姿が見えないことにカインはホッとしていた。

「イルヴァレーノ。……ごめん。ちょっと寝……るか……ら、アル殿下を頼む……」

カインは、最大レベルの魔法を三連続で使った為に魔力切れを起こした。急激な眠気に襲われ、その場で意識を失ってしまった。

気がついたら、広い背に背負われていた。

目線の先には房飾りの付いた肩が揺れているのが見える。見覚えのあるソレは近衛騎士団の制服だった。身を起こして前を見れば、短く刈り上げた藍色の髪があった。

「気が付いたか」

「副団長……」

カインは、近衛騎士団副団長のファビアンに背負われていた。

「アル殿下とイルヴァレーノは？」

「ここにいます」

「いるよ」

足元から返事があった。目をやればファビアンの隣を二人が歩いている。

はぐれないようにか、イルヴァレーノとアルンディラーノは手をつないで歩いていた。

カインは気が付いたのでおろしてもらい、代わりにアルンディラーノがファビアンの背に背負われた。

ファビアンによれば、アルンディラーノが城を抜け出した事にはすぐに気が付いたそうだ。

「カインと合流した時には、また王太子殿下誘拐事件かと思ったんだがな」

とニヤリと笑って見せた。孤児院に連れて行った前科があるので、危険な場所に連れて行くわけではないだろうという信頼はあったようだ。それに、馬車の上でのカインの取り乱しぶりに、アルンディラーノの方が勝手について行ったのだという事もすぐに解ったと言う。

孤児院で同じ年頃の子どもたちと遊んでいるアルンディラーノがとても楽しそうだった事と、自分の幼少期を思い出して、ちょっとした脱走、ちょっとした冒険は見逃そうという気になったのだそうだ。

護衛を任されている自分たちが見失わず、陰から見守っていざという時に守れば大丈夫だろうと近衛騎士団副団長は判断したのだ。万が一王都内でも治安の悪い地域に行きそうになれば、姿を現して連れ帰るということも考えてはいたらしい。アルンディラーノの護衛を務めるファビアンは、この後のアルンディラーノに予定が無いことは把握していたし、自分ともうひとりの護衛がいればもともとは許可の下りる外出である。手順が前後するだけだと考えていた。

循環馬車はさほど速度を出さずに走るので、徒歩であとを追っていたという。しかし、降りた後の細い路地で三人を見失ってしまったのだ、と。

「本当にさらわれたか事故にでもあったかと焦ったぞ」

その後、王都の外にある森の中で爆発音が聞こえたので駆けつけたのだと言う。

到着してみれば、クレーター状に凹んでできた広場とその近くで気を失ったカインを引きずるイルヴァレーノとアルンディラーノが見つかった。アルンディラーノはカインが気を失って倒れたのを見て動揺していたようで、とにかくカインを助けてくれと言うばかりで何か質問できる状態ではなかった。イルヴァレーノはカイン様に聞いてくださいの一点張りで何も答えなかった。街の路地で見失った少年達がなぜこんな所にいるのか、ファビアンの疑問はカインが起きるまでお預け状態になっていた。

魔力切れによる強烈な眠気は、魔力が回復すればなくなるものだ。カインの失神時間はさほど長いものではなかった。

「なんであんな所にいたんだ。何をしていた？」

「あそこには、僕とイルヴァレーノが見つけた廃墟がありました。町中の路地裏にある廃屋から隠し通路で繋がっていて、かっこいいので僕らの秘密基地にしようと思ってたんです」

「秘密基地だと？　いや待て、隠し通路と言ったか？」

「はい。孤児院慰問の時に街を歩いていて偶然見つけたんです。危ないかもしれないとは思いましたけど、隠し通路なんてワクワクするじゃないですか。ちょっとだけって思って潜ってしまったんですよね。そしたら、通路の先にボロボロになった廃墟があったんです」

「それで、秘密基地か？」

「はい。秘密基地。副団長は作りませんでしたか？　秘密基地」

カインは過去に何度か孤児院に遊びに行っている。先日アルンディラーノを連れてきた時にはファビアンも一緒だったのでそこを疑う事はないだろうし、調べられても問題はない。

孤児院の子達が街に施しを貰いに行くのについて行ったこともあるので、孤児院の子ども達と街を歩いたと言うのも嘘ではない。

通路を見つけたのではなく、もともとイルヴァレーノが知っていたというだけのこと。

「秘密基地にしようとしたのは良い。いや、良くないな。廃墟だったのならいつ崩れるかわからないのだから、そういったところで遊んではいけない」

小中学生が夏休み前に先生から受ける注意事項のような事を言う。

「どんな所なら良いんですか」

「木の上に板を渡して昼寝場にするとか、ススキや葦の原に陣地を置いて頭を縛り屋根にするとか……かな」

「なるほど、副団長の秘密基地はそこにあったのですね」

「たとえ話だ。そこに作っていたなんて言ってないだろう。……で、その秘密基地で何があったんだ。あの爆発は何だったんだ」

「あの廃墟に、魔法道具か呪具のような見たことのない不思議な道具があったんです。興味本位で触れたら稼働してしまい、爆発してしまいました。とっさに防御魔法を僕とアルンディラーノ王子殿下で展開して事なきを得ました。……まぁ、魔力切れを起こして倒れてしまいましたが」

カインが、恥じるように眉尻を下げて頭をポリポリと掻く。

話しながら歩いているうちに、城郭の入り口まで来ていた。木々の向こう門の先の街道に馬車が見える。ファビアンが手配していたようだ。

「アルンディラーノ王太子殿下を巻き込んだんだ。後ほど詳しい話を聞く事になる。が、カインも倒れていたんだからな。今日のところは帰ってゆっくり休め。馬車で送ろう」

「ありがとうございます。正直な話、行きの馬車でアル殿下の分の馬車賃を払ったので帰りのお金が一人分足りなかったんですよ。助かります」

「公爵家の令息なのにか？」

ファビアンが器用に眉を片方だけ上げて皮肉げな顔をしてみせた。

それにカインが眉毛を下げて大げさに肩をすくめてみせる。

「欲しいものはねだれば与えられます。でも、それゆえに僕はお金を持っていないのです。持っているお金の額だけでいえばイルヴァレーノの方がお金を持っていますよ」

祭りなどの時に小遣いを貰うことがあるが、カインはそれをすべてディアーナの為に使っているので手元にはほとんど残っていない。今回の馬車賃もイルヴァレーノから借りているのだ。

後数歩で馬車というところで、ファビアンが足を止めた。振り向き、カインの顔をじっとみる。

「あそこは、廃墟だったんだな？　他には誰もいなかったんだな？」

真剣な目で問いかけるファビアンに対し、カインはニコリと笑った。

「秘密基地なんですから、僕ら以外に人なんかいませんでしたよ。あそこは無人でした」

カインの言葉を聞いて、ファビアンは眉間にシワをよせて厳しい顔をしたがそれ以上は聞かなかった。あの場にアルンディラーノが居て、子ども三人のいたずらによって爆発が起きたということであれば、万が一子どもたちの他に被害者がいた場合、それはアルンディラーノにも責任があるということになってしまう。ファビアンにとって、そして王宮にとってはカインの言う通り『あそこは無人だった』という方が都合が良いのだ。

カインは、まだ魔力切れの眠気があると言って馬車の中では目をつぶっていた。アルンディラーノも子どもだけの地下通路探検や至近距離での爆発を見たりカインが倒れたりして興奮していたせいか、馬車に乗った途端にファビアンの体に寄っかかって寝てしまっていた。イルヴァレーノは用がなければ喋らないので馬車の中は静まり返っていた。ごとごとと石畳を進む馬車の車輪の音だけが聞こえてきていた。

ここは、ゲームの世界だ。今の自分にとっては現実だが、あくまで乙女ゲームである『アンリミテッド魔法学園』の世界なのだ。そう、カインは自分の心のなかで繰り返している。

直接刃物で相手を刺していないから手に感触は残っていない。吹っ飛んでしまったので死体も見ていない。なので実感はない。

相対して直接魔法攻撃をすれば、確実に息の根を止めることができただろうが、目の前で人が燃えるのを見たくはなかった。風魔法で人が切り刻まれるのを見たくはなかった。水魔法で溺れ苦しむ様子を見たくはなかった。実感したくなかった。

ここは、ゲームの世界なんだ。コントローラーのボタンを押し込めば、画面の中のキャラクターが死ぬだけ。プログラムの中の生死フラグがオフになるだけ。

カインはギュッと目をつぶり、心の中でそう何度も何度も繰り返した。事件から数日後。森の廃墟で気を失ったということで、カインは自室での療養を両親から申し付けられていた。近衛騎士団に交ざっての剣術訓練も、各種家庭教師もお休みということになり、カインは自室で暇を持て余していた。ファビアンや魔導士団長からの事情聴取も終わり、カイン自身少し疲れを感じていたので甘んじて療養を受け入れておとなしくしていた。

今も、カインの私室でイルヴァレーノ相手にソファーで雑談をしていた。

「趣味人の嗜みとして、知っておくべき爆発が二つある」

「趣味人の嗜み」

「火薬や魔法を使わなくても大爆発を起こすことができるという夢のような爆発方法で、比較的簡単な道具で起こすことができるという浪漫《ろまん》溢れる爆発だ」

「浪漫」

「それは、粉塵爆発と水蒸気爆発だ」

「粉塵爆発と水蒸気爆発」

イルヴァレーノは、興味なさそうな顔で聞いている。カインがイルヴァレーノに話すことは大概くだらない内容のため、今回もくだらないと思っているのだろう。

「もうちょっと興味持って聞けよ。先日の秘密基地を吹っ飛ばしたのはこの水蒸気爆発だぞ」

「……。あれは、カイン様の魔法だったんじゃないんですか？」

イルヴァレーノが少し興味を持ったようで、本から目を離してカインの顔を見た。

「ようやくこっち見たな。俺はまだ爆裂系の魔法は中威力程度までしか出来ないし、最大威力の爆裂系魔法だってあんなに派手に爆発しないよ。だいたい、爆裂系は火と風の複合魔法だろ。あの時俺は何してた？」

「火の魔法と水の魔法を使っていたな」

「だろ。仕込みは魔法でやったけど、あれは科学……というか自然現象を利用して爆発を起こしたんだよ。理屈は簡単で、めっちゃ熱い物に水が触れると爆発するってだけなんだが、威力は十分だっただろ」

「水が爆発したのか……本当にそんな事が……？」

「気になるなら、今度実験しながら詳細に説明してやるよ。危ないから悪用するなよ？」

「めっちゃ熱いの程度が解らないが、多分出来ないから大丈夫だ」

水が爆発するという事に興味を惹かれたのか、イルヴァレーノは手元の本にしおりを挟んで閉じた。

「そうしたらもう一つの浪漫爆発、粉塵爆発だ。これはさらに簡単だぞ」

「粉が爆発するのか？」

「その通り。細かい粉が多量に舞い散る中で火花を起こすと爆発が起こる」

「それだけ？」

「それだけだ」

「それじゃあ、パン屋は毎日爆発してなきゃおかしいじゃないか」

「色々と条件があるんだよ。ある程度密閉された空間であるとか、舞い散る粉の密度とかな」

「簡単じゃないじゃないか」

「粉と火花だけで爆発を起こせるんだぞ？　かっこいいじゃないか」

浪漫だ浪漫。とカインは人差し指を振って力説していた。水蒸気爆発は実際に経験したので否定し難いイルヴァレーノだが、粉が爆発すると言うのはどうにも信じ難かった。

「自然現象ってのは、結構恐ろしいもんだよ。水だけでアレだけの爆発が起こる。俺の魔法ではとてもじゃないが起こせない爆発だ。理屈を知らなければ、俺がやったなんて疑いの『う』の字も出てこないよ」

カインとイルヴァレーノはあの後、騎士団長や魔導士団長から事情を聞かれたが、無人の秘密基地でうっかり謎の魔法道具を発動させてしまったという言い訳がすんなり通ったのだった。

カインの魔法の先生であるティルノーアが王宮魔導士団に所属しており、カインはまだ爆裂系の魔法は覚えていないと証言してくれたのだ。アルンディラーノが魔法の勉強をはじめたばかりで大した魔法が使えない事は当然王宮で把握している事実なので聞くまでも無い。つまり、あの場に居た子ども三人ではあの大爆発を起こすことはできないので、だったら魔道具の誤発動だろうということであっさり納得されたのだ。

「確かに、あんなにあっさり誤魔化されてくれるなんて思いませんでした」

「だろ？　いつかは、魔法でアレくらい出来るようになりたいもんだけどな」

爆発の威力は凄まじく、小屋とその周辺がまるごと吹き飛んだ。石壁の破片などもだいぶ遠くに飛んでいたので、組織の人間もだいぶ遠くまで飛ばされたに違いなかった。

アルンディラーノに付いてきていた護衛騎士が二人だけで、一人は馬車を手配しに街へ戻り、ファビアンはアルンディラーノから離れることができない状況では、軽く見渡す程度で見える範囲に瓦礫しか見えなかっただろう。それ以上『何か』を捜索する事はできなかったに違いない。

「それにね、あそこで『何か』があったとしたら、アルンディラーノも共犯って事になるんだよ」

カインはアルンディラーノにも魔法を使わせた。実のところ、あそこでアルンディラーノの風魔法がなくても爆発から身を守ることはできていた。

「威力はすごいけど、熱で水が瞬間的に水蒸気になることで空気が急激に膨張してるだけだからね。風をよけて熱を遮断できれば十分なんだよ」

火属性にも水属性にも防御系の魔法は存在する。炎の壁、水の膜といったものだが、それぞれに相性というものがある。相性が合えば、小さな力で大きな力を相殺することは可能なのだ。今回はそれが風属性だったというだけのこと。

「別に、アルンディラーノの守りの風で防御魔法を二重にする必要はあんまりなかったんだよ。ただ、一緒に魔法を使わせて褒めてやれば、アル殿下は僕らに連帯感を持つだろう？」

それによってアルンディラーノは「巻き込まれた人」ではなく「当事者」になる。

カインは、アルンディラーノを「当事者」の「共犯者」にすることで大人たちに深追いさせないようにしていた。

上の階に人がいた事には、おそらくアルンディラーノは気がついていない。アルンディラーノは、カインについて行った先の廃墟で大爆発に遭遇しただけという認識だろう。アルンディラーノが不要なものを抱え込むのはカインとしても本意ではないので、気がついていないのであればそれでいいと思っている。どうか気づかないでくれ、と祈っている。

上の階に居た人たちが、死んでいたにしろ、生きていたにしろ、あそこは城郭都市である王都の外の森の中だ。夜になれば獣がやってきて勝手に始末するはずだ。その場ですぐに周りを探索しなかったのであれば、もう『無人じゃなかった』証拠を探すのは無理だろう。

「もしもあの爆発で誰かが生き残っていたとしても、あの爆発なら僕らも死んだと思われているだろうし。今度こそ仕事を振られることはもうないんじゃないかな」

カインはそう言いながら、前に座るイルヴァレーノに向けて微笑んだ。イルヴァレーノは痛いのを我慢するような顔をすると立ち上がり、カインのそばに跪いた。

「カイン様。確かに助けてほしいって願ったけれど、カイン様にこんな思いを背負ってほしかったわけじゃないんだ」

セレノスタが目をつけられて怖かった。味をしめた人たちが今後も子どもたちを引き込みそうで怖かった。カインなら、何か良い知恵を貸してくれるんじゃないかと期待した。でもカイン自ら、手を出すとは思っていなかったし、望んでいなかった。イルヴァレーノはカインの膝の上に乗せられている手に自分の手を重ねた。

「手を汚させる気はなかったんだ……」

そういって、イルヴァレーノは俯いてカインの膝の上で重ねた手に額を付けた。カインは驚いた顔をしてイルヴァレーノのつむじを眺めていたが、ふっと息をはいて表情を緩めると、

「自分が我慢しておけば良かったなんて言うなよ」

と声をかけた。イルヴァレーノの額と手が乗せられている自分の手をぐぐっと持ち上げてひっくり返すと、そのままイルヴァレーノの手をギュッと握った。

「イルヴァレーノは僕が拾った僕のものだ。僕の面倒を見ていればいいんだよ」

カインの言葉に、イルヴァレーノは顔をあげてカインの顔を見上げる。少し疲れた顔で笑うカインの顔がそこにあった。

「でも、僕が公爵家に働きに来なければ。元の仕事を続けていれば。セレノスタは目を付けられなかったかもしれないし、カイン様にあんな事をさせる事もなかった」

「俺がもうイルヴァレーノ無しじゃいられないんだよ。朝の髪の毛のセットだってやってもらわないとならないし。俺がいない間のディアーナの見守りもしてもらわないとならないし」

握っていない方の手で、イルヴァレーノの頭を優しくなでてやる。いつもは背の高さも同じぐらいだしスキもないから、イルヴァレーノの頭を撫でるなんてできやしないのに。

「我慢しないことにしてるんだ。我慢しなくてすむ努力を俺はしただけなんだよ、イルヴァレーノ」

カインはそう言いながら、イルヴァレーノに心のなかで願う。もう言わないでくれ。もう、悲しそうにしないでくれ。せっかく実感が無いのに。せっかく、ここはゲームの世界なんだからと自分を納得させているのに。

「カイン様、少し顔色が悪いですね」

カインの顔を見上げるイルヴァレーノは心配そうな顔だ。

子どもたちの言い分を信じた魔導士団長は、その魔道具に興味津々で見た目やさわり心地や発動時の様子などを詳しく聞きたがったし、騎士団長は街からの隠し通路や秘密基地内の埃のつもり方や調度品の有無などを気にしていた。隠し通路なんかがあっては街の城郭の門を警備していても意味がなくなってしまうのだから、防犯上とてもまずいのだろう。

今頃は、官憲隊などが町中の無人の倉庫や空き家を探索しているかもしれない。秘密の通路が他にもないかの確認のために。

「存在しない魔道具について詳細に語るのは意外とつかれたよ」

魔導士団長からの質問攻めに、嘘をごまかすための嘘を重ねるのは骨が折れる作業だった。よく見ないうちに発動してしまったとして詳細は逃げたが、研究熱心な人間は中々にしつこかったのだ。

「カイン様、やっぱり少し顔色が悪いよ。ベッドに横になろう」

そう言ってイルヴァレーノが手を差し出してきた。カインは素直に頷いてその手を取ると、ベッドに寝かされて布団をかけられた。

「眠くはないんだよね」

「十五分寝るだけでも気分がスッキリします。どうせまもなくディアーナ様の勉強が終わる頃合いです。それまででいいから目をつぶっていてください」

カインが目をつぶると、眠くないはずだったのに意識はストンと落っこちたのだった。

「副団長が、木の上に板を渡して昼寝場所にするって言っていただろう？　そういう秘密基地の事は『ツリーハウス』って言うんだ」

「そのまんまな名前ですね」

「ツリーハウスは様式の名前だからね。秘密基地の名前は別に付けても良いんだよ。超平和スレイヤーズとか、カインの魔法工房とか、イル君の解体小屋とか」

「洒落にならない」

「屋敷に自室はあってもさ、ここには親もメイドも勝手に入ってくるじゃん。自分だけの、気が合う仲間同士だけの好き勝手できる空間っていうのが、秘密基地の浪漫なんだよ」

会話にかぶさるように、部屋のドアがドンドンドンと大きな音を出して叩かれた。

部屋のドアが、ノックの音と同時に勢いよく開いた。

ディアーナの登場である。

「お勉強終わりました！　遊んでくださいお兄様！」

「ディアーナ様、ノックした後に返事を待ってからお入りください」

「はいっ」

元気良く入ってきたディアーナに、イルヴァレーノが小言を言う。ディアーナは毎度返事はするものの、マナーはなかなか直らない。ディアーナは毎度返事だけは良い。

「お兄様とイル君は何して遊んでたの？」

ディアーナの来る少し前に仮眠から起きたカインは、ソファーに座ってイルヴァレーノ相手に秘密基地について話をしていた。二人掛けソファーの真ん中に座っていたカインの太ももをぺちぺちと叩いて座る位置をズラさせると、ディアーナはよじ登ってカインの隣におさまった。

「浪漫についてお話してたんだよ」

「ろまんってなぁに？」

「うーん？　夢や幻想への憧れとか？　そういえばロマンって正確にはどんな定義の言葉なんだろうな」

「難しいね？」

カインが首を傾げると、真似してディアーナも首を傾げた。

その様子を見て、鏡のようだとイルヴァレーノは思った。体の大きさも髪の長さも違うのに、こうしていると二人はそっくりだった。

ディアーナといるときのカインはいつも優しい顔をしているからかもしれない。

「そうだ。部屋の中に秘密基地を作ろうか！」

「秘密基地⁉　すごい！　秘密なの⁉」

「秘密だよ！」

カインは立ち上がると、ディアーナを抱いてソファーから下ろして手をつないで部屋を歩き回った。

ディアーナと一緒に学習用の机から椅子を持ってきてベッドから少し離れたところに置き、座面に本を載せて重りにした。

クローゼットのガウンから腰紐を抜くと両端をベッドの天蓋を支える柱と椅子の背もたれに結びつけ、そこにシーツをかぶせると簡易的なテントの様なものができた。

くず入れとして使っている小さなカゴをひっくり返して真ん中に置き、大きめのハンカチを広げて載せる。

小さなランタンを腰紐の真ん中にぶら下げたら、重さで椅子が倒れそうになったので座面に載せる本を増やした。

一時間ほどで、シーツのテントで出来た秘密基地が完成した。

くず入れのテーブルの上にはおやつのキャンディーが載り、ランタンの明かりで揺れる室内にはディアーナの持ち込んだぬいぐるみやイルヴァレーノの読みかけの本、カインの刺繍道具などが所狭しと並んでいた。

「狭いからディアーナとくっつかないとはみ出しちゃうな〜」

と言いながらディアーナに抱きつくカイン。

「はみ出したら見つかっちゃうからね！」

と言いながらぬいぐるみをぎゅっと抱くディアーナ。

「暗くて読みにくい……」

と眉をひそめながら本を読もうとするイルヴァレーノ。

秘密基地だからおやつの時間じゃなくてもおやつを食べて良いよね。とか、秘密基地だから内緒の話をしよう。とか、秘密基地だから宝物を隠そう！　とか。

三人はお昼ご飯に呼ばれるまでコソコソと小さなテントの中で小さな声でおしゃべりをしていた。

昼食が終わり、部屋へ戻ったら秘密基地はメイドに片付けられてしまいすっかり跡形もなくなってしまっていた。

あぁロマンってのは儚いものなんだなと、イルヴァレーノは思ったのだった。

苦髪楽爪《くがみらくづめ》

室内秘密基地が儚くも撤去され、悲嘆に暮れていた子どもたちがようやく立ち直りはじめた頃。カインが父の書斎へ本を借りようと廊下を歩いていた時だった。

廊下の向こう側からディアーナが「お兄様ー」と手を振りながら走ってきた。カインはディアーナを迎え入れようとその場でしゃがみこんで腕を大きく広げて待った。

いつもならボスンと音を立ててカインの胸の中に飛び込み、おでこをグリグリと胸に押しつけてくるディアーナが、今日はカインの目の前でピタリと立ち止まり、ピシッと気を付けの姿勢で背筋を伸ばしたのだった。

「ディアーナ？」

どうしたの？　と言うように首を傾げて問いかけるカインに対して、ディアーナはにこりと笑うと一礼をした。

「ごきげんよう、カインお兄様。わたくしはディアーナと申します。お会いできて光栄でございます」

ディアーナは、左手でスカートの中ほどを小さく摘まんで持ち上げ、右手は胸に、腰から上を左側に少し傾げるポーズをした。

この世界での淑女の礼である。

チラリとディアーナの後ろに視線をやると、しつけ担当のサイラス先生がゆっくり歩いてくるのが見えた。

おそらく、今日は淑女の挨拶を習ったのだろう。習ったことはすぐにみんなに披露したいものだ。

カインは立ち上がって姿勢を正すと右手を胸に、左手は手のひらを相手に向けて腕を少し上げる。

「ごきげんよう、ディアーナ嬢。わたくしはカインと申します。お会いできて光栄でございます。本日もまたあなたに会えた幸運に感無量です。わたくしは今ならこの溢れる幸せを糧に世界を三周は走ることができるでしょう」

そう言って、腰から上を左に傾げた。

澄まし顔でお互いの顔を見つめ合っていたが、どちらからともなく吹き出すと、カインとディアーナは声を上げて笑った。

この世界の淑女の礼はカーテシーとは少し違っていた。

スカートを摘まんで持ち上げるが、片側だけだし膝も折らない。

ゲーム開発者がオリジナリティーを出したかったからなのか、イラストレーターがカーテシーを深く理解していないままスチルを描いたせいなのか、もしくはゲームでは特に設定が無かった為にこの世界で補足された形がこの姿勢なのかは解らなかった。

「カイン様は姿勢は美しいですが口上が長すぎます。簡潔に」

「はい」

カインは今、家庭教師の授業をすべて休んでいる状態だが教え子であることには変わりない。サイラスは目に付いた注意点を指摘してきた。

厳しい顔をしているが、褒めるべきところがあればきちんと褒めてくれるのもサイラスの良いところだった。

「ディアーナ様の前で表情を崩さずにいられたのは良かったですよ」

「ありがとうございます。サイラス先生」

「ディアーナ様も良くできました。体を傾ける時に首はまっすぐにしていれば完璧でしたよ」

「はい！」

サイラスに褒められて上機嫌のディアーナはお父様に挨拶してくる！　と言い残してサッサと歩いて行ってしまった。

ディアーナの後を追うために歩き出そうとしたサイラスは、思い直して足を止めると廊下の片隅に目をやった。

「カイン様。余韻に浸るのは人目が無くなってからになさいませ。もしくは、一人になれる場所まで耐えられるように訓練なさい」

そう言い残してサイラスは今度は足を止めずに歩き出したのだった。

サイラスが視線を投げた廊下の片隅には、両手で顔を覆ってうずくまり、ディアーナの可愛さに打ち震えて泣いているカインの姿があった。

その頃、ディスマイヤは執務室でディアーナから「初めまして」と挨拶されて撃沈していた。


自室で本を読んでいるカインの髪を、イルヴァレーノが梳《す》いている。魔法を習い始めた頃からカインは髪を伸ばし始めていた。

魔力は体に蓄積されると考えられているので、体が大きい方が有利であるとされている。当然、髪にも魔力は宿るので、魔法使いは髪を伸ばしている者が多い。カインの魔法の教師であるティルノーアも髪が長い。

「だいぶ伸びましたね」

「苦髪楽爪って言葉があってな。苦労してると髪が伸び、楽をしてると爪が伸びるってことわざだ」

「ことわざも当てになりませんね」

カインの髪の毛は肩に着く位の長さなので、まだ纏めるのは難しい。しかし前髪やサイドの髪が目にかかり視界を遮るのも良くないので普段はピンで留めている。

イルヴァレーノはポケットからひとつの髪留めを取り出すとカインに見せた。

「この髪飾りで髪を留めても良いですか」

「綺麗な透かし彫りだな。でも、コレだとちょっと女の子っぽくないか？」

それは、蔦と星と月を意匠化したデザインで透かし彫りになっている木製の小さな髪飾りだった。裏にピンが付いていて髪留めになっている。

「セレノスタが作ったんですよ。鍛冶屋で奉公していた時に覚えた細工物の加工の応用らしいです。カイン様とディアーナ様にと預かってきたんです」

もう一つ取り出した髪留めには、花とうさぎと蝶が彫られていた。

「器用なもんだな」

カインは、手にとって日に透かしたり裏側を見たりといろんな角度から観察していたが、しばらくするとイルヴァレーノの手に戻した。

「それで髪を留めてくれ。後でディアーナにも付けてやって、二人でお母様に見せびらかしに行くことにしよう」

カインとディアーナは明るい金色で癖のない真っ直ぐでしっとりとした艶やかな髪をしている。ディアーナは毛先だけくるりんと巻いているので、カインも髪が伸びたら毛先が巻くかもしれない。

ダークブラウンの木製の髪留めは一見地味だが、よく見るととても細かい意匠になっていた。明るい髪色に暗い色のワンポイントがかえって目だち、可愛らしいデザインが明るい髪を引き立てていた。

しばらく後、セレノスタはエリゼが贔屓《ひいき》にしているアクセサリー工房で住み込みで働く事が決まったのだった。

自業自得だけど納得いかないぞ！

謹慎中ということでカインが自室で編み物を始めた頃に、王妃殿下と王太子殿下の孤児院慰問《いもん》が行われた。

弱冠四歳にして王の器を垣間見せたとして、世間的には好意的に評価されているようだった。

夕食の話題として父ディスマイヤが王城や街で聞いてきた慰問に関するアレやコレやを家族に話して聞かせてくれたので、カインもその様子を知ることができた。

アルンディラーノは、新年の挨拶や祭りなどの行事の際に国王夫妻の隣に立って手を振るくらいのことはこれまでにもあったが、王宮の外に出て庶民と触れ合うような公務に参加するのは初めてのことだった。物珍しさから、様子を見にくる見物人はいつもより多かったらしい。

庶民の間では……。

孤児院に訪れた王太子殿下は孤児たちに優しく語りかけてくださった。

園庭に降りて手を繋ぎ、抱き合い、話をよく聞いてくれた。

孤児院の子どもたちだけでなく、見物に来ていた街の子ども達にも声をかけていた。

大勢がいっぺんに遊べる方法を提案し、あぶれる子が出ないように気を配っていた。

王子のおかげで普段はお互いに距離を取り、けして仲がよい訳ではなかった孤児院の子ども達と街の子ども達が仲良くなった。

などなど。

概ね好意的な反応が多数を占めていた。

貴族の中からは権威の失墜だの威厳が無くなるだのといった声も出たようだが、少数派らしい。

気を良くした王妃殿下と城の重役達は、次の公務にも王太子殿下を連れていけないかと行事内容を吟味《ぎんみ》中との噂もあるそうだ。王家の人気が高まっているらしい。

「アル殿下は、今後は母親と一緒にいる時間が増えるんじゃないか」

「四歳で仕事をするって事ですよ。良いんだか悪いんだか」

夕飯が終わって、自室で編み物をしながらカインが噂の感想を口にした。

刺繍には飽きたらしい。

ローテーブルに載せたブックスタンドの本を眺めながら目の数を数えている。

「この、裏山からすくって手前の輪を潜らせるってどういう事だ……。編み物は編み物で独特の言い回しがあるな……動画があればなぁ」

「動画？」

「誰かが実際に編んでるところを脇で見せてもらえたらわかりやすいんだけどな」

「そうですね。百聞は一見にしかずですね」

カインは前世で、和食の基本という本を買って料理に大失敗したことがあった。その後、有名和食店の料理長がアップした料理の作り方動画をみたら嘘みたいにするっと料理が作れるようになった。

その経験から、何かを始めようとするときはハウツー動画を見ることが多かった。

当然ながらこの世界には動画配信サービスなんて無い。何かを始めようとするときは本に頼るか、できる人に教えを請うしかなかった。

今のところ、カインに編み物を教えてくれそうな伝は無かったので本を見ながら四苦八苦していた。

「今回は僕を巻き込まないのですね」

刺繍の時は巻き込まれて一緒になって練習させられたイルヴァレーノである。編み物と格闘している主人のそばで少し手持ち無沙汰だった。

「これは完全に暇つぶしの趣味だからね。やりたければおまえの分の道具もそろえてもらうよ。実家のみんなに手袋を編んでやるのも良いんじゃないか」

イルヴァレーノの実家は孤児院だ。

お金や贅沢品での寄付は、神殿の運営に回されてしまって子ども達まで恩恵が回ってこない事がある。

「イニシャルでも入れて編んでやれば、取り上げられたりし難いだろ……クソっ」

カインは手元の編み物で失敗したのか、せっかく編んだものから棒針を抜いて毛糸を引っ張りほどいていく。

先ほどから、三、四段ほど編んではほどくと言うことを繰り返していた。

「そうですね。僕は本を見ながら出来そうにありませんので、カイン様ができるようになったら僕に教えてください」

イルヴァレーノの答えに、わかったと返事をしてカインはまた一から毛糸を棒針に巻き付けていく。

「じゃあ俺がマフラーを編んでる間は、お前は俺の髪を編んでてくれ」

カインがそう言うと、今度はイルヴァレーノがわかりましたと返事をして櫛《くし》を取り出したのだった。

王太子殿下の初公務から一週間ほど経ち、カインのマフラーが完成した日。王宮から使者がやってきた。

宮廷庁の副長官で、ヴィンチェンツォ・ディディニッツィと名乗った。

名前で呼んでも家名で呼んでも呼びにくい名前だなと思いながら、カインは頭の中で三回名前を繰り返した。

応接室にて、母エリゼとカインが並んで座り、向かいのソファーにヴィンチェンツォが座っている。ヴィンチェンツォは一枚の紙を書類鞄から取り出すと、テーブルの上に広げて置いた。

「これは、王室の今後三か月間の行事一覧です。他にも公務はあるのですが、一般に公表されている物はこちらにすべて記載されています」

言われて、カインとエリゼがのぞき込むと確かにそこには「新型脱穀機導入視察・エヴァンヌ農園精麦工場」「復興地域訪問・スヴェント地区水害地域」など、行幸先と日付が箇条書きにされている。農園に水害地域に先日の孤児院に。中には外交の為か隣国に行く予定も書かれている。

その他にも、一月後の収穫祭開始の挨拶や三か月後の建国祭の各行事まで記載されている。

いろんなところに行っているなぁとカインは感心しながら眺めていた。

「このうち、アルンディラーノ王太子殿下を同行させるのに良い行事は何かありますか？　出来ればひと月以内のもので。カイン君」

「え？」

カインは名前を呼ばれて目を丸くした。王族の城外行幸の予定など、カインには全く関係のない話である。そこにアルンディラーノを連れていくか行かないかについてもカインの知ったことではない。

「僕ですか？」

「ええ。是非とも君の意見を聞きたい。そして、事前研修が可能ならまた引率をお願いしたい」

カインはめんどくさいと思ったし、なんで俺がと思ったし、そんな事を子どもに頼みに来る大人が信じられなかった。無能なんじゃないのか。

「先日の孤児院慰問の際、王太子殿下は事前に孤児院を訪れていたと聞きました。そこで子どもたちの姿かたちに慣れていたからこそ落ち着いた対応ができたのでしょう」

「そうですか」

孤児院の子どもたちの様子を『姿かたち』と言い表した事にカインはカチンと来た。貴族から見れば、孤児たちはみすぼらしい服を着ているしいつ風呂に入ったのか不衛生にも見えるだろう。

それにしたって、言い方ってものがあるだろうとカインはイラっとしたが、顔に出さない事に成功した。サイラスの教育のたまものである。

「孤児院の慰問に同行することも、事前に孤児院で孤児達に慣れておくことも君が助言したことだと聞きました。おかげで王太子殿下の市井での評判はすこぶる良いのですよ」

アルンディラーノの市井での評判など、カインにとっては知ったことか！　だった。アルンディラーノの若干歪んだ恋愛観というか愛情というかが、両親との愛情不足によるものだと考えたカインが、仕事で忙しい母親と一緒にいる時間を作るための施策として提案しただけなのだ、孤児院慰問について行くというのは。

せっかくなら、母親に褒められる方がいいだろうと事前に孤児たちと交流を持たせた。それだけだ。

「王太子殿下の評価向上に貢献できたのなら、我が家としては光栄の極みにございます。王家の発展についてはいつも祈り願っているものですから。ですが、この子は先日廃墟へ王太子殿下を連れ出した上に、危ない目に遭わせてしまったのです。我が家では屋内謹慎させて外部とのやり取りも外出も取りやめて反省させている最中なのです。そういった状況ですので、ご協力は難しいかと考えますわ」

母エリゼが、一旦断る方向で口を開いた。

アルンディラーノに母の公務について行けと助言したことは親には言っていない。孤児院に連れて行った事はファビアンにバレているので両親に伝わっている可能性はあるが、カインからはあえて伝えてはいない。

「その話は聞いております。しかし、爆発は偶発的な事故だったとのことですし、子どもの頃には秘密基地にあこがれるのはよくある事です。男の子であればなおさら。国王陛下と王妃殿下は子ども同士の遊びの場の事であるからと、不問に処すお考えです」

（わぁお）

王太子殿下脳みそ蒸し焼き未遂に続いて、誘拐未遂も、爆破現場連れまわしの件も不問なのですか、もうちょっとアルンディラーノを大切にしてやってください。と、カインは口に出さずに抗議した。

ディアーナの幸せの為なら、最悪事故に見せかけることができるのであればアルンディラーノが死んでも構わないぐらいの事は思っていたカインだが、最近はアルンディラーノにも情が湧いてきた。できればディアーナに危害を加えない真っ当な人格に育ってくれれば良いなと思っていたところではあるが。

自分でさえ少しやりすぎじゃないかと思うぐらいの事を、あっさりとその両親が「不問に処す」というのは一体どういうことなのか。カインとしては納得がいかなかった。

「すぐにコレと示せるわけではありません。お時間をいただきたく存じます」

カインはとりあえず時間を稼ぐことにした。

孤児院はイルヴァレーノの事もあって事前につながりがあったからできた話である。急に万全の態勢で当たれる行事をひと月先の物から選べと言われてもホイホイと選べるものではない。

「では、三日後に国王陛下と王妃殿下がカイン君と謁見の時間を取っておられる。その時までに候補を選んでおいてほしい」

「はっ!?」

「カイン!」

三日後に、国王陛下が時間を取っている。

そのとんでもない事実に思わず素で声を上げてしまうカインと、たしなめるエリゼ。エリゼも、カインをたしなめつつも困惑顔である。

「三日後、午後に迎えをよこします。王太子殿下の今後の評価につながりますので、慎重にねがいますよ」

そう言い残して、口が回らずに舌を噛みそうな名前の偉い人は公爵家を辞したのだった。

その日の夜、仕事から帰って来た父ディスマイヤはタ飯後にカインを執務室へと呼びだした。

「王太子殿下の公務への参加は、カインが進言したと聞いたのだが……そうなのかな?」

向かい合わせに座っているディスマイヤからは、怒っている様な気配は感じられない。感情を隠すという貴族のたしなみを完璧にこなしているのか、本当に怒っていないのかはカインにはわからなかった。

「はい。アル殿下がご両親との時間が少ないと話しておられたので、なんとか王妃殿下との時間を作る方法が無いかを考えて、愚考ながら進言させていただきました」

とにかくフラットに。平坦な声になる様に気を付けてカインは回答する。アルンディラーノをディニィさんに押し付けようとしたら人妻だったので次善の策でしたなどとは言えるわけもない。

「僕も、剣術訓練に参加するようになってからお父様との会話の時間が増えました。僕は仕事までご一緒するわけではありませんが……、仕事に向かう馬車をご一緒させていただくだけでも一緒にいる時間が取れるのだと気づきましたので、同じことを提案してみただけの事ですよ、お父様」

暗に、思いついたのは父のおかげですと責任転嫁を滲《にじ》ませる。

「事前に、孤児院に連れ出して予行演習までさせたのだそうだね？」

「以前、殿下はディアーナを転ばせました。意地悪のつもりではなかったようですが、感情のすれ違いで強引に手を引くなんて行動に出てしまった結果です。孤児院には同じ年頃だけでなく小さい子も僕と同じぐらいの年の子もいます。上の子が下の子の面倒を見る様子や大勢がちゃんと仲良く助け合っている場所に交じることで、殿下がディアーナを含め女の子たちに優しくなってくれたらいいな～。という思いでお連れしただけです。予行演習のつもりなんかありませんでしたよ。お父様」

感情のすれ違い（？）でアルンディラーノの脳を焼こうとした自分の事は棚に上げるカインである。

もちろん、本当は予行演習のつもりで連れて行ったので「そんなつもりはなかった」も嘘だ。

孤児院へ連れ出した事自体は、近衛騎士団副団長のファビアンが許可を取ったうえで出かけた事になっている。目を離したつもりもないのに子ども二人を見失ったメイドはファビアンが許可を取りに行くまで中庭からいなくなっていることに気が付いていなかったらしく、書面上ではメイドからファビアンが二人を引き継いだ事になっているので特に問題はなかった。

何も問題のない行動ということになっているので、エルグランダーク家へは特に連絡も報告もなかったのだ。アルンディラーノと連れ立って外出するという事は、カインから事前に報告を受けているだろうと誰もが思っていた為だ。

カインの答えを聞いたディスマイヤは、深いため息をついて目をつむり、何事かを考えていた。

膝の上に置いた手のひらの、人差し指でトントンと膝頭を叩いている。そして、もう一度深く息を吐き出すと目を開けてカインの瞳をじっと見つめた。

「カイン。お前は、王太子殿下や王家の評判を上げるためにやったわけではないんだな？」

探るような目で質問をする。

「結果的にそうなったことは、喜ばしいことだと思います。ですが、そういった意図はありませんでした。アル殿下と王妃殿下がより仲良くなれれば良いなと思ってしたことなのです」

ディスマイヤの質問に、そう答えるカイン。

この回答内容については嘘はない。ただ、付いて行ったのに大失敗でしたでは親子関係がこじれてしまう可能性があったので、なるべく成功するように事前準備をしただけのことだった。

「分かった。私から行事選定の件についてはお断りする方向で話をしよう。それとも、やりたいか？」

「いえ。そんな責任重大な事は僕にはできません。是非お断りしてください。おねがいします」

「うん」

一旦、重大な話は終わったとばかりにディスマイヤはソファーに深々と座り直し、背もたれに背も頭も預けてのけぞった。

「はぁ〜〜〜〜」

声を出しながら肺の中の空気をすべて出し切る勢いでため息をついたディスマイヤに、カインは珍しいものを見たという顔をした。

退出して良いとも言われていないので、とりあえず座ったままで父の行動を見守っている。

「カインが優秀すぎて僕ぁおっかないよ！　なんでも出来て一人で勝手に成長しちゃいそうなフリしておいて、突然『秘密基地』とか子どもみたいなこと言い出すし、将来の夢は魔導士団か騎士団かい？　って聞けば王城で文官として働くとか地味な事言うし！　そんな派手な顔しておいて！」

珍しく、エルグランダーク公爵家当主の仮面が外れたな。とカインも肩の力を抜いてソファーの背もたれに体重を預けた。

「派手な顔とは何ですか。顔はお父様とお母様譲りですよ。まんべんなく二人に似てるじゃないですか」

「パーツの配置位置でこんなに美醜が変わるもんなんだねーと感心している所だよ！　勉強も魔法も剣術も、なんか皆してカインの事すごいすごいって褒めてるし、もっと派手な仕事したらいいじゃないのさ。まだ子どもなんだから、夢は無限大だよ！」

「じゃあ、冒険者になりたいです」

「君は公爵家の長男だからー!!　自覚はもってー!?」

「ほらね。夢にだって限界はありますよ」

王家に次ぐ権力を持つと言われている筆頭公爵家のエルグランダーク。その現当主のディスマイヤは両親を早くに亡くしている。祖父母は健在だが領地に引っ込んでおり、弟と一緒に領地運営をしている。

若くして筆頭公爵家の当主を継がなくてはならなかったディスマイヤは当時相当苦労したそうだ。

カインは時々、母エリゼから当時の苦労話を愚痴られていた。

ディスマイヤは法務省の事務次官という役職で仕事をしているが、それとは別に国に関する重要な事柄を王を含めて相談するための組織『元老院』のメンバーでもある。

元老院には『家』が所属するので、国内の公爵家三家と、建国から存在する老舗の侯爵家四家の合わせて七家の当主で構成されている。

二十代の前半、エリゼを嫁に貰って間もない時に当主となったディスマイヤはだいぶ苦労をした。七十歳を過ぎてもなお息子に家督を譲らず元老院に居座り続けている侯爵家の老人にネチネチといびられたり、経験を盾になんでもかんでも言う事を聞かせようと理屈の立たない説得をされ続けたりしたのだ。

三年もすれば、何事にも動じない公爵家当主の顔と態度を取れるようになっていたディスマイヤだが、時々タガが外れると素が出て子どもっぽい態度になる事がある。

今日がその時だった。

「こないだだってさ、ディアーナが淑女の挨拶を覚えたってんで披露しに来てくれたんだけどさ、『初めまして！』だよ！　もう四年もお父様やってるのに！　しかも、またカインの方が先に挨拶されたらしいじゃん！」

だんだん話が逸れてきた。こういう時は母エリゼに丸投げするに限る。カインは立ち上がって辞去の挨拶をしようとした。

「あー……カイン。行事を選定するのはお断りできると思うんだけどさ、もうスケジュール空けちゃってるとしたら、王様との謁見は避けられないかもしれない。そこはごめんね。友達のお父さんに会いに行くぐらいの気持ちで行って来てくれたら助かる」

「友達のお父さんて、そんなわけにいかないでしょう……。謁見については了承しました。ふさわしい服を買ってもいいですか？」

「いいよ。パレパントルに言っとくから好きにして」

今度こそディスマイヤに辞去の挨拶をして部屋を出たカインは、ディアーナにおやすみなさいの挨拶をしてから自室に戻ると布団に潜り込んだ。

布団からは、安眠効果があるというハーブのにおいがした。

気持ちが悪い親の愛

国王陛下と王妃殿下との謁見は、謁見室ではなく談話室という場所で行うという事でカインはそちらに通された。

カインは謁見室というのを見たことは無かったが、前世のゲームオタク知識としては高いステージの上の玉座に座った王様と王妃様と、下段の広場に伸びるカーペットの上にひざまずく一般人……というイメージだった。いわゆる、ロールプレイングゲームのオープニングの様なイメージだ。

そんなところで国王陛下と会話をするのは物々しすぎるだろうと思うのでカインは助かったと思っ

ている。

談話室は、十脚の椅子が並べられた円卓が置いてあった。椅子を引き出しても余裕があるほどの広さの部屋で調度品はほとんどなかった。

ふかふかの絨毯と十脚の椅子と円卓、壁側に書記用と思われる文机と椅子があるだけの部屋。

「この世界でも、身分の上下なく対等な意見を交わしましょう～っていう意味はあるのかね。このテーブルには……」

先に談話室に案内され、お待ち下さいと言われたカインは設置されている円卓をみてそうつぶやいた。

しかし、円卓となるとどこに座っていいかわからない。とりあえず一番入り口に近いところが下座かなぁとは思うものの、入り口から国王陛下が入ってきた時に背中を向けているのもなんか不敬な気もするしなぁと、思案した結果、カインは国王陛下が来るまで立って待つことにした。

そのうちに、お茶セットをワゴンで持ち込むメイドや円卓の真ん中に花を飾るメイドなどが出入りをしはじめたので、カインは邪魔にならないように部屋の端によって壁に背を預けて準備が進む様子を眺めていた。

円卓以外には家具が何もなく、広すぎる気もしていた部屋だがお茶セットとそれを入れるための人員が壁沿いに待機し、警備の為に前入りした近衛騎士たちが部屋の窓際とドア脇に立つと、部屋はむしろ手狭な印象になった。

「国王陛下、王妃殿下ご入場です」

入り口にいた騎士が声を張ると、お茶ワゴンの脇に控えていたメイドが深く頭を下げる。騎士は警護のために頭は下げず少し目線を下げた。

カインもそれにならって壁から背を離すと頭を下げた。

下げた頭の前を大人が二人通っていくのを目の端に見た。その後、椅子を引く音と衣擦れの音がしたと思えばようやく「面を上げよ」との言葉が落ちてきた。

顔を上げれば、壁を背にした席に国王陛下と王妃殿下は座っていた。カインは国王陛下はあちこちに飾ってある肖像画でしか見たことがなく、直に会うのは初めてだった。

(肖像画より太ってる気がする……)

丁度対面に当たる位置にある椅子を、国王陛下と一緒に入って来た執事服を着た人物が引いてくれた。ここに座れという指示だと判断してカインはその椅子の脇に立った。

「カイン・エルグランダークで間違いないか?」

「はい。エルグランダーク公爵家当主、ディスマイヤの長子。カイン・エルグランダークです。お初にお目にかかります。本日御前に参じご尊顔を拝し奉り恐悦至極に存じます」

カインは右手を胸に、左手を体の脇で上げて体を左にかしげる。

「ハインツ・エルグランディス・リムートブレイクである。私も君に会えてうれしい。さ、座りなさい」

ハインツ王は手で椅子を示す。

軽く一礼してカインは椅子に座った。

それを合図にメイドたちが一斉に動き出し、円卓に座る三人の前にお茶と茶菓子が並べられた。

同じティーポットから出されたお茶を後ろに控えている白いワンピースの女性が口に含み、茶菓子も種類ごとに一つずつ食べていった。

「問題ございません」

白いワンピースの女性はそう言って一礼すると壁際に置かれた椅子に座った。

「さ、カイン君も遠慮なく食べてね！　今日はアルンディラーノの話を聞かせてほしいの」

王妃殿下がそういってカインに菓子を勧めつつ、自分もお茶を一口飲んだ。

国王陛下と王妃殿下の話は、孤児院訪問をアルンディラーノへ勧めた事への謝辞とその結果どのような効果があったかの報告から始まった。

その報告を聞いている間は、王妃殿下とアルンディラーノが仲良く公務をこなせたのだとホッとして話を聞いていたカインだが、アルンディラーノの普段の様子が知りたいと水を向けられたところからカインは違和感を覚え始めていた。

「近衛騎士団に交ざっての剣術訓練はどうだい？　アルンディラーノとカイン君が打ち合いをしているそうだね」

「はい。基本の型や素振りなどは騎士の方に見ていただいておりますが、体格が違い過ぎて騎士の皆様とは打ち合いはできませんので。アルンディラーノ王太子殿下にお相手していただいております」

「アルンディラーノとカイン君でもまだ体格差があるだろう。なのにしっかり打ち合いになっているのはカイン君が合わせてくれているからだろう？　君はかなり優秀だと騎士たちも言っておった」

「いいえ。騎士団に交ぜていただく前は私は領地の騎士に片手間に教わっていただけでしたが、王太子殿下はこれまでも騎士団長から指南頂いていたそうですね。あのお歳で体幹がだいぶしっかりしておいでだと思います。思いきりぶつかっても倒れず耐えるのはすごいと思います」

「そうなのよね。先日はアルンディラーノの下段からのフェイントが決まってカイン君から一本取ったのよね」

「でも、その後のつばぜり合いで競り負けてしまったんだろう？　アルンディラーノは」

騎士団での訓練について一通りの会話が進むと、カインとアルンディラーノの昼食の話になった。

「アルンディラーノはトマトが嫌いなのよね。それをカイン君が無理やり食べさせたっていうのよ」

「トマトは私も嫌いなんだよな。あのヌルヌルしている所が……」

「好き嫌いはダメよねぇ。カイン君はアルンディラーノのお兄ちゃんみたいね」

「いえ、そんなことは……」

「お昼ごはん食べながら、内緒話したりしてるのよね。もしかして、好きな子の話とかなのかしら？」

「それは未来の王子妃ということか？　相手は誰と言っていたのだ？」

「まだ子どもだもの、憧れとかそういうお話よね。大げさだわ」

（なんだ？　何かおかしい）

カインは、顔をしかめたくなるのを堪えて笑顔で応対する。

会話そのものは、いたって普通の内容だ。カインとアルンディラーノが共に剣術を学び、昼食を食べ、孤児院に行って遊んだ話。

それらを振り返って細かいエピソードに笑い、感心し、褒めて少し怒る。それだけだ。

こんなことがあったのよね、と王妃に話を振られてそうでしたねとカインが答える。

こんなことがありましたよ、とカインが話を振ればその後こうなったのだったなと国王陛下がつなぐ。

友人の両親と、友人の話をしていると考えれば何もおかしくはない会話。しかし、カインは何かが引っかかってしまい心がもやもやとしてしょうがない。

一時間ほど談笑をした後、今後もアルンディラーノと仲良くしてほしいという事と、アルンディラーノの公務への参加について何か意見があれば何時でも意見を言うように、というお願いをされてカインと国王夫妻との謁見は解散となった。

カインは妹へどうぞと茶菓子を手土産に持たされて、王宮の馬車で公爵家まで送られて帰宅した。

「お兄さま！　おかえりなさい！　何かいい匂いがします！」

「カイン様おかえりなさいませ。……お疲れ様でございます」

ディアーナが挨拶をしながら左腕に取り付き、左手に持ったバスケットの中をのぞき込む。

イルヴァレーノが顔色をみてすこし眉をひそめた。


すっかり明かりの落とされた暗い部屋。

天蓋から下がっているカーテンも閉じられたベッドの上で、カインは静かな寝息を立てていた。

一日の仕事は終わっているので、イルヴァレーノも隣の使用人部屋に引っ込んでいる。

「あああああ！　そうかわかった!!」

突然大声を上げてガバリとカインが起き上がる。

国王陛下と王妃殿下との会話で感じた違和感。半ば夢をみながら今日あったことを反芻《はんすう》していて気が付いたソレは、とてつもなく気持ち悪いことだった。

頭を抱えようとした時に、バサッと大きく天蓋付きベッドのカーテンが開いた。

寝ぐせのついた頭のままの、イルヴァレーノがそこにいた。

「……寝ぼけたんですか」

ベッドの上で半身を起こして座っているだけのカインを見て、イルヴァレーノは実に嫌そうな顔をした。

カインの出した大声に反応して使用人部屋から飛び出してきたのだろう。寝間着のズボンは右足だけ膝までまくれあがっているし、上着の裾は左側だけズボンの中に入っていた。

「ちょっと意見を聞きたいんだけど」

「明日じゃだめですか。僕もう眠いんですけど」

思いついた内容を誰かと会話することで整理したかったカインだが、イルヴァレーノは付き合う気はなさそうだった。

一度は覚醒した脳みそも、無事な姿をみればもう睡眠を求めて瞼《まぶた》を下ろせと指令をだし始めている。

ふぁあとあくびをして、軽く目をこすっている。

「じゃあ、布団に入ってきてここで横になっててよ。とにかく空気に話しかけるんじゃむなしいからここにいて」

そういって布団をめくって自分の隣の敷布をポンポンと手のひらで叩くカイン。すでに半分寝ているイルヴァレーノは「ん」と言いながら目の前のベッドによじ登り、カインの隣に収まるとめくられていた布団を自分で引き寄せて頭まで被った。

「せめて顔はだしておけよ。薄情だな」

「んんー」

イルヴァレーノはもぞもぞと体をずり上げて頭を半分だすと、目をつぶった。

その姿を見てフッと鼻で笑ったカインは、右手にあごをのせ、左手で右ひじを支えるポーズをとると思案顔になった。

「アル殿下と参加している近衛騎士団との剣術訓練には、国王陛下も王妃殿下も来たことが無いんだ」

「訓練後の昼食も、いつも二人で食べていた。お二人とご一緒したことはない」

「なのに、さもその場にいて見ていたように話していたんだ。剣術訓練も昼食も、まるで家族三人で過ごしていたかのように」

「訓練の内容どころか、治癒魔法士にすっかり治されて報告するまでもない怪我の経緯やその時の俺たちの会話まで知っていた。食事中のやり取り、苦手なものを克服させたことや、『落としたフォークを拾おうとしてお互いの頭をぶつけた』みたいな些細なことまで、まるでそこで見ていたみたいに話していたんだ」

カインとアルンディラーノがお互いの耳元で小声で話した内緒話の内容までは知らなかったが、「仲良さそうに内緒話をしていたわね。何をはなしていたのかしら？　こっそり教えて？」と言ってきた。

内緒話をしていたことは知っているのだ。

家族の距離感で一緒に食事をしていても、内緒話は聞き取れないだろうから同じ事だ。

「だったら、見てたんだろ。側で」

すっかり寝ていると思っていたイルヴァレーノから声が出てきてカインは驚いた。見れば、目はつぶったままだが半分だけ出していた頭が今は全部布団から出ていた。

「剣術訓練は、まぁ周りにたくさんの近衛騎士がいたから彼らから情報収集していたのかもしれないけど、昼食は二人きりだった。食堂には誰もいなかったんだよ？」

「メイドは？　給仕の使用人は？　ドアの外に護衛はいなかったのか？」

イルヴァレーノに言われてハッとした。

「いた。後ろにメイドが二人控えていた。給仕は最初と最後だけ出入りしただけ。護衛は……いなかった気がする。王宮内では基本的に個別の護衛は付かないと言っていた」

そういえば、メイド達は声を潜めると近寄ってきていた気もする。国王陛下か王妃殿下のスパイだったのか。

「お貴族さまは、壁際に控えている使用人を本当に壁だと思っている節がある。気をつけろ」

「壁に耳あり私メアリーって事だな」

「メイドはメアリーって名前だったのか？」

「いや知らないけど……」

しかし、メイドは日によって付き従う人が違う。近衛騎士だって基本は副団長が指導してくれているが、仕事の都合なんかで別の騎士が見てくれる事も良くあった。お茶の準備にその場を離れたことだってある。しかしその間の情報すら漏れていたのだ。

「なら、城の中が全員スパイなんだろ。王子様観察報告書みたいなのが提出されてるんだよ。廊下ですれ違っただけだとしても一行だけの報告書をだすんだよ」

イルヴァレーノの言葉に、先日の執事の言葉を思い出して顔をしかめるカイン。イルヴァレーノの主はカインだが、その他の使用人の主はディスマイヤとエリゼであると言われた。

「たった一行の報告書なんてどうするんだよ」

「『何月何日何時何分にドコソコの廊下ですれ違いました』って報告書が他の使用人から五分ごとに十二枚集まれば、王子様が一時間のうちにどの経路でどう移動したのかがわかる。『カインと一緒だった』って添えられてる報告書と添えられてない報告書があれば、どこでお前と合流したり別れたりしたかもわかる」

カインはマジマジと隣で寝ているイルヴァレーノを見る。相変わらず目をつむったままだが、嫌そうに眉をひそめている。

「そんなの報告書は膨大な量になるじゃないか……。陛下も王妃殿下もお忙しいのにそんなものに目を通していられないだろ」

「報告書を整理してまとめるヤツが別にいるんだろ。十二枚の報告書も一枚の地図に矢印だけ引けば確認なんて五秒でおわる。王様なんだからそんなの人にやらせるに決まってるだろ」

「なんでも自分でやりたがる王様かもしれないだろ……」

そんな事ないだろうと思いながらも反論をしてみたカインだった。

イルヴァレーノの言うとおりなら、カインとアルンディラーノの行動や会話を記した報告書。一日の行動順路や一挙手一投足が書かれた報告書。それらを読んでアルンディラーノと一緒にいたような気になっている、見守っている、知ったような気になっていると言うことではないか。

アルンディラーノの方は親と滅多に会えず、親同士がどんな風に自分について語っているかも知らないのに。

「手の込んだ事だな」

「情報は量だ。取捨選択したり纏めるのには技術がいるが、集めるだけなら誰でもできる。……だから、子どもが使われる……」

「イルヴァレーノ」

「もう良いか？　もう寝ようぜ」

本当に眠いのか、さっきからイルヴァレーノの言葉はだいぶ砕けている。執事に注意されてからは二人しかいない場でも使用人としての口調を崩さないようになっていたのに。

しばらく黙って考え込んでいたカインだが、隣からスウスウと寝息が聞こえてきたのに気が付いてため息をひとつ吐くと、自分も布団に潜り込んで目を閉じた。

カインの苦手なもの

カインには前世の記憶がある。

カインの前世は地球という星の日本という国に住む三十歳手前の男性で、ゲームが好きでゲーム実況動画を配信して小遣い稼ぎをしている人間だった。

三十歳手前といえばもう十分な大人であったが、前世ではホヤが大の苦手だった。あの感触も見た目も磯臭さもどれもコレもが嫌悪感の対象でしかなく、居酒屋のメニューで名前を見かけるだけで眉をひそめるレベルだった。

大人なのに好き嫌いするなんて、と職場のおばちゃんに言われた事もあったが、緑黄色野菜を嫌ってるんじゃ無いんだから良いんだ！　と反論していた。

幸いなことに、転生した世界ではまだホヤと出会っていない。

王都からは海が遠いせいもあるし、乙女ゲームの世界であるこの世界にはそもそもホヤが無いのかも知れない。

乙女ゲームとは縁が無さそうな食べ物。それがホヤ。

そして今を生きているカインであるが、緑黄色野菜のひとつであるニンジンがダメになっていた。

前世ではニンジンが苦手なんて事はなかった。むしろ、肉料理に添えられるニンジンのグラッセなんかは大好物だったのだ。

砂糖とバターで甘くコクのある味に仕上げられたグラッセに肉汁とデミグラスソースが絡まった状態は神の食べものだとさえ思っていた。

なのに、カインの舌を通すとどうしても受け付けないのである。

「野菜のくせに甘い」のが許せなくなってしまっているのだ。

これはもう体の相性とか遺伝子のなんかが作用しているとか、そう言うことなんだろうと諦めていた。

暗記ものの勉強が苦手だった前世と違い、勉強はやったらやった分だけ、運動したらした分だけ成長するカインの『攻略対象者』という体を考えれば、前世の記憶はあるもののやはりもう全くの別人なのだなと諦めるしかないのだ。

あの神の食べ物を、もう美味しいと思えなくなってしまったことはとても残念だった。

ニンジンが苦手になったカインにはもう一つの試練があった。

ディアーナもニンジンが苦手だったのだ。

好き嫌いしてはいけないよ、と諭すためには自分が率先してニンジンを食べる必要があった。ディアーナは粒の大きな豆類も嫌いだったが、そちらは時々「次はちゃんと食べるんだよ」「お母様には内緒だよ」と言いながら食べてやる事もできた。

代わりに食べてやることで「お兄様だいすき！」と感謝されるのでカインは諭して食べさせるの半

分、代わりに食べるの半分で対応していた。

しかし、ニンジンはダメだった。ニンジンだけはなんとか諭してディアーナ本人に食べさせていた。自分の分を食べるだけで精一杯だったのだ。

「カイン様も、食べたことを褒めてくれる人がいれば美味しく食べられるようになるんですかね」

「ディアーナだってニンジンや豆が美味しくなってるわけじゃないだろ」

目の前に、オレンジ色をしたクッキーとパウンドケーキが置いてある。

ニンジン嫌いを克服してもらおうと料理人が作ったらしい。母エリゼが先ほど持ってきたのだ。余計なことを……とカインは苦々しく思った。

食事中にも顔に出さずにニンジンを食べていたのだが、料理人にニンジン嫌いがバレてしまったのだ。

謹慎中に自室で食事を取っていた時。食欲が無く食事を残していた時期があったのだが、まんべんなく残していたつもりだったが無意識にニンジンが多く残されていたらしい。

おかずを半分残す。という残し方なら良かったが、おかずの中のニンジンだけ残っていたらしい。無意識だった。

「食べられたら、褒めてあげますよ？」

イルヴァレーノがニヤニヤしながらそばに立って見守っている。

舌打ちをひとつしてジロリとイルヴァレーノを一睨みすると、クッキーをひとつつまみ上げた。

ニンジンの甘いところがダメだっていうのに、クッキーなんて甘いものに加工してどうするって言うのか。持つものは持たざるものの気持ちがわからないのか！　などと脳内の思考が悪足掻きして、つまんだクッキーをなかなか口に運べない。

コンコンっバタンっ！

ノックと同時にカインの私室のドアが開いた。

「お兄様ご本を読んで差し上げます！」

「ディアーナ様、ノックをしたら返事を待ってからお入りください」

「はい！」

いつも通りのやりとりをして、ディアーナが部屋へと入ってきた。大きな絵本を抱えていたが、カインの指先に摘まれたクッキーを見ると目を輝かせた。

「あー！　お兄様だけお菓子ズルイ！　ディも食べる！」

駆け足でローテーブルまで来たディアーナは、カインとイルヴァレーノが声を掛ける間もなくヒョイと皿からクッキーをつかむと口の中に放り込んだ。

「ディアーナ様、それ……」

「ディ、ディアーナ……大丈夫か？」

ひとつが大きめのニンジンクッキーをモグモグとほっぺたを膨らませて咀嚼していたディアーナは、ゴクンと飲み込むとニコリと笑った。

「美味しいね！　オレンジ色は何の色？　オレンジ？　お花？」

そう言いながら、ディアーナはもう一つクッキーをつかんでまた口に放り込む。

その様子を無言で見つめていたカインとイルヴァレーノは、どちらからともなく顔を合わせた。

「よろしいですか？」

とイルヴァレーノが聞いてくるのでカインが頷くと、イルヴァレーノもクッキーをひとつ取って口に入れた。

しばらく眉間にしわを寄せながらモグモグと口を動かしていたが、やがてゴクンと飲み込むと首を傾げた。

「たぶん、カイン様食べられますよ」

「えぇー……」

カインと同じくニンジンが苦手なはずのディアーナがニコニコと食べているのと、イルヴァレーノが食べられると請け負っている。

さすがにこの状況で食べないというのはカッコ悪い。エイヤっと摘まんだままのクッキーを口に放り込んだ。

咀嚼してみると、ほんのり蜂蜜の甘さが口の中に広がり、小麦の香ばしさがホロリと崩れていって、そしてのどの奥に消えていった。

青臭さなどは何もなかった。

「ニンジンの味がしない……」

「ニンジン嫌いのために、ニンジン入りだけどニンジンを感じさせない工夫をしてくれたのでは？」

「それは……意味なくないか？」

カインもディアーナも、ニンジン嫌いだがいつも残さず食べている。ディアーナはしかめっ面で、カインは表情を隠してだがちゃんと食べている。

こういうのは、どうしても食べない子に食べさせるための方法なのではないか？

「ニンジンの味がしないなら、苦手克服には役に立たないだろ」

「褒めましょうか？」

「いらないよ」

ニンジンの味がしないとわかっても、なんとなく手が伸びないカインと違って、ディアーナは次々にクッキーを食べている。

「イル君！　お茶ほしい！」

「ディアーナ様。お茶を淹れますから、ちゃんと座って食べてください」

「はい！」

カインが一度立ち上がり、ディアーナを抱いてソファーに座り直す。

イルヴァレーノが茶器棚へ向かって足を進めている。

クッキーがお皿に半分になった頃に、ディアーナはパウンドケーキに手を伸ばした。

「ディアーナ、それは大きいから僕と半分こしよう？　そのまま食べたら口からはみ出してしまう」

ディアーナより先にパウンドケーキを手に取ると、カインは半分に割って片方をディアーナに渡した。

クッキーがニンジンの味がしなかったので、カインは油断した。一切れの半分の大きさを、一口で食べたのだ。

クッキーよりも水分が多く、本来から粉以外のものを混ぜやすいパウンドケーキには、クッキーとは比べものにならないほどのすりおろしニンジンが含まれていた。

ティーポットに湯を入れて振り向いたイルヴァレーノの目に、二人そろってソファーの上で悶絶する兄妹が映ったのだった。

アルンディラーノのあこがれ

アルンディラーノには乳母が五人いた。とは言っても同時に五人いたわけではない。

一人目の乳母は、雇われたものの乳の出が悪く、自分の子と二人に乳をやるのは困難だと判断されて退職金を持たされて解雇された。

二人目の乳母は、子どもを産んだものの死産となり育てる子がいないが乳は出るという触れ込みだった。しかし、不義で出来た子だと判ってしまう容姿の子が産まれた為に孤児院の前に捨てて死産と言っていた事が後に判明し、解雇された。

三人目の乳母も、死産で子を亡くした女性だった。今度は王宮もしっかりと死産であることを確認した上で雇ったのだが、子を亡くしたショックから立ち直れていなかった女性はアルンディラーノを溺愛し、独占し、やがてアルンディラーノは我が子であると主張し、王妃殿下にすら抱かせようとしなかったので解雇された。その後心の病を癒やすために穏やかな気候の領地の病院へと入れられた。

乳母の条件は子どもを産んで母乳が出ることと、産褥期が終わっていること、貴族であることだったので、最初の募集では王妃殿下より先に出産した人たちだけが募集対象となっていた。

しかし、乳母の交代などで時間が経っていた為に、四人目以降の募集では王妃殿下の懐妊を知ってから子どもを仕込んだ人も対象に入ってきた。

そういった人たちは我が子を王族と同窓にする事で縁を繋ごうという野心ある人物である。

まだ乳児であるアルンディラーノに呪いのように自分への愛を刷り込もうとした四人目、隠れて虐待をして従わせようとした五人目もそれぞれ解雇された。

碌《ろく》でもない母乳リレーでもなんとか一年が過ぎた。離乳食も始まったのでもう乳母ではなく子育て経験のある者であれば良いということになり、子守役として近衛騎士団副団長であるファビアン・ヴェルファディアの母が指名された。

ファビアンの母は孫であるゲラントとクリスを連れてくる事があった。

ゲラントはアルンディラーノの二つ上、クリスは同じ年であったため、乳兄弟のいないアルンディラーノの遊び相手になればと思ってのことである。

このクリスが、後に聖騎士ルートの攻略対象となる人物だ。

ゲラントはお兄ちゃんぶりたいお年頃だったのか、アルンディラーノとクリスを良くかわいがったが、何事かあったときにはアルンディラーノを優先した。それを受けてクリスはお兄ちゃんを取られまいとアルンディラーノに対抗する事が多かった。

「僕も僕のお兄ちゃんが欲しい」

ゲラントに可愛がられる事は嬉しかったが、ゲラントは夕方には帰ってしまうし、毎日来るわけではなかった。

その寂しさからお兄様が欲しいとこぼしたこともあったが、弟か妹が出来たらゲラントのようなお兄ちゃんになればよいと諭された。

そう言うことではないと言いたかったが、なんと言えば良いのか解らなくて黙るしかなかった。

やがてゲラントは家庭教師を付けての勉強や父親からの剣術指南が始まったために、祖母に連れられて王宮に来ることが減っていった。

クリスと二人で遊ぶことが増えたが、クリスは何かにつけてゲラントの話をした。

「お兄さまが騎士様から頂いたお菓子を分けてくださった」

「お兄さまが字を習ったのでご本を読んでくださった」

「雷が怖かったけどお兄さまが一緒に寝てくださった」

「お兄さまが」「お兄さまが」「お兄さまが」

やがて、アルンディラーノが四歳になると家庭教師を付けての勉強が始まったため、子守役も付かなくなった。

メイドと護衛の騎士が付いて回るが、雑談をしたり一緒に遊んでくれたりはしなかった。

「お友達が沢山できるわよ」

母である王妃殿下にそう言われて連れて行かれたのは、貴族女性が集まって刺繍をする集会だった。

同じ年頃の子ども達が沢山いて、積み木や絵本などのおもちゃも沢山置かれていた。

よく見るとひとりだけ年が上の少年がいたが、その少年は女性達に交ざって刺繍をしており、子ども達の遊びには交ざらないようだった。

その場で、アルンディラーノは自分の言うことを聞かない女の子の手を強引に引き、突き放して転ばせてしまった。

すると、風のような速さで先ほどの少年が女の子の前に現れて怪我の心配をしていた。

アルンディラーノは、なぜか女の子が言うことを聞かなかった時以上に腹が立った。自分を優先しない事への苛立ちだった。

振り向いた少年の顔はすごく怖かった。幼いアルンディラーノはこんな怒りをぶつけられたのは初めてだった。

「な、なんだよ」

と強がってみたが、頭を掴まれて体は恐怖で震えていた。

青から紫色に変わっていく瞳は綺麗だなと現実逃避までした。

その日の刺繍の会はまもなく解散となり、あまり他の子たちと遊べないまま終わってしまった。

後から聞けば、あの少年は女の子の兄なのだという。

「女の子を転ばせたから、お兄ちゃんが怒ったんだ」

アルンディラーノは、女の子が羨ましくなった。あの子には転んだだけで飛んでくるお兄ちゃんがいるのだ。手のひらの擦り傷に対してあんなにも怒ってくれるお兄ちゃんがいるのだ。

「僕もお兄ちゃんが欲しいな……」

久しぶりに、願いが口から出た。

もう、上の兄弟が後から出来ることはない事をアルンディラーノは理解していた。兄が欲しいという願いは叶うことがないのだと解っていた。

「あの少年を、お兄さまにできる方法がひとつだけありますよ」

そう、アルンディラーノに囁いたのは後ろに控えていたメイドだった。

普段は指示を仰ぐか指示への返事しかしないメイドが話しかけたので驚いてアルンディラーノは振り向いた。

「ディアーナ様とご結婚なさることです。ディアーナ様のお兄様であるカイン様は、夫である王太子殿下のお兄様にもなるのです」

あの女の子は可愛かったがなんだか生意気だったから好きではないけれど、結婚したらあの少年がお兄ちゃんになる。

それはなんだか魅力的な気がした。

自分が転んだときに駆け寄ってくれる少年を想像して。

自分が怪我をしたときに怪我をさせた相手に怒ってくれる少年を想像して。

怒りで瞳の色が変わっていく少年の顔を想像して。

「僕のお兄ちゃんになってくれないかなぁ」

母から仲直りの会があると言われ、ドキドキする。謝罪の仕方や謝罪の受け方を教わっていたが、少年の事を考えていて聞き流していた。

あの少年は妹を溺愛していると教えられた。妹の方とも仲良くしておかないと嫌われてしまうとアルンディラーノは考えて、女の子にもちゃんと謝って仲直りしようと決心した。

仲直りできたら、お兄さまと呼んで良いか聞いてみよう。

ゲラントとクリスが帰って行く時みたいに、手を繋いでくれるだろうか。

良いことをしたときに、褒めてくれるだろうか。

いけないことをしたときに、優しく窘めてくれるだろうか。

褒めるときに、頭を撫でてくれるだろうか。

アルンディラーノの『お兄ちゃん』に対する憧れは膨らむばかりだった。

みんなで食べるご飯はおいしい

国王陛下と王妃殿下との謁見を終えると、王宮からまた剣術訓練に来るようにと通達が来た。それをもってカインの謹慎は終了となった。

午前中の王城での剣術訓練と、午後から家での家庭教師による授業が再開された。

カインの謹慎中、アルンディラーノ一人では大人に交じって訓練するのにも限界があるということで、副団長の息子であるゲラント・ヴェルファディアとクリス・ヴェルファディアが剣術訓練に参加するようになっていた。

「はじめまして。ファビアン・ヴェルファディアの長男のゲラント・ヴェルファディアです」

「はじめまして。弟のクリス・ヴェルファディアです」

二人とも、副団長と同じ藍色の髪を短く刈り上げていて、六歳と四歳なのに精悍な顔つきと言って良い凛々しい顔をしていた。

「初めまして。カイン・エルグランダークです。よろしくお願いします」

（コイツが聖騎士ルートの攻略対象者か……）

カインは顔はにこやかに挨拶を返しながらも、弟の方を横目で観察していた。

確かに、ゲームに出てきた十二歳～十八歳の立ち絵のクリスと似ている。藍色の髪に水色の瞳。少したれ目の甘めの顔。

今は幼いので、ただの甘えん坊風に見える。

年の差や体格差から、自然と組み合わせはカインとゲラント、アルンディラーノとクリスとなった。

ゲラントとは体格差が近いので訓練しやすかった。大人相手だと打ち込んで行ったところで腰や腹にしか当てられないし、アルンディラーノ相手だと胴を払うつもりで頭に当たってしまうのだ。

アルンディラーノも、今まで誰とやっても手加減されていたのを感じていた様だが、クリスが相手だとお互いに遠慮なくやり合ってる様だった。

「僕らの祖母が、アルンディラーノ様の子守役だったんですよ。それで、僕らもお小さい頃から一緒に遊んだりしていたので仲がよいのです」

カインがアルンディラーノとクリスの組み手を見ていたら、ゲラントがそう解説してきた。

「乳兄弟？」

「まぁ、近いでしょうか……母が乳母だったわけではありませんので、正確には乳兄弟ではないのですけどね」

ゲラントは、六歳にしては落ち着いた話し方をする。奉公にでる前のセレノスタが「最強の石だ！」と石マウントしてガハガハ笑っていたのに比べると随分としっかりしている。

「アル殿下に同じ年頃の友人がいて良かったです」

カインがそう言うと「カイン様だってそうでしょう」といってゲラントは笑った。

その日の訓練が終わり、ファビアンと共に去ろうとしている二人を捕まえるとカインは昼食に誘った。

カインがアルンディラーノに「良いですよね？」と聞くとアルンディラーノも嬉しそうに「いいよ！」と答えた。

昼食の場では、ゲラントも年相応の表情を見せた。

嫌いな食べものをクリスの皿に放り込んだり、クリスの苦手な食べ物を皿から取り上げたりしていた。どうも兄弟で好き嫌いが被らないようで、皿間の野菜の交換がスムーズになされていた。

「ゲラント、クリス。好き嫌いしてはいけないんだぞ」

アルンディラーノが偉そうに胸を張ってそう指摘すると、ヴェルファディア兄弟はばつが悪そうな顔をした。しかし、クリスがキッと顔を強くしかめると反撃してきた。

「アルンディラーノ様だって、トマト食べられないくせに！」

さすが幼なじみ。好き嫌いを把握しているようだが、それはもうアルンディラーノには効かない攻撃なのだ。カインはちらりとアルンディラーノの顔をうかがうと、思った通りに勝ち誇ったような顔をしていた。

「ふふーんだ！　僕はもうトマト食べられるんだもんね！」

そう言ってフォークで野菜が盛られている皿のトマトを刺すと、口の中に放り込んだ。

直後にギュッと目をつぶり、眉を寄せた渋い顔をしながら三回だけ噛むとゴクリと飲み込んだ。

その後にゴクゴクとカップから水を勢いよく飲んでいる。

「ほらね！」

胸を張ってドヤ顔しているが、明らかに克服はしていない。

「食べられるっていうか……」

「好き嫌いは治ってないじゃん……」

「困難に立ち向かってそれを乗り越える事が出来る。アル殿下は偉いですね」

嫌いな食べ物を好きになるのは困難である。食べなくて済むなら食べたくない。当たり前だ。

「好き嫌いは治るものでもないしね。嫌いだけど、食べる。それが偉いんだよ」

カインは兄弟にそう言うと、隣に座っているアルンディラーノの頭を撫でた。無意識だった。

アルンディラーノは褒められて、頭を撫でられている事を誇るようにさらにドヤ顔していたが、兄弟の方を見ていたカインは気が付かなかった。

「嫌いなものの交換を、半分だけにする所からはじめてみない?」

カインの提案に兄弟は顔を見合わせた。「無理にとは言わないけど」と付け加えたが、兄弟はその後お互いの皿から半分ずつ嫌いなものを元に戻した。

ゲラントは普通に口に入れてから苦そうな顔をして、クリスは鼻をつまんでギュッと目をつむった状態で口に入れて、飲み込んだ後にグエーと呻いていた。

その様子にカインは顔をほころばせる。

素直な良い子たちだ。聖騎士ルートについては、魔の森に魔物退治に行くときに一緒に行って気をつけるか、先回りして魔王をどうにかしてしまう作戦で良さそうだ、とカインは考えた。

「アル殿下。次は、嫌いなものを食べていても平気なフリができるようになりましょう」

さらっとカインはアルンディラーノに課題を課す。

嫌いなものを好きになるのは難しいが、嫌いな物を平気なフリをするのは貴族にとっては重要な事だった。

そんな機会があるかは解らないが、アルンディラーノが王族としてトマト農家へ視察に行ったときに嫌そうな顔でトマトを食べたら拙《まず》いだろう。

「カインには嫌いなものはないの？」

隣からアルンディラーノがカインに問いかける。

嫌いなものを平気な顔をして食べるなんて信じられないのかもしれない。

「ありますよ。今日の昼食にも出てます。ちゃんと、平気な顔をして食べてるでしょう？」

ニコリと笑いで返してやりながら、玉ねぎのスライスを口に入れて食べてみせる。アルンディラーノとゲラントとクリスは、カインの食事をジッと見ながらカインの嫌いなもの当てに夢中になっていった。

「キャベツでしょ!?　少しまじめな顔になった気がする！」

「そうかなぁ。ルクルクじゃない？　ルクルクとトマトを一緒に食べたよ」

「じゃあ、トマトかも！　トマト苦手だからルクルクと一緒に食べたんでしょ！」

カインはわざと澄まし顔で食べたり、にんまり笑いながら食べたりして子どもたち三人を惑わせた。

いつもより賑やかなその昼食は、次の日からも訓練後の習慣として定着したのだった。

ちなみに、その日の昼食にニンジンは出ていなかった。

カインは簡単に弱点を晒す気は毛先ほどもなかったのだ。


騎士団との剣術訓練が終わり、子ども四人で昼食を食べるのが習慣化したある日。カインが一つの提案をした。

「今日はご飯のあと少し遊びませんか？」

今日の午後は、カインは本来芸術の授業が有るのだが、家庭教師のセルシス先生が個展を開くというので休みとなっていた。お茶の時間の後には魔法の授業があるもののそこまで長時間遊ぶつもりはなかった。

「何をして遊ぶの？」

アルンディラーノが期待を込めた目でカインを見つめてくる。

王宮を脱出しての廃墟爆破事件や、着ている服を脱がされて地面を転がされる等、カインには意外とひどい目に遭わされているはずなのだが、アルンディラーノはカインに懐いている。

「石はじきする？　椅子取りゲームする？」

「石はじき？」

「椅子取り？」

アルンディラーノはよっぽど孤児院で遊んだ事が楽しい記憶として残っているのだろう。庶民派の遊びばかり並べ立てた。ゲラントとクリスははじめて聞く単語に首をかしげている。

「石はじきをするには石の準備がありません。椅子取りゲームはもう少し人数が多い方がたのしいでしょう」

カインの今日の目的はそれではないのだ。

「ゲラントとクリスの今日の午後の予定は？」

カインがニコリと笑って二人に聞けばふたりとも首を横に振って「ない」と答えた。とりあえず今日の遊び内容については置いておき、石はじきや椅子取りゲームがどんなゲームなのかをアルンディラーノが身振り手振りでゲラントとクリスに説明した。他にも、フルーツバスケットやハンカチ落とし、かごめかごめなどの遊びについて、いかに楽しいかを熱弁しているアルンディラーノである。

食事が終わると、四人で中庭の四阿へとやってきた。

アルンディラーノ付きのメイドは中庭の入り口で待機する為距離が出来るし、四阿の柱やすこし背の高い花たちで『外からではいることはわかるが何をしているのかは分からない』という絶妙な場所なのだ。

木製のベンチにそれぞれ座ると、カインはお手製のナップザックから金色の刺繍糸で作ったカツラもどきを取り出した。

「今日は、アル殿下探し追いかけっこをしましょう」

「アル殿下探し追いかけっこ？」

カインはカツラもどきをゲラントとクリスに手渡してかぶる様にジェスチャーする。ゲラントとクリスは元々が襟足から耳の上あたりまでは刈り上げてある超短髪なので問題なくかぶることができた。兄弟でお互いのかつらを整えあって、首を振ったりかしげたりしてつけ心地を確認していた。

剣術訓練時に着ているシャツは、剣を振るのに邪魔にならないようシンプルなデザインの物をそれぞれ着ている。お揃いというわけではないが、今日はみな白いシャツなのでパッとみただけでは同じ服を着ているようにも見える。

ゲラントとクリスは藍色の髪の毛だが、金色のカツラもどきのおかげであずま屋の中には今四人の金髪の少年がいる様になっていた。カインも少し伸びた髪を紐でくくり、頭頂部の髪の毛をその上にかぶせて整えることで短髪に見えるようになっていた。

「これで、みんな後ろからみたらアル殿下みたいになりました」

カインの言葉に三人の子どもが顔を見合わせる。クリスがそっと立ち上がってくるりと背中をみせると、ゲラントは「たしかに」とびっくりしたような顔で頷いている。

「アル殿下以外の三人でじゃんけんをして、負けた人が三十数える間に残りの三人で逃げます。追い子は、アル殿下を探してタッチしたら勝ちです。アル殿下以外の『ニセアル殿下』にタッチしたらお手つきで負けです」

「それだと、僕はずっと逃げ子だよ」

「アル殿下は、最後まで逃げ切ったら勝ちですよ。例えば、少し歩幅を大きく歩いてゲラントの真似をするとか、手すりの向こうで背伸びしながら歩いて僕のふりをするとかで、追い子を誤魔化してやり過ごすとかするんです」

カインがルールの説明をしていく。普通の追いかけっこじゃないけど、何が面白いのかイマイチ把握出来ていない三人に、カインが解説をしていく。

「普通の追いかけっこでは、王城に詳しいアル殿下が有利です。追いかけっこじゃなくてかくれんぼされてしまえば見つかりません」

そういって、アルンディラーノの顔を見つめるカイン。次に、ゲラントの顔を見つめる。

「それと、単純に追いかけっこをすればアル殿下とクリスは僕とゲラントにはまだ追いつけません」

七歳のカインと六歳のゲラントに対して、まだ四歳のアルンディラーノとクリスは普通にかけっこしたら追いつけない。逃げる側になったとしたらあっという間に捕まってしまう。

「だから、追いかけっこなんだけど、お手つき有りってルールなんですよ」

追いかける方は、追いついたところでアル殿下じゃなかったら負けてしまう。追いかけられる方もアルンディラーノは自分じゃないフリをすれば逃げ切れる可能性があるし、アルンディラーノのフリをすればクリスは捕まっても勝ちになる。

場所は、外から訓練に来ているカイン達がうろついても許される『訓練場から図書室までの間』と取り決めた。図書館は騒ぐと怒られるので入り口の外まで。

それでも、その間には中庭がいくつかあったり、回廊があって一本道では無かったりと工夫次第で逃げるルートはいくつもありそうだった。

最初にじゃんけんに負けたのはゲラントだった。ゲラントが四阿の柱に向かって数を数え始めたので皆で中庭から駆け出していく。

通りすがりの洗濯メイドや循環見回り中の騎士、貸し出し期限の切れた本を回収して戻ってきた司書見習いなどが廊下を駆けていく金髪で白いシャツの少年を目撃する。

回廊の南側と北側で同時に。

図書室前の廊下と騎士団の城内訓練場の休憩室の裏で同時に。

遅れて中庭から飛び出していく金髪の少年と、廊下の曲がり角で文官とぶつかりそうになって頭を下げる金髪の少年が同時に目撃される。

カインは、国王夫妻がアルンディラーノの行動を把握している理由が知りたかった。謁見の日の夜にイルヴァレーノが説明した通りの方法で情報収集がされているのなら、これである程度混乱させられるハズである。

来客へのお茶の用意に行き来するメイド、王城にある各執務棟と国王陛下や王妃殿下の執務室の間を行ったり来たりする文官や大臣の侍従達。いくつかある中庭を手入れするために入城している庭師や植木職人。思うよりも多くの人が出入りしている。

カイン達は、お手つきで負けたりちゃんとアルンディラーノを捕まえて勝ったりと、何回か『アル殿下探し追いかけっこ』をやって盛り上がった。ゲラントが意外とアルンディラーノの真似がうまく、シャツをふんわりと着る事で中腰の姿勢をごまかし、背を低く見せてみんなを騙した。

追っかける側になってもゲラントは『弟は背中を見ればわかるしカイン様は背が高いから間違えない』という理由で確実にアルンディラーノを捕まえていた。

そんなわけで、第一回アル殿下探し追いかけっこ大会は、ゲラントの圧勝で終わったのだった。

第一回アル殿下探し追いかけっこ大会の翌日、王城の騎士団訓練場で最初の走り込みをしている時にアルンディラーノから話しかけられた。

「今朝、おと……国王陛下と王妃殿下と朝食をご一緒できたのですよ！」

と、報告してくれるアルンディラーノの顔はキラキラと嬉しそうな笑顔で輝いていた。

「沢山お話を聞いてくださいました。昨日の昼食後は何をして過ごしたのかと聞かれたので、皆で追いかけっこをした事をお話ししたのです」

「良かったですね。変わったルールの追いかけっこだったと言いましたか？」

「うん。みんなが僕のフリをして逃げ回りましたとお答えしたら、おと……陛下は、面白いことをやっていたのだなと感心しておられたよ！」

走りながらなので、喋りながらもだんだんと息が上がってくる。カインは少し速度を落として、アルンディラーノにもゆっくりと走らせた。

「アル殿下。今は正式な場でもありませんし、ココには友人である僕とゲラントとクリスしかおりません。お父様、お母様とおっしゃって良いのですよ」

いつもいつも、アルンディラーノがお父様だかお父さんだか言いそうになって陛下と言い直しているのが気になっていた。両親との朝食での出来事なのだから、別に陛下と呼ばなくてもいいのにと思った。

「ありがとう！　カイン。それでね、お父様が他にはどんな遊びを知っているのかって聞いてくれて、石はじきとか、椅子取りゲームとかの話をしてね。そうしたらお母様が、今度また同じぐらいの歳の子どもたちで集まって遊ぶ会をしましょうかってお話しになってね、それでね、それでね」

アルンディラーノがニコニコと楽しそうに、一生懸命にカインに話しかけてくる。両親と朝食の席で色々な話を出来たのがよっぽど嬉しかったのだろう。

そして、おそらく国王陛下と王妃殿下がアルンディラーノの行動を把握していた方法はイルヴァレーノが言った通りだったようだ。

昨日は、カインの狙い通りにアルンディラーノの目撃情報が多すぎたのだろう。情報まとめ係もお手上げで、あまり整理されないままの目撃情報の報告書が陛下のところまで上がったのだと思われる。

それで、朝食をともにし、実際に何があったのか確認をしてくれたのならカインの作戦勝ちである。

現に、両親に沢山話を聞いてもらったアルンディラーノはとても機嫌が良さそうで楽しそうだ。

ランニングが終わり、騎士団でルーチンワークとなっている素振りや型振りが終わった頃に、カインはファビアンから手招きされて「アル殿下探しゲームはもうするな」と注意されてしまった。

アルンディラーノが報告書の上で増殖する作戦は、その仕掛けがバレてしまった時点で意味がなくなるので、どちらにせよカインはもうやる気はなかったのだが。

それから数日経ったある日の訓練終了後。子ども四人で食事を取っている時にまたもやカインが遊びの提案をした。

「また、アル殿下探し追いかけっこする？」

よほど楽しかったのかクリスがそんな事を言い出すが、カインは笑いながら首を横に振った。

「アル殿下探しは、ゲラントが強すぎたからね。別の遊びにしよう。化石探しとかどう？」

「化石探し？」

「化石ってなんですか？」

王宮や王城は石造りの部分とレンガ造りになっている部分がある。そのうち、石造りの部分に時々化石が見える場所がある。

これは、前世の動画配信者仲間に『ホテルの石壁の化石探し』という趣味を持つ人間がいて知ったことだ。その人がサブチャンネルで『屋内化石探検チャンネル』というのをやっていた。淡々と紹介だけしていくという動画だったので、ＢＧＭとして良くダラダラと流していた。彼によれば大理石や石灰岩に化石の断面図が見える事があるらしい。

カインは剣術訓練とその後の昼食で王宮内をうろつくうちに、いくつかの化石を見つけていた。この世界にも化石はあるんだなとそれを見て思っていたところだった。

「化石というのはですね……」

昼食を食べながら、化石について簡単に子どもたちに説明する。カインも学術的に詳しいわけではないので、はるか昔の生き物が石に閉じ込められて石になったぐらいの説明でお茶を濁した。

いい加減なカインの説明にも、アルンディラーノ達はわくわくした様子で聞き入っていた。早く見たいと一生懸命昼食を食べようとするが、アルンディラーノもゲラントとクリス兄弟も育ちが良いのでがっついたりせず行儀よく急いでパンやスープを食べていた。

「化石は逃げないから。ちゃんと良く噛んで食べてくださいよ」

カインはアルンディラーノの口の端をナプキンで拭いてやりながら、笑って注意した。

行儀よく食べつつもいつもよりほっぺたを膨らましてモグモグしている子どもたちはとても可愛らしかった。


埃っぽい通路も通るからとみんなでタオルを頭に巻いて、シャツの袖もまくって準備万端。まずはカインが見つけてあった化石をみんなで見た。

「これが、化石です。巻き貝だね」

カインが黒い大理石の一部を指差すと子ども三人が顔を寄せて覗き込む。ゲラントがクリスを前にだして見えやすくしてやっているのが微笑ましかった。

「これが、巻き貝？」

「建物の壁にするために切り出した時に半分に切られちゃったんですね」

「あ、断面になっているんですね」

「そうそう」

「ここが貝の入り口でー」

「だんだんねじって細くなってるね！」

アルンディラーノとクリスが壁の化石を指でなぞりながら、貝の形をお互いで解説しあっている。

「他にも、周りの石の色と違う部分があったりすれば化石の可能性があります。さ、手分けして壁や床の化石を探しましょう。一番沢山見つけた人が勝ちですよ」

パンパンとカインが手を叩くと、しゃがんでいたアルンディラーノとクリスがピョコンと立ち上がった。一時間ほど後に中庭に集合し、それぞれが自分の見つけた化石にみんなを案内しながら数を数えるというルールにした。

頭にタオルを巻き、腕まくりをした子どもたちが廊下の飾り棚の下や柱の陰、飾られている甲冑の裏などに入り込み、しゃがんで床を撫でたりしている様子は、忙しく行き来する大人たちの目には入りにくいものだった。その見た目が城の修繕をしている職人や中庭を手入れしている庭師にも似ており、廊下の端にしゃがんでいたり中庭との境目で床に腹ばいになっていたりする姿は遠くからは子どもか大人かパッと見では分からない事があるのだ。そもそも、王太子ともあろう人物が、床に這いつくばっているだなんて誰も思わない。王城を行き来する大勢の大人たちは、アルンディラーノを目撃しているにもかかわらず、アルンディラーノであると認識できないでいた。

一時間後に、四人揃って壁を見たり床を見たりする姿が目撃されるまで、アルンディラーノに関する目撃情報は極端に少なくなっていた。

翌日の剣術訓練前のランニングで、アルンディラーノがまた両親と一緒にお話が出来たと楽しそうに報告するのを聞いて、カインは良かったですねと頭を撫でてやったのだった。

報告書は当てにならない。息子の様子は会話で直接確認したほうが良い。アルンディラーノの両親がそう考えるまで、カインは時々変な遊びを提案しては子どもたちと城の中で遊ぶつもりだった。

カインの冬支度

騎士団との訓練から帰宅し、カインは自室のソファーに座ってマフラーを編んでいる。

一本目は編み始めを何度も解いて編んでを繰り返していたせいで端がヘロヘロになってしまっていた。そのため、完成したマフラーはイルヴァレーノのものになった。

二本目は最初から最後までやり直すことなく編めたので自分の分にした。

自信を持って挑める三本目のマフラーは、両端に大きなポンポンを付けてディアーナにプレゼントした。

ディアーナはマフラーを貰った日は室内でもどこでもマフラーをつけたまま歩き回って家中で自慢して回っていた。

カインは今、四本目のマフラーを編んでいた。

考え事をするのに刺繍や編み物は最適だった。これから寒い季節になっていくので刺繍よりは編み物だろうとマフラーを編んでいた。

ポンポン付きのマフラーをしたディアーナが天使かと思うほどに可愛かったので、おそろいで帽子と手袋を編もうかとも思ったカインだったが、考え事をするために編み物をしているので、複雑なものを編むのはやめておくことにした。

騎士団の訓練から帰宅して、今はカインの空き時間だ。

イアニスが別室でディアーナとイルヴァレーノに勉強を教えているので、カインの体があくのだ。

カインは原作ゲームを思い出しながら、黙々とマフラーを編んでいく。

「最悪の皆殺しエンドは、一応回避したと言って良いか……?」

皆殺しエンドと呼ばれるエンディングは、イルヴァレーノが攻略対象である。

暗殺者として育てられていたイルヴァレーノは、まだ幼かったある日、仕事をしくじって怪我をしてしまう。道端で倒れていた所をゲームの主人公に優しく介抱され、その優しい思い出を胸に裏稼業をし続ける。人間の汚い部分を散々見せられ、そして自分も人の命を奪い続けるうちに、人間への嫌悪感と優しい少女との思い出のギャップに耐えられなくなり心を闇に染めていく。そしてゲーム本編では主人公と再会した事でついに心を壊してしまい、主人公の幸せのために自分と主人公以外全てのキャラクターを殺して二人の世界を作る。……というエンディングだ。ゲームではぼかされていたがファンの間ではその後二人も心中したんじゃないかと言われていた。メリバエンド好き一押しのエンディングで意外と人気は高かった。

当然のことながら、このルートだとディアーナもカインも死んでしまう。

「イルヴァレーノと主人公の過去エピソードを無かったことにしたし裏稼業も今のところ復帰する素振りはないしな……」

カインの父が組織に対して金で話を付けたはずだった。しかしその後も接触してきて頻度を落として仕事をさせていた裏組織。上位組織と下位組織の連携がいまいちだったのか、組織内の誰かの独断だったのかは解らない。しかしそれもカインが木っ端微塵に粉砕した。物理的に。下位組織はもはや無くなったので復帰することはしばらく無いだろう。

「イルヴァレーノもディアーナの事は可愛い妹分だと思ってるみたいだし、一応の回避成功ってことにしておこうか」

カインはつぶやきながら、毛糸を引いて手元に手繰り寄せる。勢いで籠から毛糸だまがコロコロと転がっていってしまったが、とりあえず気にしないことにした。

「王太子ルートを回避するためには、ディアーナを王太子の婚約者にさせないことが必要なんだよなぁ……」

王太子ルートは、もちろん王太子であるアルンディラーノが攻略対象である。

ディアーナという婚約者がいながらゲーム主人公に心惹かれてしまったアルンディラーノは、一度はディアーナと結婚する。しかしそれは書類上の話で、すぐに地方の年寄り貴族に下賜してしまう。

一度はちゃんと結婚をすることで公爵家の体面を保ち、婚約者がいるにもかかわらず他の娘に恋慕していたという王太子の不義理そのものも帳消しにする力技である。身綺麗になったところで改めてゲーム主人公と結ばれることで、後顧の憂い無く幸せな結婚生活を送るというわけである。

悪役令嬢物のウェブ小説などで良くある、パーティーの最中に断罪して婚約破棄を言い渡すといったことはしない。そこに、ゲーム開発者の『ありきたりなエンディングにはしないぜ、捻っただろ?』と言ったドヤ顔が透けて見えるようでカインは舌打ちをした。

後日談として語られるのは、嫁いだ先の田舎の屋敷で四十も年上の夫の介護をさせられ、自分よりも年上の前妻の息子たちから慰み者にされるというディアーナである。

それを避けるにはゲーム主人公と王太子を恋仲にさせないか、ディアーナと王太子の婚約を阻止するしかない。他人の心なんか動かせるものではないので、婚約させない方が確実である。

「そもそも、ディアーナはあんなに可愛くて素直で優しくて愛らしいのに、なんで主人公《べつのひと》に惹かれるのか意味不明だよな……」

子どもであるカインでは、親同士が決める婚約をひっくり返すことは難しい。

それでも、自分はその婚約を歓迎しないというアピールはやっていかなければならない。

ことある事にディアーナは嫁にやらない。ディアーナを王妃になんてさせない。ディアーナを王太子と結婚させない。と親とディアーナに言い続けている。

どうも、兄バカこじらせて嫁にやりたくないだけと思われている節はあったが「二人の気持ちもちゃんと聞いてからね」という言質《げんち》はどうにか取っていた。

ディアーナに王太子は結婚相手としてふさわしくないと言い聞かせると共に、アルンディラーノに他の人をあてがえないかと考えていたが。

「デディニィさんには母性を見ていただけだったしな……」

アルンディラーノの初恋かと期待した相手は既婚の子持ちだということが判明した。その上、彼女が気になったきっかけを聞けばただの母性を求めた結果なだけだったのだ。

とにかく今は、親に付いてあちこち外に出させて人と会う機会を増やさせてやろうと考えていた。それと同時に、心に闇を抱えないように両親からの愛情不足をなんとか解消させてやらねばと心を砕いていた。

カインと二人で昼食を食べてる時や剣術訓練中の休憩時間などにカインと会話する時には、アルンディラーノは何故かふにゃふにゃになる。そんなアルンディラーノではお話にならない。

王太子連れで公務に出る事が普通になれば、それを見越して視察先に娘を連れてくる貴族も増えるだろう。

仕事中のアルンディラーノは比較的シャッキリしてるらしいし、そこでラブロマンスでも発生してくれれば御《おん》の字である。今のところ、アルンディラーノはカインの事を慕ってくれている。カインが妹のディアーナを溺愛している事も知っている。このまま行けば、たとえ不幸なすれ違いがあったとしても、カインの妹であるディアーナを無下《むげ》にするような事はしないだろう。

聖騎士ルートの攻略者であるクリスとは、剣術訓練でその兄であるゲラントと共に顔見知りになった。しかし、今の所仲の良い兄弟で、どちらも素直で可愛い良い子という印象しかない。

「まぁ、ゲームでもディアーナが魔王の魂に体を乗っ取られてしまったからそれを退治しただけだしな」

比較的、ディアーナの破滅としては真っ当である。クリスもディアーナが憎くて剣を向けるわけではないのだから。ただし、このルートではディアーナは死んでしまうのだから、カインにとっては皆殺しルートに次ぐ最悪のエンディングである。どうしても避けなければならないエンディングだった。

「魔の森イベント発生前に魔王をなんとかするか。魔の森イベント発生時に無理やり俺もついていくかしないとダメだよな」

今のカインで魔王が倒せるかは分からない。そもそも家を出て魔の森に遊びに行きますなんて言って両親がはいどうぞと言うわけがなかった。それをするにはカインはまだ幼すぎた。

「今はまず、クリスに『頼れる先輩』と思われるように行動して、魔の森イベントについて相談してもらえるようにしておくぐらいしか出来ないか？」

剣術訓練でディアーナとの時間が減ってしまい、落ち込んだりもしていたカインではあるが、クリスと関わる時間が増えたのは幸いだといえた。聖騎士ルートの魔王エンディングを回避するためにも、クリスを可愛がっておかなければならないなとカインは心を新たにした。

「教師ルートについては、俺が入学してからディアーナが入学するまでの三年間が勝負かな……」

学園の担任の先生が攻略対象となる教師ルートでは、卒業後にゲーム主人公と教師が結婚して幸せになるというエンディングだ。

担任の先生は、子爵家の次男だか三男として生まれ、家督を継ぐ運命にはなかった。なので王宮魔導士団への入団を目指していたが試験に落ち、仕方なく教職に就いたという人物だ。長男が当主となったら家を出て身分を無くさねばいけない身だった。

平民という身分になっても魔導士団員でさえあればどうにかなったのに……とくよくよして無気力になっている所を主人公に励まされて心惹かれるのだ。それと同時に、公爵令嬢として相応しい点数を取るために、カンニングまでするディアーナを見て身分に拘るのは見苦しいと言うことに気が付き、主人公と一緒になってディアーナを糾弾する。……その後主人公と結婚して幸せになりました。というあらすじなのだが。

「なんでや。ディアーナは関係ないやろ」

思わず関西弁で突っ込むカインである。

「今の所、ディアーナは年齢にしては勉強進んでいる方だよな。イアニス先生は優秀だし、このまま行けばカンニングなんかしなくても良い成績取れるよな……?」

一時期はカインと比べられるから勉強嫌いと言い出したディアーナだが、そのカインと一緒に勉強したり、イルヴァレーノと一緒に勉強したりすることで今は新しいことを学ぶのが楽しくなっているらしい。

そもそも、原作ゲームのディアーナも勉強は出来たはずなので、成績上位だったはずだ。なにせ、ゲーム主人公のライバルキャラクターなのだから無能ではないのだ。

一位じゃなければ意味がない、というところまで追い込まれてのカンニングならば、やっぱり周りの期待とかプレッシャーがディアーナを追い詰めたのではないかとも思われる。勉強の価値は一位になることではないと、学ぶとは順位ではないということをディアーナに教えていきたい。今のディアーナは授業が終わると新しく習ったことをカインに披露しに来てくれる。楽しそうだ。

ちなみに、カンニングを糾弾されたディアーナは、親からも家の恥曝しと言われて家を追い出されてしまう。わがまま放題に育てたと言うのに手のひらを返したのである。

「今の両親を見てると、カンニングがバレたぐらいでディアーナを追い出すようなことはしないと思うんだけどなぁ」

この点については、実際にこの世界で生きてみて不思議に思うところである。公爵家の令嬢が学園でカンニングをしていたなんて、確かに醜聞ではある。しかし、家から勘当するほどのことでもない。父のディスマイヤはディアーナに対して甘々なので、ほとぼりが冷めるまで領地で療養させるぐらいが関の山じゃないだろうか。

「とにかく、まだ社交界に顔を出せるわけでもないし、教師になるハズの子爵家の次男だか三男だかとは接触のしようがないからなぁ……」

カインとディアーナの年齢は三歳差ある。ディアーナが入学するまでの三年間で教師の劣等感を解消させればいいだろう。魔術の練習をさせてもう一度魔導士団への入団試験を受けさせて合格させるなり、教職という仕事に誇りを持たせるなりすれば良い。

ディアーナはカンニングをしないし、教師も平民になりたくないだとか、たった一度の受験の失敗をずっと引きずるだとかしなくなれば、ディアーナを糾弾することもないだろう。

出会い前にすでに劣等感を克服している教師では、ゲーム主人公の恋のきっかけは変わってしまうかもしれないが、ゲーム主人公が『自分が立ち直らせた男が好き』みたいな性癖でなければ問題ないだろう。

ディアーナに関わらないでくれるなら自由に恋愛してくれればいいと思う。

「後はなんだっけ。留学しに来る隣国の第二王子だっけ」

マフラーも編み進み、毛糸を引っ張れば毛糸玉がころころと転がる。毛糸を引きながらなので遠くへはいかずにその場でクルクル回っていた。

隣国の第二王子ルートは、留学してきた王子が文化の違いに戸惑っているところに平民の主人公が私も貴族のルール良くわかんないなどと声をかけて親近感を持つのが始まりだ。

わからないままではいけないと二人でこの国の文化と貴族のルールを一緒に学ぶ内にどんどん親しくなっていく……という、前向きな内容なのだが。

国同士の縁を深めるために、第二王子にはこの国から嫁をとってもらおうという話が持ち上がり、公爵令嬢であるディアーナが候補にあがるのだが王子はそれを拒否。王子は主人公と結婚し、ディアーナは女癖が悪くすでに正妃も側室もいる第一王子の側室にされる。

「なんでや！　ディアーナ関係ないやろ」

平民の主人公と第二王子が結婚できるならそれでええやろがい！　とカインは毒づく。

第一王子の王位継承に叛意はありませんと示すためにも平民を嫁にとるとか、王家に次ぐ権力がある公爵家から嫁を取れば第一王子派と第二王子派で派閥争いが起こるとかもっともらしい理屈を付けてディアーナを兄に押し付けた第二王子。これは、もう今のところ手の出しようがない。

学園が始まってから、主人公より先に第二王子に声をかけ、この国の文化と貴族のルールを伝えるようにするか。この国から嫁をとってもらおうという話が持ち上がるのを阻止するか。両国の縁を深めるためだったら、最初から主人公と第二王子が結ばれれば良いだけなのだ。

第二王子が第一王子に対して叛意は無いとか公爵家令嬢では権力を持ちすぎるという理屈は、ディアーナとの話が持ち上がる前に言えって話だ。

結婚による縁付けならば、アルンディラーノに向こうの王女を嫁入りさせたって良いわけだ。

「向こうの国に王女がいるかどうか調べてみるか……」

今の所、この国の王族の子どもはアルンディラーノだけである。今から妹が生まれることになったとしても年齢差は五歳以上になるので、第二王子との結婚としてもちょっと厳しいかもしれない。

隣国の第二王子がゲーム主人公と同じ学年ということは、アルンディラーノとも同じ学年ということになる。そうすると、姉か妹がいてもアルンディラーノとの年齢差はそこそこいい感じなのではないだろうか。

「アルンディラーノが隣国の王女と結婚すれば、ディアーナが王太子の婚約者になることもないし、一石二鳥なんじゃないか？」

ナイスアイディアじゃね？　と思ったカインだが、そもそも隣国に王女がいるのかも分からない。

このアイディアは保留だ。

「うーん？　整理するとつまり？」

留学してきた第二王子にこの国から嫁を取ってもらおうって話が出た瞬間に、ゲーム主人公を推薦すればいいってことか？　ディアーナの名前が出る前に。

もしくは、ディアーナをって話が出た時に「隣国のお家騒動に巻き込まれ兼ねない」と言って反対するか。第二王子が兄王子に勧めた時の理由がそのまんま使えるわけだし。

何にしろ、隣の国の王子様については今は手を出せない。事前に用意しておける策については思いつかなかった。

王太子ルート回避と矛盾する話だが、隣国の第二王子が留学してくる前にディアーナがアルンディラーノと婚約をしていれば防げる話ではある。隣国の王子といえど、他国の王子の婚約者を奪おうとはしないだろうから。

「とりあえず、隣国の第二王子ルートは保留にするしかない」

カインはため息を吐いて毛糸を引っ張った。毛糸玉はなくなっていて、毛糸の最後が手元まで来てしまった。

「同級生魔導士ルートも、年下後輩ルートも今はどうしようもないんだよな……」

同級生魔導士ルートと年下後輩ルートも教師と同じ理由で今は手を出せない。

同級生魔導士ルートは、ゲーム主人公に惚れた同級生が、心を振り向かせようと精神に作用する魔法を使おうとする。暴走した魔法は主人公ではなくディアーナにかかってしまい、ディアーナは精神を崩壊してしまうのだ。

「……なんでや、ディアーナ関係ないやろ」

カインのツッコミも段々と力がなくなってきた。

ディアーナの精神崩壊によって精神魔法の危険性に気がついた同級生に、ゲーム主人公は一緒に魔法の修行を頑張って制御出来るようになっていこうと励ますのだ。同級生ルートに入るためにゲーム主人公が魔力と魔法スキルを上げる必要があるのは、この展開に入るために必要だからだ。一緒に魔法の修行を頑張り、二人揃って王宮魔導士団に合格し、自信を持った同級生は精神魔法を使わずに主人公に告白して結ばれるというシナリオである。ゲーム開発者がディアーナいじめに飽きてきたんじゃないかと疑いたくなるシナリオである。

年下後輩ルートは、主人公に年下の弟扱いされるのを不満に思い、色々と背伸びをして活躍しようとし、それらが失敗して落ち込んでいるところに「君はそのままでいいんだよ。ゆっくり大人になろうよ」とか言って慰めて励ます主人公にますます惚れるというシナリオだ。その色々と背伸びをして活躍しようという行動の一つが、ディアーナいじめである。何かと主人公に突っかかるライバル令嬢のディアーナをハメて告訴し、学園から追い出してしまうのである。

「やっぱりディアーナ関係ないじゃないか……」

ここまで来ると、開発者が全ルートでディアーナを破滅させなければならないという意地でやっているのではないかと疑いたくなる。

同級生も下級生も名前は分かっているのだが、その家名が伯爵と子爵に複数ある名前なのだ。

もともとのルーツは伯爵家の家名なのだが、分家や婿入り後の乗っ取り、功績を上げた商家が叙爵するときに伯爵家の次男以降の息子を婿入りさせて家名を名乗らせてもらっているなど、様々な理由が有るようなのだが、とにかく伯爵位と子爵位にありふれた家名なのだ。実際にディアーナと同級生もしくは一つ下の歳の息子がいるのがどの家なのかは現時点では分からない。貴族名鑑には、成人前の子どもの名前までは載っていないのだ。

以前の刺繍の会のような王太子のお友達作りパーティーなどが今後開催されれば、そこでそれらしい子を見つけられるかもしれないが……。

王妃様主催の刺繍の会には、あの一件以降遊びではなく刺繍をするために参加している子どもも何人かいた。カインから謝罪の手紙と一緒に送られてきた刺繍入りハンカチを貰ったのをきっかけに、刺繍がしたいと言い出した令嬢が何人かいたのだ。残念ながら、女の子ばかりで攻略対象ではないのでルート潰しの一助とはならなかったが、ディアーナの味方を作るという意味では有効だった。

とにかく、今はまだ子どもで社交もないので攻略対象者とはそもそも出会えない。出会えなければ、ディアーナの可愛さをアピールして主人公に恋してもディアーナに辛く当たらないように仕向ける事もできない。

イルヴァレーノとアルンディラーノと関係が持てたのは運が良かったのだろう。

とにかく、今のところはディアーナを心優しいまっすぐな女の子に育てていくのが一番確実な方法だろう。誰も彼もをディアーナの味方にしてしまえば良いのだ。

最悪、王太子殿下と婚約してしまって、そして王太子殿下が主人公に惚れてしまったとしても、ディアーナとの関係が良好であれば誠実な対応で婚約を白紙にしてくれるかもしれない。

カンニングしなければ教師からも糾弾されないし、優しくて可愛いディアーナを浮気者の兄王子に差し出したりしないかもしれない。

全てはまだ可能性でしかない。

「ゲーム開始時間までは、とにかくディアーナを可愛くて賢くて優しくて愛らしい女の子になるよう見守って導いてあげるしかないな」

色々と考えた割には、ディアーナを可愛がるしかないという結論に至ったカインだった。

手元には、三枚のマフラーが出来上がっていた。


「あの、カイン様」

夕飯後に廊下を歩いていたカインに、執事が声をかけてきた。

「どうしたの？　パレパントル」

「カイン様は最近マフラーを編んでいらっしゃるそうですね」

「うん。もうすぐ寒くなってくるしね。単純な柄のマフラーだと考え事に集中するのに丁度良いんだよ」

「さようでございますか。ところで、そのマフラーはいかが致しましたか？」

変なことを聞いてくるな、とカインは思った。

「最初に編んだのは、へたくそだったんでイルヴァレーノにあげたよ。二つ目はマシだったけどまだまだだったんで自分用にした。三本目は綺麗にできたんでディアーナにあげた。その後は、考え事しながら機械的に編んでたんでちょっとつまらない模様になったんだよね。だから庭師のお爺さんと、アルノルディアとサラスィニアにあげたよ。外の仕事は寒いもんね」

「マフラーは、それで全部でございますか？」

「今のところは、それで全部だけど……あ、パレパントルも欲しいの？」

マフラーの行き先や他にないか聞いてくるなんて、欲しいのかなと思って聞いたカインだが、執事はゆっくりと首を横に振った。

「実はですね、旦那様が今日は自分の分か明日は貰えるか……と気にしておいでで……。お時間ある時に、もう一つ。できればもう二つ編んではいただけないでしょうか？」

貴族である父と母が、外出するのに子どもの編んだマフラーなどしていけるものではないと思っていたので、カインは両親のために編み物をするなどこれっぽっちも考えていなかった。

それを執事に伝えると、

「身につけて出かけられるか出かけられないかではなく、貰えるか貰えないかが重要なのでございます」

と言われた。

まぁ、持ってるだけで満足するならとカインは少し凝った編み模様のマフラーを三日ほどかけて編み、両親にプレゼントした。

これから寒くなるとは言え、まだ小春日和で日差しの暖かいその日、父はマフラーをして仕事に行った。汗疹《あせも》が出来てしまったよとにこにこしながらその日の夕飯で話していた。

番外編　もう一人の転生者

ゲームの舞台となっているこの国の名前はリムートブレイク王国という。

ゲームでは隣国の第二王子が自己紹介する時くらいしか出てこない名前なので、プレイヤーとしては記憶に薄い名前だ。

カインにとっては産まれた国なのでもちろんしっかり記憶しているが、今世でもやっぱりいまいちな名前だと思っている。

「リミットブレイクで限界突破のつもりだったのかな」

出勤する父と一緒に馬車に乗っているカインは、街並みを眺めながらつぶやいた。

そのリムートブレイク王国の王都、ランドプレーメは城郭都市になっている。

まず、王族のプライベート空間である王宮と執務系機能が詰め込まれた王城をぐるりと城壁が囲み、そこから放射状に広い街道が街の外側へと伸びている。

王城に近いところから高位貴族の屋敷が並び、次いで中位から下位の貴族たちの屋敷が並ぶ。

そこから先は広い道を挟んで市民街となる。

平民の家や職人の工房や八百屋や雑貨屋などの商店などが雑然と立ち並んでいる。

市民街の外側には、街をぐるっと囲むように城壁が建っており、その外側には堀が掘られていて、近くを流れる川から水が引かれている。

カインの邸から王城へ向かうには、道の広さの関係で一旦貴族街と市民街の間の街道へ出てからぐるりと街を四分の一周する必要があった。

カインは窓の外を眺めてぼんやりしていたが、目の端を鮮やかなピンク色がかすめたのに気が付いた。椅子から腰を上げて、窓の外の流れる景色を追うように後ろを見ると、道の端を駆けていく小さな女の子の後ろ姿が見えた。

ピンク色はその女の子の髪の毛の色だった。

「おかあさん！　お薬貰ってきたよ！　栄養摂るのに卵もどうぞって！」

木戸を勢いよく開けて、小さな女の子が部屋に飛び込んでくる。

クリクリの金色の瞳に、鮮やかなピンク色の髪の毛。走ってきたせいで桃色に染まっている頬が可愛らしい顔をより一層愛らしくしていた。

息を切らしながら、小さな紙袋に入った包みを母親に手渡した。

「ありがとう、アウロラ。走らなくても良かったのに」

母親は走って汗をかいているアウロラの頬や首筋を手ぬぐいで拭ってやると、優しく頭を撫でた。

アウロラは嬉しそうに笑うと「だって早くおかあさんに良くなってほしいから」と言って母親に抱きついた。

夕方になると、アクセサリー工房で働く父が帰ってきたので家族三人で食卓を囲む。

「今日はアウロラがご飯を作ってくれたのよ」

「卵入りの麦粥《むぎがゆ》だもん。煮込むだけだから大したことないよ」

「まだ四歳でそれだけできたらすごいことだ」

テーブルを挟んで向かいに座っていた父が腰を半分浮かして乗り出し、腕を伸ばして頭を撫でてきた。

「もー！　ご飯中だよ、お父さん！」

アウロラは頬を膨らませて怒るが、その怒った顔すら可愛らしい。

「そうだ、アウロラ。アクセサリー工房に新しく住み込みの子が来たんだ。手先が器用で見込みがあるんで、発注書やデザイン書を書けるように字を教えてやってほしい」

アウロラはまだ四歳だったが、もう読み書きがきちんとできた。

それだけでなく、買い物に連れて行った時に加算減算だけでなく、乗算と除算もできる事がわかり、近所では天才少女と呼ばれていた。

「いいよ。同じくらいの子？」

「いや、もう七歳になる男の子だ。少しは文字が読めるらしいんだがな……」

「ふぅん」

市民街にも、勉強を教える施設等はある。学校というよりは塾に近い形式で、習いたい教科のみ習える。

商家の生まれの子なら、算術と読み書きを、工房の職人の子なら読み書きだけを……と言った感じで、家業の手伝いの合間に通うことができる。

それでも金がかかるので、近くにできる人がいればお願いするなんてことは良くあることだった。

食事もおわり、アウロラは自室に戻ってベッドへ倒れるように横になった。

「マジおかしくねぇっスか？　今日もイル様と出会わなかったんスけど。皆殺しルートの過去回想シーンにあった優しい思い出ってのが起こらねぇんスが？」

小さな愛らしい女の子の姿から発せられるには違和感のある口調で、アウロラは独り言を呟いた。

ゴロリと寝返りを打って仰向けになると、腕を目の上に乗せてふぅとため息を吐く。

「それにしても、平民だと勉強の機会無さすぎ。コレで奨学生枠でド魔学に入学するとか無理ゲー。前世知識無しでそれを成し遂げるとかアウロラたんマジ神童。さすが主人公属性」

そこまでつぶやいて、ガバリと身を起こしたアウロラは目を見開いてガッツポーズのように両手の拳をグッと握った。

「待って待って待って。アウロラたん本気《マジ》で転生者ってのが明かされてない裏設定って可能性が微レ存では？　オイオイオイやばいーこれはヤバイですぞ。拙者《せっしゃ》、宇宙の真理に一歩近づいてしまったかもしれぬでござる」

そこまでしゃべって、またボスンと音を立ててベッドに倒れ込む。

「なわけねーっつの……。あー……ゲームしたいッスよ……娯楽無いのマジツラタン」

アウロラはしばらくブツブツと独り言を呟いていたが、やがて寝息を立てて寝てしまった。


剣術訓練から帰宅して、自室に戻ったカインはイルヴァレーノを呼んでソファーに座らせた。

「お前、市民街とか行った事あるか？」

「そりゃあ……。孤児院がありますので、街には行きますよ」

「西地区だけか？」

「ええ。他の場所には用事もありませんし」

今日、ピンク色の髪の少女を見かけたのは南側だ。王城の正門が南側にあるので、馬車は西側から大通りを通り抜け南に向かって進むのだ。

「いいか、これからは誰かに何かを頼まれたとしても、南側の市民街には行くな。俺から行くなと言われているからとか言って断れ」

カインの真剣な顔に、思わずゴクリとのどを鳴らすイルヴァレーノ。そもそも最近は孤児院に行く以外では邸の外にも出ないので、いらぬ心配ではあった。

それでも、カインは万が一すら許したくないのだった。

「わかりました。そもそも、僕はカイン様の侍従ですから他の人から外にでる様な用事を言いつかることはありませんから」

その言葉を聞いて、カインは大きく頷くとふぅーと息を吐き出した。

「お前にとって、良い思い出ってなんかあるか？」

いかにも雑談だよという顔に切り替えて、カインはイルヴァレーノに質問した。

イルヴァレーノは斜め上に視線を投げてしばらく考えていたが、やがてカインの顔を見つめ返してこう言った。

「奥様に、赤い刺繍枠と針箱を戴いた事でしょうか？　僕自身の……僕だけの持ち物を手に入れたのはあれが初めてでしたので」

カインの青い刺繍枠と、色違いでお揃いの赤い刺繍枠。カインが刺繍を始めるときに巻き込まれて刺繍を刺していたら母エリゼから贈られたものだった。

イルヴァレーノは最初別の思い出を語ろうと思ったが、それを目の前にいる人物に語るのは恥ずかしいと思い直し、刺繍枠と答えたのだった。

「そうか」

と頷いたカインの顔は、嬉しそうに目尻を下げて微笑んでいた。

エルグランダーク家にまつわる逸事

Reincarnated as
a Villainess's
Brother

秘密のお手紙

「ディもお手紙が欲しい！」

そうディアーナが叫んだ。

「じゃあ、僕がディアーナに手紙を書くよ」

とすぐさまカインは学習机に向かって便箋を広げた。

お茶の時間が終わり、ティルノーア先生の魔法の授業の時間である。少し遅れると連絡があったため、子ども三人でカインの部屋でくつろいでいるところだった。

カインは手紙に、午前中に王城へ行った時、そこの木の枝に小鳥が止まっていて可愛かった事。王城の中庭に黄色いディリグスが咲いていて、その花言葉は「新月の夜は背中に気をつけろ」だと教わった事。今日のディアーナはとても可愛いということを書いた。

「どうするんだっけ？」

羽根ペンをペン立てに戻したカインは、首をかしげながら前世の記憶をたぐる。営業先の幼稚園の先生から貰った手紙を思い出そうとしていた。先生がくれた手紙は、ハート型だったりワイシャツ型だったりやっこさんだったりとたたみ方が可愛らしかったのだ。園児達にウケたい一心で折り方を教わったハズなのだが、どうにも全部は思い出せそうにない。あまり複雑な折り方をしてディアーナが広げられなければ意味がないので、ひとまず魚の形にたたんでみた。目玉のあたりにチョンとペンをふれさせて完成だ。

「できた！」

カインは椅子から立ち上がると、ウキウキとディアーナの座るソファーへとスキップで近寄っていく。くるりと一回転して跪くと、うやうやしくディアーナへと手紙を差し出した。

「僕からディアーナへのお手紙だよ」

ディアーナは手紙を受け取ると、パッと顔を明るくした。

「おさかなさんだ！」

両手で手紙を掴むと、上に持ち上げて眺めたり、裏返してみたりしている。クルクル回してみたり、片手で掴んで空中を泳がせてみたりと一通り遊んだ後に、ハッとしてカインの顔を凝視した。

「お手紙じゃない！」

誤魔化されたと思ったディアーナがすねたような顔をしてカインを睨んでくるが、カインはにやけた顔をさらにだらしなくしながらディアーナの隣に座ってその手元を覗き込んだ。

「ちゃんとお手紙だよ。ほら、ここを引っ張って開いてごらん」

そういってディアーナの手に自分の手を添えると開封場所を一緒につまんで引っ張った。魚の形をした紙はホロリと解けて一枚の便箋の姿に戻った。

「ふぉぉぉ。お手紙になった！」

ディアーナが読めるように、なるべく簡単な言葉を選んで書いた。カインからの優しい手紙をディアーナは一生懸命読んでいる。なるほどなるほど、と偉そうにつぶやきながら読んでいる姿は本当に愛らしい。

父が仕事の手紙を読んでいる時に、よく「なるほどなるほど」と言いながら読んでいるのだ。ディアーナが無意識にそれを真似しているのが可愛すぎてどうしよう。この様子を動画で録画してビデオレターですって父に見せたら憤死するかもしれない。すでに自分は尊死しそうだもの！　とカインは自分で自分の身を抱きしめていた。この世界には動画で残す機械がないのが惜しまれる。将来、法務省の役人になるという夢をやめて、ティルノーアに弟子入りして動画撮影魔法の開発をするのでも良いかも知れない。カインは将来設計の変更まで視野に入れはじめた。

しばらくは、楽しそうに手紙を読んでいたディアーナだったが、またハッとなにかに気がついたように目をパチリと開くと、カインに向かって身を乗り出した。

「違うの！　お母様がもらっていたみたいにお手紙もらいたいの！」

「お母様のお手紙？」

「これはお魚にもどしてください、おにいさま！」

「あ、はいはい」

ディアーナの欲しいお手紙というのは、単なるメッセージを書いた紙という事ではないようだ。お母様の貰っていたお手紙とは？　カインは頭をひねる。お母様が貰っていたみたいに貰いたい。ということは、貰い方の問題なのか？

なんだっけ今日は何があったっけ、とディアーナ宛の手紙を魚の形に折り直しながらカインは過去を振り返る。

今日は珍しくお茶の時間に母がいたので、家族三人でティールームでお茶の時間を過ごした。

秋になり、庭園でお茶を飲むには肌寒くなってきたので、貴族夫人たちによるお茶会の開催が減っているのだという。もう少し経って冬になると、今度は暖炉に火を入れたサロンでのお茶会が主流になり、また回数が増えてくるのだという。

それでも、冬は夜が早くて長くなるのでお茶会よりは晩餐会が増えるそうだ。それなので、春夏ほどはお茶会は開催されないそうだ。

そんなお茶会閑散期だから母は出かけずに家にいたのだと言っていた。しばらくは一緒にお茶の時間を過ごせるわね、と母がディアーナに優しく笑いかけていた。そんなこんなで談笑しながらティールームでお茶を飲んでお菓子を食べて。そして……。

そういえば、家族三人でお茶を楽しんでるところに母宛の手紙が届いた。銀の手紙盆に封筒をのせて、執事のパレパントルがうやうやしく持ってきた。母はパレパントルから手紙とペーパーナイフを受け取ると、封蝋《ふうろう》で封じられている封筒を開けて手紙を取り出し、読んでいた。

「あー、あー。なるほど」

そこまで思い出し、カインはポンと手を打つとウンウンと頷いた。おそらくディアーナは、銀の手紙盆に載せた手紙をうやうやしく差し出されたいのだ。

「完全に理解したわ」

そうなると、すぐに再現はできない。ある程度の準備が必要だった。

「ディアーナ、改めてディアーナにお手紙を出すよ。でも、ちゃんとしたお手紙が届くのには少し時間がかかるから、ちょっとだけ待っていてね」

「はい！」

ディアーナは、カインが出来るといえば出来るのだと信じている。カインが手紙が届くと言ったら届くのだ。ワクワクしてソワソワして、ソファーの上でボヨンボヨンと跳ねている。

そうこうしているうちに、遅れていたティルノーア先生が到着し、魔法の授業が始まったのだった。


「手紙？　手紙ねぇ～」

ティルノーア先生が、ソファーにダランとだらしなく座りながら魚の形にたたまれたディアーナの手紙を眺めている。裏返したり、透かしたり、片手で摘んでゆらゆらと空中を泳がせたりしている。

やっていることがディアーナと一緒である。

「こんな形に折るのはなぜッスか？」

「可愛いからですかね？」

カインは土魔法の魔術理論書を膝の上に開いたままで置いている。目の前には何も植えられていない植木鉢が置かれており、右手を突っ込んで土を握ったり離したりしている。土魔法を会得するために、土との相互理解を深めているところだ。

ディアーナは火の初級魔法を覚えるために、呪文の書き取りをやっている。イルヴァレーノは生の鶏もも肉に切れ目を入れてはそれを治すというのを繰り返しやらされていた。この、新鮮な鶏もも肉を手に入れるためにティルノーアは遅刻したらしい。鮮度が落ちれば、治癒魔法の対象ではなくなってしまうのだそうだ。治癒魔法の生物判定はなかなか微妙だなとカインは思った。

「複雑に折ることで、他者に内容を見られないよーにするって意味もあんのかなぁ～？」

「それはどうでしょう？　そこまでの意味はないと思いますけど」

なんせ、幼稚園児にウケる為に練習したものだ。中学生ぐらいの時にクラスの女子がやっていたような気もする。なんにせよ、子どもの遊びだ。可愛い以外の深い意味なんかないとカインは思う。

「送り手と受け取り手しか分からない折り方をしていれば、途中で誰かに中身を盗み見られたらすぐわかるでしょー？　盗み見ようとした人が折り直せないいんだからさ」

「本来は、封蝋がその役割なのでは？」

「封蝋用のスタンプなんて、すぐに偽造できちゃうからね！」

偽造できるというティルノーア先生の言葉の方にカインは驚いた。それは、技術的に誰でも出来ることなのか、魔術的にティルノーア先生なら可能という意味なのか。ちょっと怖くて聞けなかった。

「そーうだ！　秘密のお手紙と言えば、魔法で工夫すると面白いお手紙が書けるんだよ～？」

そういってソファーに深く座り直すと、ティルノーア先生はディアーナの書き取り用の紙を一枚取ると、さらさらっと何事かを書き付けて、四つに折った。

「イル君や、コレを読んでくれたまえ～。そして、読み終わったら『委細承知《いさいしょうち》』って声に出してってチョーダイな」

鶏もも肉に向き合っていたイルヴァレーノが、ナイフを置いて手紙を受け取った。開いて目線で中を読むと「委細承知」と口に出してつぶやいた。

「うわっ」

イルヴァレーノの手の中で小さな炎がボッと現れ、次の瞬間には炎ごと手紙が無くなっていた。書き取りの手を止めてイルヴァレーノの手元を見ていたディアーナは目をランランと光らせてフンスフンスと鼻息が荒くなっている。

「せんせぇ！　今のなぁに!?　お手紙消えたの？」

ディアーナが身を乗り出してティルノーアに質問攻撃をする。インク壺を倒しそうになっているのをイルヴァレーノがそっと避けた。

「魔法を極めれば、相手が読み終わった後に消えちゃう秘密のお手紙が書けちゃうのさ！　機密事項保持のための遅延魔法だよー。さて、カイン様はどう解釈するっかなぁ〜？」

ビシッと両手の人さし指をカインに向けてティルノーア先生が話題を振ってくる。右手で土をニギニギしながら、カインはうーんと唸った。

「詠唱は途中でとめておいて、最後の一言で魔法発動のタイミングを調整することはできる……から？　ええと、事象は延焼で、目標を紙にして、発動が『委細承知』？　えー？」

魔法の詠唱にはルールがある。魔法初心者は『定型文』化されている呪文を詠唱して定番となっている魔法を使ったりする。上級者になれば、魔法詠唱のルールにしたがって独自の文言を詠唱し、魔法を放ったりする。カインは、手紙を書いたその場で魔法が発生せずに、相手が読んだ事で魔法が発生する仕組みについて頭を悩ませている。

カインが頭を悩ませるのを面白そうに眺めるティルノーア。

「カイン様のそれは宿題ってことで〜」

答えが出るのを待たずにさっさと切替えてしまう。ソファーの上で体ごとディアーナへと向き直り、イタズラを仕掛けるような顔でニヤリと笑った。

「さて、ディアーナ様。内緒の手紙は読み終わったら燃やしたりちぎったりしてナイナイするんだけどね、今みたいに紙に魔法を掛けなくても良い方法があるんだよねー」

「内緒のお手紙ってどんなないよう？」

「内緒は内緒だよぉ。魔導士団長の悪口とか、近衛騎士団副団長の悪口とか」

「わるぐち」

ディアーナがオウム返しで繰り返してる前で、ティルノーア先生がまた一枚紙を取り、さらさらと文字を書き付けて四つにたたんだ。

「コレが、貰った内緒のお手紙だとするね」

ティルノーア先生が指先で摘んでひらひらさせる手紙を、ディアーナがまじまじと見つめている。

その目の前で突然紙の端に火がつき、静かに燃え広がっていってほとんどが燃えたところでティルノーア先生は手をパッと広げて紙を落とした。燃えている紙は床に落ちる前に全て燃え尽きて消えてしまった。

「お手紙もえちゃったね」

「そう、単純に火魔法で燃やしただけだけどね。公爵家ともなれば今後は内緒のお手紙をもらうことも有るでしょー。『お手紙を燃やす魔法』も覚えておこーね」

手紙の話から魔法の授業は脱線し、みんなでお手紙を燃やす会になってしまった。ティルノーア先生の授業ではよくあることだった。

カインは気にせず、ディアーナと『お手紙を燃やす魔法』の練習へと移っていく。

ディアーナは、まだ魔法の制御が下手くそだ。指先に小さな火を灯そうとしているのに大きな炎が出てしまって一緒にやっていたカインの前髪を焦がしてしまったり、出現した炎からディアーナをかばったイルヴァレーノのシャツの袖を焦がしてしまったりしていた。

もしかしたらティルノーア先生は、小さな紙片を燃やす事で魔法の制御を身に付けさせようとしているのかもしれなかった。

「小さき炎よ手の中の手紙を延焼せよ」

魔法の制御が下手くそなディアーナなので、小さき炎よと詠唱したところで大きな炎が出てしまう。ディアーナの小さな手の中にあった紙片は、ティルノーア先生のように徐々に燃えるのではなく一気に燃え上がってしまう。

なんでもかんでも楽しそうにしているティルノーア先生だったが、流石に眉毛をさげて困った顔をしていた。

「ディアーナ様は豪快だなぁ。どうすっかなぁ」

手紙を燃やすという目的は達成できているので、ディアーナの魔法は失敗ではない。だが、必要以上に威力が強い魔法ということは、必要以上に魔力を消費しているということだ。それは効率的ではない。次の段階に進むためにも、ティルノーア先生はディアーナにコントロールを覚えさせたかった。

小さな紙片を燃やさせれば、小さな炎を出してくれるかと思ったが中々うまく行かないものだ。

「ディアーナ様は楽しいことや好きなことには集中力発揮するもんねぇ。魔法を小出しにするなんかおもしろアイディアあったかなー」

悩むティルノーアの目の前で、カインも四つ折りにした紙を手の中で燃やしてみせた。摘んでいる場所の反対側に小さな火がつき、そこからゆっくりと燃え広がっていく。

「そうやってゆっくり燃えていくの、かっこいーよねぇ。ハードボイルドじゃんねぇ。でも、ディアーナ様にはボカーンと燃やすほうがかっこいいってことだよねー」

イルヴァレーノは炎系魔法は使えないのでお手紙燃やし大会には不参加だ。鶏もも肉も治癒魔法が効かなくなったので、カインの後ろに立って控えている。

「省エネ魔法かぁ……。ディアーナが楽しくなっちゃうような、省エネ魔法。うーん」

腕を組んで、頭を悩ませながらちらりとディアーナを見てみれば、もう一枚燃やすためのお手紙を書いていた。

『おかあさまが、おやつをひとつおおくたべました』

……悪口だろうか？　ディアーナの内緒のお手紙の中身が微笑ましくて、カインは目尻を下げた。

「受け取った内緒の手紙は自分で燃やせば済むけれどさ、内緒の手紙を送るってなったら、最初に見せた遅延魔法が効いてくるんだよねー」

そういって、ティルノーア先生が王族用に遅延魔法の施された紙を用意させられて残業になるなどの愚痴を言いはじめた。目的の相手以外が封筒を開けると燃えてしまうなんていう魔法もあるらしい。

「あ！」

そこまでティルノーア先生から手紙に関する魔法の話を聞いていて、カインは一つ思いついたことがあった。ソファーの上で体をねじり、背もたれから身を乗り出してイルヴァレーノを呼んだ。

「頼まれてくれないか」

用意してほしいものをカインが告げると、イルヴァレーノは一つ頷いて部屋から出ていった。

「カイン様、何かすんの？」

「僕も、一つ秘密のお手紙に関する魔法を使おうと思います。多分、ティルノーア先生も知らない魔法ですよ」

そういってカインは、ティルノーアに向かって一つウィンクしてみせた。

「こっち見ないでね！」と言って、ソファーから離れて壁際の学習机に向かって手紙を書いているカイン。その脇にイルヴァレーノが立って、ソファーに座るディアーナとティルノーア先生からカインの手元が見えないようにしていた。

カリカリと羽根ペンで紙をひっかくような音がしばらく部屋に響き、そのあとインクを乾かすためにふぅふぅと息を吹きかける音がした。ティルノーア先生がブロッター使わないのかなー？　とディアーナと会話している間に、カインは手紙を折りたたんで封筒に入れ、封蝋を垂らして袖口のカフスを押し付けた。カインはまだ自分の封蝋スタンプを持っていないのだが、ディアーナに「お母様のお手紙」を再現して渡したかったので、カフスを使ってみたのだった。

カインは、完成したお手紙をイルヴァレーノに渡した。イルヴァレーノの手には銀の手紙盆が握られている。色々道具を用意してもらう時に、執事から手紙盆も借りてきてもらったのだ。

大股で歩いて五歩ぐらいしかない距離だが、銀の手紙盆に封蝋がされた封筒をのせて、イルヴァレーノがうやうやしく歩いていく。ソファーに座るディアーナのそばまで来ると跪き、捧げるように手紙盆を差し出した。

「ディアーナ様。お手紙でございます」

大真面目な顔をしたイルヴァレーノの様子に、びっくりするディアーナ。だが、何が起こっているのか把握すると、口元が緩み、目が細くなっていく。

「ありがとう、イル君」

お茶の時間の母を真似して、すまし顔で手紙をスッと受け取るディアーナだが、小鼻がピクピクと広がり、口元もゆるゆるしていて楽しそうな気持ちが隠しきれていなかった。

まだ少し温かい封蝋は、封筒を歪めると端っこが浮いてしまい、ナイフがなくても簡単にはがせてしまった。開いた封筒の中から便箋を取り出して、ディアーナはたたまれている紙を手元で広げた。

手紙の受け渡しが終わっているのを見て、カインも学習机からソファーの方へと移動してきた。ソファーには座らずに、ディアーナの後ろに立った。ディアーナの頭越しに覗き込み、ディアーナが手紙を読む様子を眺めようとしている。

「どうしたの？　ディアーナ様」

便箋を開いたっきり、首をかしげたり手紙を裏返したりしている様子をみてティルノーアが声を掛けた。ディアーナは困った顔をして後ろに立つカインを仰ぎ見ると、便箋をローテーブルの上に置いた。

「おにいさま、入れるお手紙まちがえた？」

「ありゃ、まっしろだねぇ」

ディアーナが封筒から取り出した手紙は真っ白だった。カインは確かにカリカリと羽根ペンの音をさせて何かしらを書いていたようだったのに、貰った手紙が真っ白なので困惑しているのだ。

「いや、なんかうっすら……薄っ黄色い線がみえるような？」

テーブルの上から便箋を取ったティルノーア先生が、斜め下から光の当たり具合が変わるように紙を移動させつつ覗き込んでいる。

「これは、秘密のお手紙なんですよ」

そういって、カインはティルノーアから便箋を返してもらうと、指先に小さな火をともして便箋の下でチラチラと揺らしてみせた。

紙に火がついて燃えないように、小さい火を少し離して当てていく。ジリジリと、便箋を炙っていくと、便箋の表側に薄っすらと茶色い文字が浮き出てきたのだった。

「文字がでてきた！」

「え、なにこれすごい。どういうこと？」

カインの手元の便箋を、ディアーナとティルノーアが身を乗り出して覗き込んでくる。イルヴァレーノも少し離れた場所から、つま先立ちになって覗き込んでいた。

「あぶり出しです。レモン汁で紙に文字を書くと他の部分より焦げやすくなるという性質を利用しています」

「ディもやる！」

手紙の半分ほどの文字が浮かんできたところで、カインは便箋をディアーナに手渡した。

「小さい炎で、そっとやるんだよ。近づけ過ぎたり、紙の端っこに火が当たるともえてしまうからね」

「はい！」

カインの注意をきいて、良い返事をするディアーナ。ディアーナはいつも返事だけは良い。

そして案の定、ディアーナは手紙を燃やしてしまった。指先に灯す火が大きすぎたり、最初は小さい火を出していても、あぶり出しに夢中になっているうちに火が段々と大きくなってしまうのだ。

「あははは。面白いね！　それに、丁度いい練習方法だよ！」

楽しそうにティルノーアが笑う前で、ディアーナはプックリとほっぺたを膨らませてふてくされている。半分程焦げて真っ黒になった便箋がテーブルには置かれていた。

「あっはっは。ディアーナ様、ボクが秘密のお手紙をだしますよ！　それをちゃんと解読して、お返事かこう！　ね！　ちゃんと内容にあったお返事がもらえたらもっとすごい魔法をおしえてあげるからさ！　ね！」

ティルノーア先生がポンポンとディアーナの肩をたたき、楽しそうに宿題を申し付けた。ディアーナはそれからしばらくの間ふてくされてほっぺたを膨らませっぱなしにしていたが、夕飯前にティルノーア先生から封蝋で封印された正式な形の手紙が届き、執事であるパレパントルから銀の手紙盆に載せて渡された事でご機嫌になった。

それからしばらくの間、カインとディアーナの間で秘密のお手紙ごっこが流行った。イルヴァレーノが頻繁にパレパントルから手紙盆を借りていくので、ついにはイルヴァレーノ専用の銀の手紙盆が支給されたのだった。

前世の知識で大儲け大作戦

王宮で行われた仲直りの為の昼食会の翌日、カインは唐突に宣言をした。

「人力車を開発しようと思う」

イルヴァレーノは聞こえなかったふりをしてお茶の準備を進めている。魔石を利用した湯沸かしポットからティーポットに湯を注ぎ、砂時計をひっくり返している。

「お兄さま。ジンリキシャってなぁに？」

「馬の代わりに人がひっぱる馬車みたいなものだよ」

砂時計の砂が落ちきったので、イルヴァレーノはお茶をカップに注いで盆にのせる。カインの座るソファーセットまで運んでローテーブルに置いていくと、自分もソファーに座った。

「王宮でお庭から食事場所に移動する時、王妃殿下とお母様がお話ししていたのを覚えてない？　ディアーナ」

「うーん？」

「ほら、王宮は広すぎるからお城の中も馬車で移動したいけど、廊下ですれ違えないとか、馬糞《ばふん》が困るとか話していたでしょう」

「馬糞！　うふふふ。ばふんのおはなしね！」

ばふーん、ばふーん。とディアーナが楽しそうに歌い出した。

「廊下ですれ違えない問題も、一人用サイズにすれば小さくなるからすれ違えるし、人が引くから馬糞も出ない」

自分の前のカップを手に取って、ふぅふぅと息を吹きかけつつイルヴァレーノは聞き流している。

「室内の人力車は基本的に一人用になるから、王族の人数分買っていただける。いや、来客用の分も買っていただけるはずだから、倍は売れる！」

カインは拳をグッと握りしめて宙を見つめている。

「そもそも、王城内の移動にも人力車は使えると思うんだよね。各執務棟の間の移動って、今は徒歩中心らしいんだよ。一応、馬車が通れるところもあるけど、馬車にのるには近いが歩くには遠いとか、馬車だと遠回りになるとか、渋滞が起こるとかも問題らしいんだよ」

王都の中心にある王城について、王族の居住区域であるプライベート部分を王宮、貴族たちが国を動かす為に務めている執政場所を王城と区別して呼んでいる。王宮は王族のプライベート空間とはいえ、来客来賓などを受け入れる場所などもある為、警備は厳重であるものの、完全に王族以外立入禁止という事にはなっていない。

王城も、騎士棟は騎士見習いや街の警備隊なども出入りするし、商政棟や財務財政棟には商会役員や商店店主などの平民も出入りする。仕事の内容毎に独立した建屋が用意されており、それぞれが大きいため行き来するのに結構な距離があるのだ。

カインとディアーナと母エリゼが王宮の王妃棟へ招かれた時も、三人を降ろした後に父ディスマイヤがそのまま馬車に乗って法務棟まで行ったのは、王宮から王城の法務棟までは歩くには遠い距離だからだった。

各執務棟がそれぞれ大きく独立した建物になっているとはいえ、同じ敷地内に建っているのだ。それらをつなぐ道を王都の大通りの様に太く真っ直ぐな道にするのは難しい。駐車場……駐馬車場確保が難しいという問題もあり、貴族といえども仕事中に別の執務棟へ移動する場合は徒歩となる事がほとんどだった。移動するだけなら馬車ではなく馬を使うという事も可能だが、書類などの荷物を運ぶ必要があったりすれば馬では具合が悪いし、何より働きに来ている貴族たちは馬に乗る用の服装をしていないので、あまり都合がよろしくないという事情もある。

「人力車は乗れる人数が少なくなる代わりに、馬車より小回りがきくから細い道でも運用できる。王城での執務棟間の移動とかに導入されれば一気に流行るとおもうんだよね」

カインは、父から聞かされていた王城ではよく歩くという話や、仲直りお茶会に向かう道すがら馬車から見た景色などを思い出していた。人が歩くには十分に広い道だが、馬車が通るには狭いという脇道などが沢山あった。また、城門をくぐるとコレでもかと花が植えられているので、それで道が狭くなっているというのもあった。花の間を、書類を抱えた貴族が早足で歩いている姿も何人か見かけたのだった。

なにより、カインは異世界転生チートをやってみたかった。せっかく文明の進んでいた前世の知識を持って生まれ変わったのだ。ウェブ小説でよく読んでいたアレらをやってみたいと前から思っていた。テレビゲームを作るにはハードルが高すぎるし、味噌や醤油などの発酵《はっこう》食品は失敗した時が怖い。ディアーナがお腹壊したらどうするんだ。冷蔵庫やそれに準ずる道具がない状態で食品系の開発をするには知識が足りなさすぎる。ペニシリンがカビから取れるという漫画で得た知識は持ち合わせているものの、実際カビをどうすればペニシリンになるのかは分からない。

コンビニに行けば大概のものは手に入る、という便利な生活を享受していたただの営業サラリーマンには、一から物作りをスタートさせられる様な知識は持ち合わせていなかったのだ。しかし、既存の物を改造、改良する事で便利なものに生まれ変わらせるという方向性ならいけるんじゃないか。カインはそう考えたのだ。

すでに馬車がある世界。車輪の再発明はしなくていいのだ。

「というわけで、お茶を飲んだら庭師のおじいちゃんの所に行って、車輪が余ってないか聞いてこよう」

「おー!」

ディアーナはよく分かっていないが、拳を振り上げる兄に合わせて一緒に気合を入れていた。

前庭に行くと、庭師の老人は見当たらなかった。門の前に騎士のサラスィニアがいたので庭師の所在を聞けば、この時間なら温室だろうと教えてくれた。ディアーナと手をつないで一度玄関から邸内に入り、廊下を抜けて中庭にでる。中庭を花を見ながら抜けて行くと一角に温室がある。ガラス戸を開けて中に入れば、蕾を付けた状態の、本来なら季節はずれの花が沢山植わっていた。それらの前に、庭師の老人が椅子に座って作業をしていた。

「にわしのおじいちゃん、こんにちわ」

温室に入ったところでカインの手をはなし、ディアーナが駆け寄って挨拶をする。振り向いた老人も、温和に笑って「はいこんにちは」と挨拶を返した。

「坊っちゃんもイル坊もお揃いで。どういたしました」

「荷車かなにかの、車輪が余っていたら分けてもらえないかと思って」

カインが側まで来ると、老人が立ち上がって子ども三人に向き合ってくれる。カインの申し出に、老人はううんと首をかしげて少し考えたが、困った様な表情でカインに答えた。

「植木の仕入れに使う荷車や、植え替えに使う手押し車なんかはありますが、どれもまだまだ使えるものですんで。めったに壊れるものでもないので予め予備を置いておくという事もないですしなぁ。車輪が余るという状況は難しいと思いますなぁ」

「まぁ、そうだよね……」

少し考えればわかる事ではあったが、カインは完成した後の皮算用的な想像ばかりしていて材料調達で躓《つまず》く事は考えていなかった。

「何にお使いになる予定でしたか？　必要なら旦那様にお伺いしてみてはいかがでしょうか？」

「うん……。うまくいくかどうか分からないから、まずある物で試してみようかなって思っただけなんだ。お父様にお願いするのは、出来るって分かってからが良いかなって思って」

人力車が作りたいから車輪買ってください。と父に頼むのはなんとなく気が引けた。せっかくの金と権力なんだから遠慮せず使えばいいじゃんとは思うものの、人力車も浅草に行った時に見たことあるぐらいの知識しかないので、色々巻き込んで大げさにしたくなかった。

目に見えて肩を落とし、何かを考え込んでいるカインに対し、庭師の老人は一つの提案をした。

「試してみたいだけなのですね。それでしたら、手押し車の車輪を外して持っていっても構いません。その代わり、きちんとお返しくださるとお約束していただけるのでしたら、ですが」

その言葉に、カインは顔をあげて老人の顔をみる。

「いいの?」

「もともと、修繕や調整用に取り外しがしやすいようになっておるんですよ。試してみて、良ければ旦那様にお伺いを立てようというその姿勢は素晴らしいと思いますので、協力させていただこうと思います」

庭師の老人はその後すぐに作業小屋へ行き、手押し車の車輪を外してカインとイルヴァレーノに手渡してくれた。絶対に壊さずに返すと約束をして、カインは二つの車輪を部屋に持って帰った。

自分の部屋に戻ったカインは、一人がけのソファーを一つ部屋の真ん中まで引きずって来ると、その側にしゃがみこんで足の太さや板の厚さなどを手で触って確かめ始めた。

「このソファーに車輪をつけるのですか?」

ここまでくるとイルヴァレーノも興味が出てくるようで、カインの後ろから覗き込むようにしてその手元をみつめている。ディアーナはカインのすぐとなりにぺたりと座り込み、兄の手元をジッと眺めている。

「うん。車輪と一緒に木材も貰ってきたからね。まずはソファーの足元に穴をあけて軸を通して車輪をつける。それから、ソファーの肘置きの下に穴を開けて角材を通して、持ち上げて引っ張る為の棒にするよ」

前世でも別に人力車に詳しかったわけではないが、試作品を作った後に父を経由してそういうのに詳しい人に丸投げしたら良いだろうとカインは気楽に考えている。ここでは、それっぽい物さえ完成させれば良いのだ。父が主導で本格開発されればエルグランダーク家が儲かるし、カインのアイディアだということを父がわかっていればカインの家の中での発言力は増す。エルグランダーク家開発の人力車で王妃殿下に感謝されれば、王太子殿下とディアーナの婚約拒否の意見も通りやすくなるかもしれない。

「ようし、やるぞ！」

カインはやる気に満ちていた。前世で動画編集しながら見ていた異世界転生系のアニメの主人公がウハウハモテモテになっていた姿に自分を重ねてニヤニヤしている。王妃殿下が「まぁカイン、あなたのおかげで王宮での移動が楽になったわ！　あなたの言う通りアルンディラーノとディアーナの婚約はしないと誓うわ！」とカインにすがりついて来る姿が瞼の裏に浮かんでくる。

カインは気合を入れて右手に魔力を込める。風魔法で、右手の先に細く細く細く風を巻いていく。

風魔法は攻撃方法として使う場合、暴風を起こして対象を吹っ飛ばす、追い風を起こして速く走る、真空を発生させて風の刃をつくり離れた場所にあるものを切断するといった使い方をすることが多い。

カインは、右手の先に作り出した細長いつむじ風に刃の性質を持たせる。電動ドリルのドリルビットだけを魔法で回転させているようなイメージだ。ぐるぐると細く速く回転する風をソファーの底板の真ん中に当たるように手のひらを移動していく。そして、回転する風がソファーに触れた時。

ソファーがすごい勢いで回転し、吹っ飛び、空中で分解した。

カインの頭の中では、細く回転させた風が電動ドリルの様にソファーの厚い底板に穴をあけていくはずだった。しかし、目の前には空中で回転しながら分解していくソファーがある。座面に張られていた革が切れ端となって舞い、木っ端微塵となった木片が飛び散っていき、きっちり詰められていた綿が雪のように部屋に降り積もっていく。

「……」

「……」

「……」

さすがのイルヴァレーノも皮肉の一つも出てこない。

あまりの出来事に驚きすぎてディアーナも言葉が出てこない。

想像と全く違うことが起こったことでカインは固まっている。

部屋中に細かい木片が散らばり、白い綿がふわふわと舞う部屋。その中で三人の子どもたちは呆然としていた。大きな破壊音に気づいて執事とエリゼの侍女が部屋に駆け込んでくるまで、カインとディアーナとイルヴァレーノは言葉もなく何もない空中を見つめていた。

その日の夜、カインは父からめっちゃ怒られた。ソファーを壊したこともそうだが、部屋で魔法を使ったことについて酷く怒られた。そして、壊してしまったソファーの代わりは買ってもらえず、それ以来カインの部屋のソファーセットは二人がけが一つ、一人がけが一つとなってしまい三人分の席しかなくなってしまったのだった。

我が主のお望みとあらば

エルグランダーク家の執事、ウェインズ・パレパントルは頭を悩ませていた。

主であるディスマイヤ・エルグランダークの不在時に、嫡男であるカインが子どもを拾ってきてしまったのだ。正体不明の怪しい人間とはいえ、怪我をした子どもを放り出すのは外聞が悪い。しかも、カインが母であるエリゼを丸め込んで味方にしてしまったのもあって、ウェインズの一存では追い出すことが出来なかったのだ。ディスマイヤ不在時に家の事を最終決定するのは女主人であるエリゼであり、そのエリゼが怪我が治るまでは様子をみると決定してしまえば、ウェインズといえどそれに従うほかない。

エリゼに従い、ひとまず様子見をすることに決めたウェインズは、主が戻ってきた時に報告するため、少年について良く観察しておくことにした。

少年の様子をみるうちに、別のところでウェインズは驚く事になった。寝込んでいる少年を、カインが甲斐甲斐しく面倒を見ていたのだ。カインは自分のベッドを譲り、額に乗せる濡れタオルをこまめに交換し、汗で濡れた体を拭いてやり、湿気た服を着替えさせていた。授業の合間にはベッドの横に座って優しく話しかけたり、励ますような言葉をかけていた。

ウェインズは、カインは自己鍛錬と妹をかわいがること以外には興味がないのかと思っていたのだ。六歳とは思えないほどに家庭教師による授業を詰め込み、朝と夕にランニングをして体力づくりをし、隙さえあれば妹のディアーナを構い倒す。両親に対しては礼儀正しくそつなく対応するが、少し他人行儀に感じる程度にはドライだという印象をカインには持っていた。

そんなカインが、妹以外の人間にせっせと尽くす様子はいっそ異様であった。

しかし、嫡男であるカインがいくら執着していようとも、ウェインズの主はディスマイヤである。万が一の事態からこの家を守るためにも、少年の素性については調べておかねばならなかった。

調べた結果、少年の名前はイルヴァレーノであることが判明した。これは、熱に浮かされて寝込んでいる少年をカインがそう呼んでいた事から、真偽を確かめるだけで良かったのですぐに判明した。王都の西地区にある神殿に併設されている孤児院で生活をしている孤児だった。孤児院に入った経緯はあやふやで、捨て子なのか、親が早逝した為に預けられたのか、親に虐待を受けていて保護されたのかは判明しなかった。

ただ、時々ふらりと出かけては数日帰ってこないことがあり、そういった時は帰院する時にある程度まとまったお金を持ち帰って来るという事だった。どこに行き、何をしているのかを孤児院長が聞いてもイルヴァレーノは頑《かたく》なに口を開こうとはしないらしかった。

心配している、お金の心配を子どもである君がしなくても良い、と院長が声をかけても大丈夫だとしか言わず、孤児院としても、お金に困っているのは確かなので無理やりやめさせるという事もしないままになっていた。

エルグランダーク家は孤児院に寄付金を納めているため、寄付金台帳を確認したいと言えば神殿は簡単にそれを見せてくれた。そこには、きちんとイルヴァレーノの名前でわずかばかりの寄付がされている記録が残っていた。

正式な手順を踏んで探れる事は大体そんな感じで、ウェインズが真に必要としている情報はその先に手をのばさねば手に入れられないようだった。

「……仕方がありませんね」

ウェインズはエリゼに丸一日の休暇をもらう許可をとり、早朝から邸を出て街へとでかけていったのだった。


ディスマイヤが領地から戻り、家族三人からイルヴァレーノを雇いたいとせがまれたその日の夜。

ディスマイヤは執務室で領地で取り決めた事や持ち帰った課題などを書類として起こしていた。執事であるウェインズも側机に向かい書類の整頓や仕分けなど仕事の補助をしていた。

ディスマイヤの書類作成が一区切りついたところで、ウェインズが顔をあげてディスマイヤに向かい姿勢を正した。

「五年前のフォーセッツ子爵夫人の事件を覚えておいでですか？」

「覚えているよ。気分の悪い事件だったからね」

フォーセッツ子爵隠し子事件。

フォーセッツ子爵が、通いの洗濯メイドに手を出して妊娠させ、それに激怒した夫人が人を雇ってメイドとその子どもを殺させたという事件。

メイドは手を出された後に退職、妊娠発覚後にも子爵家に申し出ることなく伴侶と一緒に自分たちの子として育てようとしていた。

しかし、何らかの理由により元洗濯メイドが自分との子を産んでいたと知ったフォーセッツ子爵が子どもを引き取ると言い出し、それに激怒した夫人が人を雇って元洗濯メイド一家を殺害させたのだ。

この国では、貴族が平民を殺してもたいした罪にはならない。大体の場合、遺族への賠償金の支払いと国への罰金だけで終わる。

しかし貴族殺しとなれば話は別で、禁固刑、王都追放、降爵もしくは爵位の剥奪と財産の没収などの処罰がくだる。爵位が上の貴族を害した場合には処刑もありえるのだ。

フォーセッツ子爵夫人の場合、元洗濯メイドとその伴侶の遺体は見つかったものの、子どもの遺体が見つからなかったのが問題となった。

メイドとその伴侶は平民だが、子どもは庶子とは言え子爵の血を引いているために貴族扱いされるのだ。

遺体が見つからないから死んでいないとみなすか、現場の状況と生存が確認できない事から死んでいるとみなすのか。

法務省の裁定会議は大いに揉めた。ディスマイヤは連日早朝出勤の深夜帰宅となり、ようやく片付いて久々に日が明るいうちに帰宅をしたら、当時二歳のカインに怪訝な顔をされしばらく経ってから、

「あぁ、とうさまだった」と言われたのだ。

「あれ、完全に僕のこと忘れてたよね、カイン……」

「おじさんだぁれ？　ではなかったのですから、見覚えあるなぐらいは覚えておいでだったのですよ」

「慰めになってないよ、ウェインズ」

ディスマイヤはふてくされた顔をして執務机に頬杖をついた。

当時二歳のカインは、歳の割には非常におとなしくて賢い子どもだった。時々謎の言葉をつぶやいたり謎のポーズをとったりといった奇行が見かけられたが、受け答えもハキハキとしておりとても利発な子どもだったのだ。そんなカインに忘れられたというのは、ディスマイヤにとってはかなりのショックだったのだ。

「結局、その場では平民二人の殺害として親族への賠償金支払い命令と国への罰金支払いのみが言い渡されて、子どもに関しては生死問わず発見後に再審議って事になったんだよね」

親族への賠償金支払い命令は出たものの、元メイドもその伴侶にもそれぞれ年老いた母しか親族はおらず、賠償金はたいした額にはならなかったはずだ。下位貴族の子爵といえども余裕を持って支払える額でしかなかった。好色な子爵と嫉妬深い夫人という不名誉なレッテルを貼られてしまったが、子爵家への不利益としてはそれだけだった。社交の場では多少友人が減ったものの、相変わらず王城での仕事はしているし夫人はお茶会に呼ばれて噂話に花を咲かせている。

その後、子どもの行方は一年たっても見つからず期限切れとして王都騎士団による捜索は打ち切られた。

「前例を作りたくなかったんだけどね」

当時、ディスマイヤは「現場の状況と子爵家の事情を考えれば、子どもは死んだ、もしくは死ぬしかない場所へ連れ去られたとしか考えられない」として、貴族殺しを適用しようとしたのだ。

それらは元老院によって邪魔され、賠償金と罰金のみの処分となった。子どもが見つかったら再審議という所まで持っていくので精一杯だったのだ。

「で、あの事件がどうかした？」

ディスマイヤは頬杖を突いていない方の手で万年筆をクルクルと回し始める。会話に集中していないわけではないが、あまり興味がない時のクセである。

「フォーセッツ子爵は黒髪に印象的な赤い瞳の方でございました。そして、被害にあわれた元メイドの女性とは面識はございませんが、明るい赤髪だったと聞き及んでおります」

「それが？」

「当時、フォーセッツ子爵夫人が処理を依頼したと思われる組織と、カイン様が保護した子どもが所属している組織が同一の可能性がございます」

ディスマイヤの指先でくるくると回っていた万年筆がぴたりと止まる。しっかりと握ったペンのキャップの先でこめかみをトントンとたたいて眉をひそめた。

「エー……。その子ってどんな感じの子なの」

「カイン様と同じ年頃で、明るい赤髪に、赤い目です」

「五年前に二歳ぐらいかぁ……」

ただの偶然の一致かもしれない。赤い目の人と赤い髪の人の子どもだからといって赤目赤髪の子どもが生まれるとは限らない。

ディスマイヤとエリゼの子どもはふたりとも金髪に青い目だが、黒い髪に緑の目の子どもが生まれても不思議ではなかったのだから。

もし、その子がフォーセッツ子爵の子どもだったとして、五年もたった今になって子どもが見つかったから再審議しましょうと手を挙げるのか？　現場はかなり凄惨だったと聞いている。床も壁も血だらけで、二人は原形をとどめていなかった。そんな光景を思い出せと子どもに強請《ねだ》って、それで子爵夫人を罰したところでその子どもは幸せだろうか。

「復讐の取っ掛かりとしてカインに取り入ったとかないよね」

「カイン様の方が一方的に彼を構っているように見受けられます」

「うーん」

ディスマイヤは執務机に肘をつき、頭を抱えてしまった。エリゼとカインとディアーナ。三人から気に入られて是非我が家で使用人にと言われる少年。仕事をしながらウェインズから聞かされた調査結果からディスマイヤは「優秀だが雇うにはリスクが高い」と判断した。しかし。

「切り離せる？」

自分の腕で抱え込んでいる頭を少しだけあげ、ちらりと上目遣いでウェインズを見る。視線を受けた執事は小さく頷いた。

「我が主のお望みとあらば」

「法は犯すな。権力と金は使って構わない。お前はうちの執事だということを忘れるな」

ディスマイヤは椅子に深く座り直し、姿勢を正してそう命じた。

ウェインズは嬉しそうに笑みを浮かべ、うやうやしく頭をさげた。

王都の北側、外壁の外。うっそうと広がる森の中にぽつんと一軒の小屋が建っている。腰の高さから下は土台として石造りになっているが、そこから上は木材を適当に打ちつけただけといった感じの雑な作りの平屋の小屋だった。一見すると廃屋のようなボロさであるが、中には三人の男女が粗末なテーブルを囲って座っており、小さな声で雑談を交わしていた。

三人は聞くに堪えない下卑《げび》た内容の会話を交わしつつ、ダイスを転がしてはコインのやり取りをしていた。ひそひそ声と、時々下卑た笑い声が漏れるだけの室内に、ごほんと咳払いが一つおとされた。

雑談をしていた三人が、誰のものでもないその物音に一斉に部屋を見渡せば、入り口近くに一人の男性が立っていた。黒いジャケットにグレーのベストというこの場にそぐわない姿をした男性は、背筋をピンと伸ばした姿勢で問いかけた。

「ご歓談中に失礼致します。赤髪赤目の少年がお世話になっているのは、こちらでお間違えございませんでしょうか？」

涼しげな、落ち着いた声は石造りの床にわずかに響き、ほんのわずかだけ余韻を残す。三人の男女は警戒心を隠そうともせず、ピリピリとした殺気を男性に向ける。

「お前は誰だ」

三人の男女を代表して、一番年上らしき男が誰何する。それをうけて、黒ジャケットの男性は優雅に一礼をするとにこりと笑って口を開いた。

「私の名前はウェインズ・パレパントル。エルグランダーク家の執事でございます」

三人の顔色が変わる。

「パレパントル……。エルグランダークだと？」

パレパントルといえば侯爵家。エルグランダークといえば公爵家である。

「公爵家の執事様が何の用だい」

「赤髪で赤い目の少年を引き取りたいと当家の者が申しております。身請けの交渉をしに参りました」

ウェインズの返答をうけ、男はニタリといやらしく笑った。

「あぁ、アレは綺麗な顔してるしな。公爵様はそういったご趣味をお持ちなのかい」

「我が主を愚弄《ぐろう》するのは許しませんよ」

ウェインズが目を細めて軽く眉をひそめる。男はへへへと口の端を歪めて笑い、肩をすくめた。

「あいつを育てるのにどんだけつぎ込んだかわかるかい？　ちょっとやそっとじゃ手放せねぇな」

男は椅子から立ち上がりもせずに、ウェインズの顔を見上げながらそう言った。ウェインズは片眉を器用に上げて呆れた顔を作ると、コホンと空咳をひとつした。

「あの子を育てているのは孤児院でしょうに。衣も食も住も用意しておりませんのに、何を偉そうにおっしゃるのやら」

「特殊な技術を仕込んだことを言ってるんだよ」

「おや、そうでございましたか。それは失礼をいたしました」

ウェインズが朗らかに笑って答えると、男たちは苛立ちを隠しもせずに舌打ちをしたり顔をしかめたりしつつウェインズを睨みつけてくる。

睨みつけられたところで、柳《やなぎ》のようにそれを受け流したウェインズは、足元に置かれている木箱をコツコツとつま先で軽く蹴った。

「では、その特殊技術とやらをつぎ込んだ分だけお支払すれば、あの少年を手放していただけるのでしょうか」

革靴の硬いつま先でノックされた木箱からは、ジャラリと重たい金属が触れ合う音がした。三人の男女は、中身が貨幣であることに気が付き、表情を変えた。

「特殊技術は、なんせ特殊だからなぁ。そうそう安い金で手放すわけにはいかねぇな」

「そうよ。あの子を今後も働かせれば、その箱の中身以上に稼ぐでしょうしねぇ」

「ここまでやってきたアレコレについて、話さないとも限らねぇしな。おいそれとは外にやれねぇんだよ」

金額の引き上げをしたいのか、少年に価値があると言うことを次々と話しだした男たちだが、ウェインズは静かに聞き流していた。一通り手放せない理由や安くはないぞという理由をひねり出して語っていた男たちは、何も返事をしないウェインズに疑問を持ちつつ一度黙った。ウェインズはゆっくりと三人の顔を順番に見ていくと、深いため息を吐いた。

ボロボロと喋る三人に頭痛がしてくるようだった。イルヴァレーノがココにいた事、子どもに仕事をさせていた事、仕事内容が表沙汰にできない事を全て自分たちで暴露してしまっている。イルヴァレーノが普段は孤児院に所属していることをウェインズが知っていることについて警戒もしていない。下調べでは、とある犯罪組織に所属しているという事であったが、頭が悪すぎる。この程度ではたかが知れている。上位組織に上納金を納め、仕事をもらったり小狡い商売のお目溢しをしてもらっている小悪党仲間といった所だろう。よくイルヴァレーノを仕込めたものだと思う。子どもを使うという発想はもしかしたら別の所からもたらされたのかも知れないと、ウェインズは思った。

「こちらは、隠れ家なのですよね」

ゆっくりと、優しい声でウェインズが問いかける。。自分たちの置かれている状況というものを、わからせないといけない。

「あぁ。仕事前や仕事後の打ち合わせなんかに使っている」

あまりにも正直に返事をする男に、ウェインズは他人事ながら心配になった。しかし、交渉相手には変わりないのでやることは変わらない。

「あまり、侮らないことです。私がこうしてココにいるということを良く考えてみることです」

あくまでも、優しい声で、ゆっくりと含めるように喋るウェインズ。しかし、三人の男女は意味が分かっていないようだった。首をかしげたり、ウェインズが何かをごまかそうとしていると思って睨みつけたりしている。

「赤髪赤目の少年があなた達の組織に所属していること、この隠れ家の場所、そしてあなた達が何をしていて、あの少年に何をさせていたのか。それらはすべて公表されてはいない、機密事項のはずですね？」

ウェインズは、話をすすめるごとに指を立てていき、今は三本の指が立っている。

「それなのに、私はこの場所に立っており、赤髪赤目の少年の身柄を譲れと交渉に来ているのです」

お前たちの機密事項などバレているのだぞと。ウェインズは告げる。

「公爵家の力を、侮ってはいけません」

エルグランダーク家の当主は法務省の事務次官だ。本来なら法務大臣になっていてもおかしくない実力と権力があるのだが、まだ若いからと元老院の年寄り達から大臣任命を拒否されているのでは？と言われている。実際のところは「大臣なんてもっと忙しいんだから、家族と一緒に過ごす時間がますますなくなるじゃないか！　冗談じゃないよ！」と言って固辞《こじ》しているだけなのだが、そんな事は当然世間には知られていない。

そんな感じであまり仕事熱心ではないディスマイヤではあるが、エルグランダーク家および法務省ではこういった犯罪組織が大小存在していることを把握している。貴族に害が及ばない限りは積極的には手を出さないだけなのだ。

また、貴族に被害がでた場合でも法務省や警邏隊への訴えがなければあえて捜査をしたりもしない。貴族とは矜持で生きる生き物である。被害に遭った場合でも自分の方に後ろめたい事があれば訴えでない事も多い。被害にあったことそのものを不名誉として隠す貴族もいる。法務省およびエルグランダーク家では、それら隠された事件についても大方は把握しているのだが、あえて公表しないだけである。ゆえに、エルグランダーク家の権力は強く、揺るがないのだ。

そうして隠されがちな不祥事や事件であるが、公の場で起こってしまった事件や残虐性の高い事件などの隠しようの無い事件についてはその限りではなかった。訴えがなくとも捜査の手が入る。

フォーセッツ子爵隠し子事件は、平民街で起こった事件だったが現場が凄惨であり、目撃者も多かった為に表沙汰になった事件の一つだった。そのために、夫人の雇った人物やその背後関係に対して捜査が行われたし、実際に組織の存在と実行犯の特定まであと少しという所まで行っていたのだ。しかし、貴族が平民を殺しただけという事で賠償金の支払いだけで事件が収束してしまい、捜査が終了となってしまったのだ。犯罪組織を潰すまではいかなかった。

「この木箱の中身は銀貨ではありません。金貨が詰まっております。コレで足りないとは言わせませんよ」

ここまで優しい声でゆっくりと話していたウェインズが、低くドスの利いた声で言い放った。目つきは鋭く、最初に代表して話しだした男を睨みつけている。

「法を犯すなと言われているので、こうして交渉しているのです」

言いながら、ウェインズが一歩前にでる。男は思わず一歩下がり、椅子に膝裏をぶつけてそのまま椅子に座り込んでしまった。肩を下げ、それでも精一杯の虚勢を張った顔でウェインズを睨みつけ、なんとか言葉を探して喋りだした。

「今日からハイさよならってわけにはいかねぇ。すでに受けちまっているアイツにしかできねぇ仕事がまだ残っている。それだけはやってもらう」

「違約金を払うことでなんとかなりませんか」

「信用商売なんだ。一度受けた仕事はなげだせねぇ」

「ふむ」

ウェインズは顎に手を当てて斜め上に視線を投げながら思案する。ディスマイヤとカインの顔が交互に浮かんでは消えていく。

（カイン様は、今すぐ裏稼業をやめなくても良いとはおっしゃっていましたが……）

ウェインズの主人はディスマイヤである。ディスマイヤの命令が全てに優先する。

「権力を使っても良い、とも言われております。今すぐあなた方を拘束し、投獄するに足る情報もこちらは抑えているのですよ」

さらにウェインズは一歩前に出る。男は椅子の上で上体を反らしてウェインズから距離を取ろうとしていた。完全に気圧されている。

「わ、分かった。分かったよ。アイツはもうあんたンちのもんだ。俺たちとは縁もゆかりもないただのガキだ」

「もう仕事はさせませんね？」

「させない、させないからもっと下がってくれ！」

男は両手を前に突っ張ってウェインズの前進を阻止しようとしている。二歩前にでてからは、ウェインズは動いていないというのに。

ウェインズは鷹揚《おうよう》に頷いて、木箱の横に戻った。

「お約束を守っていただけない場合は、それなりのけじめを付けていただく事になりましょう。お心に留め置きくださいませ」

そう言うと、ウェインズは足元の木箱をぐいっと足で押し出すと、くるりと背を向けて歩き出した。

男が、今ならやれるか？　と腰のナイフに手を伸ばしたところで、ウェインズは袖口から薄刃の投げナイフをするりと手の中に落とし、予備動作もなく男に向かって投げつけた。

男のベルトがウェインズの投げたナイフで切られ、吊り下げていたホルダーごとナイフが床にゴトンと落ちた。ビーンという震える音を立てながら、投げナイフがテーブルのフチに刺さっている。

「では、ごきげんよう」

頭だけで振り向き挨拶をするウェインズには表情が無かった。改めて歩き出したウェインズのその背中にスキはみつからず、ナイフを拾って投げることはできなかった。


その後、喉元すぎて熱さを忘れてしまった馬鹿達が、約束を破りイルヴァレーノに仕事を振っているらしいことに気がついたウェインズ。そろそろ潰すかとディスマイヤに指示を仰ごうとした矢先のことだった。カインが独断で隠れ家を爆破してしまって、ウェインズはまた頭を抱えたのだった。カ

インが「あそこは無人だった」ということで押し通そうとしていたので、ウェインズは手を回して本当に無人だったということにした。

アルンディラーノ王太子殿下を連れていたことで、護衛騎士が送迎を優先させた為に片付けをする時間ができたのは幸いだった。

「まったく、カイン様は詰めが甘い」

あまり仕事熱心ではないウェインズの主だが、曲がりなりにも法務省の事務次官である。それなりに法令遵守の精神はある。ウェインズ・パレパントルは主の心の安寧の為に、カインのしたことと、自分のやったその後始末については口をつぐむことにしたのだった。

真昼の空と夕方の空

お茶の時間の後、ティルノーア先生の魔法の授業をカインとディアーナと一緒に受けたイルヴァレーノ。ディアーナの魔法の失敗に巻き込まれて袖が焦げてしまい、着替える為に自室へと戻ってきていた。焦げたシャツは執事のパレパントルに申し出れば新しいシャツと交換してもらえる。この公爵家で働く限り、衣食住で困ることは何もない。その上で十分な給金も支払われ、孤児院の弟分や妹分にも本や服を融通できている。孤児である自分には過ぎた環境だと思い、いつまで経っても慣れない。

袖の焦げたシャツを脱ぎ、チェストから出した新しいシャツを着る。支給されている侍従用の制服は洗濯されていて清潔で、しっかりアイロンがかかっていてパリっとしている。

身だしなみをチェックするために、イルヴァレーノは鏡に映る自分の姿を眺めた。白い長袖シャツに黒い棒タイ、黒いドレスパンツ。赤い髪に赤い瞳。

棒タイのリボン結びを軽く引っ張ってほどけやすくなっていないか確認し、リボンがまっすぐになるように調整する。最後にちょいちょいと前髪を直すと姿勢を正して最終チェックをする。西日が射し込んできて髪が透けている。いつにもまして鮮やかな赤色に見える髪の毛。事あるごとに三日月笑いの男に揶揄された赤い髪と赤い瞳。本来居るべき場所はここではないと言われているようだ。

「血の色みたい」

イルヴァレーノは四歳ごろまでの記憶があやふやで、両親の事はほとんど覚えていなかった。明確に覚えている最初の記憶は真っ赤な部屋。その部屋が何処なのかは覚えていない。孤児院の何処かの部屋だったかもしれないし、自分の生まれた家の部屋だったのかも知れない。もしかしたら記憶の中で改ざんされたどこでもない部屋なのかもしれない。それが何歳ごろの事なのかもわからない。

壁紙が真っ赤に染まるほど飛び散っている血液と、水たまりのように床に広がっている真っ赤な血。その真ん中に、ぺたりと座り込んで呆然としていた自分。前後の記憶は全然思い出せない。なぜその部屋にいたのか、その後自分がどうしたのかもわからなかった。

はじめは真っ暗闇の中にいた。光が射し込んできて、初めて自分が真っ赤な部屋の中にいることに気がつくのだ。光は部屋のドアが開けられた為に入ってきたランタンの明かりで、そちらを見上げるとランタンを持った知らない男が立っていた。

「何処から出てきた。さっきはいなかったよな。いなかったはずだ。……あぁ、隠されていたのか？」

男がちらりと部屋のすみを見て小さく頷いた。視線を部屋の中のイルヴァレーノに移動させると、上から下へとジロジロと見てきた。ランタンを部屋に差し入れて、イルヴァレーノの顔を明るく照らす。

「血を浴びて赤くなってるんじゃないんだな、その髪と目の色。元々の色がそれなのか。まるで血の海から生まれてきたみたいじゃないか」

そういってイルヴァレーノの足元に広がる赤い水たまりを靴先でビチャビチャとタップしてみせた。ここから生えてきたんだろ？　と言うように。記憶の中のその男は、目と口を三日月の形に歪めて笑っていた。

そこからイルヴァレーノの記憶は飛び飛びで、人間の急所の位置やナイフの投げ方などを教えられたのは覚えているが、何処で誰にそういった事を教わったのかは曖昧だった。

ニヤニヤと笑う男に手を引かれ、連れて行かれたのが孤児院だった。子どもを育てる気はないからな、と言い残して三日月笑いの男は何処かに行ってしまった。

ある寒い冬の日。孤児院の畑にはもう細いネギしかなく、森も雪が積もってしまい木の実やきのこが探せなくなってしまったある日。三日月笑いの男がやってきて、パンを買ってやるからついてこいとイルヴァレーノに言った。薄着で森を歩き回り、手も冷えて指が動かなくなってきていたイルヴァレーノは黙って頷くと、男について森を出た。連れて行かれた先で、男に言われた通りのセリフを喋り、言われた通りの事をした。そうしたら、温かいパンを孤児院の子どもたちの分まで買ってもらえた。

焼きたての温かいパンで自分の手を温めつつ孤児院に帰れば、みなが一時だけ幸せそうな顔をした。

それからもイルヴァレーノは呼ばれればついていき、言われた通りの仕事をこなした。可哀想な子どものふりをして、親切に寝室に入れてくれた大人の頸動脈を押さえ、気を失った所をナイフで刺した。名乗る名前はいつも違い、言われた通りの名前を出せば狂ったように暴れる相手もいた。そういった場合には腱を切るなど動きをとめてから始末した。そのうち大人はついてこなくなり、指令だけを受けて自分一人で仕事場へ向かう事も増えていった。

そうして淡々と仕事をこなしていくうちに、慣れて油断をした為だろうか。一人で行った仕事先で逃走中にミスをしてしまい怪我をしてしまった。折れた足を引きずりながらも現場からは距離をとり、ホッとして地面に膝をついたところで、金髪に青い目のきれいな少年に……投げ飛ばされ、肩を外されたのだった。

柔らかい布団に寝かされて丁寧に看病され、起き上がれるようになったら今度は小さな女の子になつかれた。まるで自分がこの美しい兄妹に受け入れられたかのように感じ、仲間なのだと思いそうになる度に、自分の髪と目の色が「勘違いするな」と言ってくる。血の海から生まれた、血まみれの存在のくせに、と。

鏡に映る自分の髪と目をにらみつけて、イルヴァレーノは使用人部屋を出て行った。

今日はこの後、カインとランニングする時間までの間に執事からアイロンのかけ方を習う予定になっている。廊下を走っては怒られるので、歩幅を広く早足で歩く。すると、行儀なんて知ったことかという顔でこの家の令嬢、ディアーナ・エルグランダークが走ってやってきた。

「イル君いた！」

ディアーナはイルヴァレーノに向かって走り込み、勢いが良すぎて止まりきれずに体当たりをしてきた。肩を支えてやり、転ばないようにそっと押し戻してやるとディアーナは肩に置かれたその手をしっかりと握ってきた。

「こっちこっち、こっち来て！」

グイグイと繋いだ手を引っ張られ、半ば引き摺られる様にイルヴァレーノはディアーナに付いていく。執事との約束はあるが、ディアーナに呼ばれたと言えば怒られない。この家の人間はみんなこの少女に甘いのだ。

少女はそのまま玄関ホールの屋根上に作られているルーフバルコニーにイルヴァレーノを引っ張っていった。バルコニー前には執事もいたので無言のまま会釈をすれば、執事も仕方がないという顔をして頷いてみせた。

バルコニーには今のイルヴァレーノの主人であるカインもいた。

「あ、来た来た。イルヴァレーノほら見て」

カインがイルヴァレーノに向かって大きく手招きをする。そちらに向かってディアーナがイルヴァレーノを引っ張っていく。

「すごい夕日だろ？　こんなに真っ赤な空はなかなかないから一緒に見ようと思って」

「イル君！　見て！　ね、見て！　おひさまがおやまに沈んでいくよ！」

バルコニーの手すりの前まで来ると、カインがディアーナを抱っこして持ち上げる。手すりの向こうを見せてやるためだ。

空が赤いだけで、なんでこんなにはしゃげるのかと、イルヴァレーノは半ば呆れながら、言われたとおりに沈んでいく夕日を眺めていた。

「イル君、お空にとけちゃいそう」

そう言いながら、ディアーナがイルヴァレーノの髪の毛を引っ張った。

「やめてよ。痛い」

「本当だ」

カインがそっとディアーナの手に自分の手を添えてイルヴァレーノの髪の毛から手を離させる。

カインとディアーナ、二人からじっと見つめられて、どうして良いかわからずにイルヴァレーノはへの字口になってカインを軽く睨んだ。

「イル君の髪の毛は夕焼け空と一緒だね！」

「イルヴァレーノの瞳は沈む夕日みたいに綺麗だね」

楽しそうに笑いながら、そっくりな顔をした兄と妹が同時にそんな事を言った。

ずっと嫌いだった、血の色そっくりな自分の見た目。鏡を見るたびに、誰のものかも思い出せない「血の海から生まれたみたいだな」という囁き声。血の色をまとった自分の居るべき場所は、血なまぐさい所なのではないかと思って、公爵家は居心地が悪かった。

それを、空の色に、太陽の色に例えられた。

「ディアーナの髪の毛は昼のおひさまみたいにピカピカだね！」

「お兄さまのおめめはお昼のお空みたいにまっさおだね！」

仲の良い兄妹が、目の前でまたイチャイチャしてる。でも、そうかとイルヴァレーノは思った。

昼の空の色をした兄妹と、夕方の空の色をした自分。そう考えると、赤い色をした自分の髪も目も、悪くないんじゃないかと思えた。ここに居てもいいのかもしれないと思えた。

イルヴァレーノは「太陽が目に染みた」と言って袖で目を擦り、行儀が悪いとパレパントルに怒られた。その後子ども三人は、目の中に太陽の残像が残ってしまい、部屋に戻るまでに何度か柱に頭をぶつけてしまうのだった。

あとがき

はじめまして、内河弘児と申します。

ＷＥＢ連載中から応援してくださっていた方々、本当にありがとうございます。あなた方のおかげでこうして書籍として世に出すことができました。どれだけ感謝しても足りません。

書店で、もしくはネット書店で見かけて購入してくださった方々、本当にありがとうございます。数多ある書籍からこの本を選んでくれたことを心より感謝いたします。


ところで、私は本を読むのが大好きです。

子どもの頃は本を読み始めると集中しすぎてしまい他のことができなくなって親によく怒られていました。（返事をしなさいとか、お風呂に入りなさいとか）。

どうしても本の続きが読みたくて、体温計の先っぽを一生懸命手で擦り、摩擦《まさつ》熱でメモリを上げて学校をズル休みして本を読んだこともあります。

二十時には寝なさいと言われていたのに、続きが気になって読むのを止められず懐中電灯を布団の中に持ち込んで読んだりもしました。

授業中に教科書を立てて教師の視線を避けつつ、ノートと本を重ねて隠しながら読み続けたりしていました。卒業の時に「本を読まずに授業を聞いてほしかった」と先生に言われたのでバレバレだったみたいですけどね。

行きと帰りの電車の中で本を読んでは降車駅を乗り過ごすなんてこともしょっちゅうでした。逆方面の電車に乗換えるのに、次の駅ではなく乗り換えしやすいアイランド型ホームの駅まで行こうとしてさらに乗り過ごしてしまうなんてこともありました。気がついた時に乗り換えるべきでした。

他社出版物で恐縮ですが、角川mini文庫というのをご存じでしょうか？　手のひらサイズの文庫が一時期出版されておりまして、こっそり読むのに大変都合が良かったのです。ポケットにすっぽり入るので「手ぶらですが何か？」という顔をしてどこにでも本が持ち込めるという優れものでした。部活の休憩時間や学校行事の順番待ちといったちょっとした時間にこっそり読んでいました。

電子書籍が普及すると、アルバイト中や仕事中にもスマホをポケットに忍ばせてトイレに行き、一時間毎に五分間ずつ本を読み進めたりしています（頻尿《ひんにょう》過ぎでは？　と疑われないぎりぎりのラインを攻めるのがコツです）。決して真似しないでくださいね。

とにかく面白い物語を読んでいる最中は、授業中でも仕事中でもそのお話のことを考えてしまってソワソワしたり、印象的なシーンを脳内で反芻して手が付かなくなったりしてしまいます。何とかして早く続きが読みたい！　というワクワクどきどきに心が支配されてしまうんです。

この「悪役令嬢の兄に転生しました」という物語が、あなたにとってそんな「続きが気になってしまって居てもたってもいられない」物語であったら良いなと思います。

カインが、ディアーナが、イルヴァレーノが、あなたの心に住み着いて飛び跳ね走り回り、あなたを物語の世界へ引っ張り込むような物語になっていることを切に願います。

巻末おまけ

うさぎのみみはなぜながい

むかしむかし
うさぎのみみは　みじかくて
うまのくびも　みじかくて
へびのからだも　みじかいときがありました
かみわたりのひに　かみさまは
おとものどうぶつをなんびきか　つれてかえります
うさぎもうまもへびも
かみさまのくににいってみたくて　れつにならびます
うさぎのじゅんばんがきました
かみさまが　いいました
うさぎは　あたまもしっぽもまんまるで
つかみにくいからまたこんどにしよう
うさぎは　かみさまのくにに
つれていってもらえませんでした
うまのじゅんばんがきました
かみさまが　いいました
うまは　つかまるところがなくてのりにくいから
またこんどにしよう
うまは　かみさまのくにに
つれていってもらえませんでした
へびのじゅんばんがきました
かみさまは　いいました
へびは　てあしがなくて
とちゅうでおっことしてしまいそうだから　またこんどにしよう
へびは　かみさまのくにに
つれていってもらえませんでした
つぎのひのあさ
きょねん　かみさまのくにに
つれていってもらったどうぶつたちが
あたらしいかみさまといっしょに　やってきました
かみさまのくには　ずっとあたたかくて
ひるねしやすかった
と　ねこがいいました
かみさまのくには　やわらかいくさが
たくさんあっておいしかった

と　やぎがいいました

かみさまのくには　みずべがたくさんあってすごしやすかった

と　とかげがいいました

うさぎ　うま　へびはそのはなしをきいて

とてもうらやましくおもいました

ことしのかみわたりのときこそ　かみさまのくにに

つれていってもらうんだ

そうけっしんしたさんびきは　とっくんすることにしたのです

うさぎは　かみさまがつかみやすいように　ねこのようにしっぽをのばそうと　がんばりました

うまは　かみさまがつかまりやすいように　やぎのようにつのをはやそうとがんばりました

へびは　かみさまにつかまれるように　てあしをはやそうとがんばりました

しかし　うさぎのしっぽは　まんまるすぎてひっぱることもできません

うまは　あたまをぶつけて　たんこぶをつくってみたりしましたが　たんこぶは　つのにはなりませんでした

へびは　うろこをくわえてひっぱりましたが

てあしは　はえてきませんでした

こまったうさぎとうまとへびは

どうぶつかいでものしりとひょうばんの

ふくろうじいさんに

そうだんにいきました

ふくろうじいさんは　ふむふむとさんびきのはなしをきくと

いっぴきずつに　ちえをさずけました

うさぎは　まいにちせんたくのときに

りょうみみをせんたくばさみではさんで　いっしょにほされなさい

うまは　ひまわりのたねをうえて　まいにちめのうえから　むこうをのぞきなさい

へびは　いしをくわえて　きのえだからぶらさがりなさい

ふくろうじいさんの　いうことをきいて
うさぎは　まいにちせんたくものと　いっしょにほされました
うまは　まいにちひまわりのうえから　むこうのけしきをながめました
へびは　いしをくわえて　きからぶらさがりました

すると　どうしたことでしょう
うさぎは　じぶんのからだのおもさで　みみがぴーんとのびました
うまは　だんだんせのたかくなる　ひまわりのうえからのぞきこもうとしてくびがのびました
へびは　まいにちぶらさがることで　からだがにょろりとのびました

そのとしのかみわたりのひ
うさぎは　かみさまにみみをつかまれました
かみさまは　これはつかみやすくていい
とよろこびました
うまは　かみさまをせなかにのせました
かみさまは　くびにおっかかれてらくちんだ
とよろこびました
へびは　かみさまのうでに　しっかりからまりました
かみさまは　これならおとさなくてあんしんだ
とよろこびました
うさぎとうまとへびは　ついにねんがんのかみさまのくににいくことができました
こうしてうさぎのみみはながくなり
うまのくびもながくなり
へびのからだもながくなったのでした

おにーさまのため、
ディは、立派な
淑女になるのです！
って
僕がいなければ
髪の毛だって
結べないくせに
悪役令嬢の
Reincarnated as
a Villainess's Brother
兄に転生
しました
2
著 内河弘児 イラスト キャナリーヌ